THE QUEEN OF CRIME
繁體中文版
20 週年
紀念珍藏

巴格達風雲

阿嘉莎・克莉絲蒂 ——著
陸增璞、杜玉蘭 ——譯

They Came to Baghdad

策畫者的話

通俗是一種功力

吳念真（導演、作家）

通俗是一種功力。絕對自覺的通俗更是一種絕對的功力。

這樣的話從我這種俗氣的人的嘴巴說出來，大概很多人要笑破褲底了。不過，笑完之後請容我稍稍申訴。這申訴說得或許會比較長一點，以及，通俗一點。

小時候身材很爛，各種遊戲競爭完全任人宰割，唯一隱遁逃避的方法是躲起來看書或聽大人瞎掰。那年頭窮鄉僻壤的小孩能看的書不多，小學二年級時最喜歡的是超大本的《文壇》，老師借的。看著看著，某天老師發現我的造句竟出現：「捧著：朝陽捧著一臉笑顏為群山剪綵」這樣亂七八糟的文字，就拒絕再讓我看那些超齡的東西了。

老師的書不給看，我開始抓大人的書看。一種是厚得跟磚塊一樣的日文書，對我來說那完全是天書，但插圖好看，經常有限制級的素描。另一種書是比較薄的，通常藏得很嚴密，只是裡面有太多專有名詞、重複的單字和毫無限制的標點，比如「啊啊啊」、「……！！！」

老讓我百思不解。有一天，充滿求知欲地詢問大人竟然換來一巴掌後，那種閱讀的機會和樂趣也隨著消失了。

所幸這些閱讀的失落感，很快從大人的龍門陣中重新得到養分。講到這裡，我似乎先得跟一個村中長輩游條春先生致敬，並願他在天之靈安息。

我所成長的礦區，幾乎全是為著黃金而從四面八方擁至的冒險型人物，每人幾乎都有一段異於常人的傳奇故事。這些故事當事人說來未必精采，但一透過游條春先生的嘴巴重現，有時連當事人都聽得忘我，甚至涕泗縱橫，彷彿聽的是別人的故事。

條春伯沒當過日本兵，可是他可以綜合一堆台籍日本兵的遭遇，一如連續劇般從入伍、受訓、逃亡荒島，面對同鄉同袍的死亡，並取下他們的骨骸寄望帶回故鄉，乃至骨骸過多搞不清哪是誰的等等，讓聽的人完全隨他的敘述或悲或笑，彷彿跟他一起打了一場太平洋戰爭。此外他也可以把新聞事件說得讓一個三、四年級的小孩，到現在仍記得當時腦中被觸動的畫面。例如當年瑠公圳分屍案的凶手做案之後帶著小孩到安東街吃麵（這讓我一直以為台北的安東街是條專門賣麵的街道），還有甘迺迪總統被暗殺、賈桂琳抱住她先生、安全人員跳上飛快的車子保護賈桂琳……當然，這記憶全來自條春伯的嘴巴而不是報紙。我的記憶全是畫面，有畫面，是因為條春伯說得精采，說得有如親臨他至死都還搞不清地理位置的達拉斯命案現場。

於是這小孩長大後無條件地相信：通俗是一種功力，絕對自覺的通俗更是一種絕對的功力。透過那樣自覺的通俗傳播，即使連大字都不識一個的人，都能得到和高階閱讀者一樣的感動、快樂、共鳴，和所謂的知識、文化自然順暢的接軌。也許就是因為這些活生生的例子，俗氣的自己始終相信：講理念容易講故事難，講人人皆懂、皆能入迷的故事更難，而能隨時把這樣的故事講個不停的人，絕對值得立碑立傳。

條春伯嚴格地說是有自覺的轉述者，至於創作者，我的心目中有兩個。一個是日本導演山田洋次，一個是推理小說家阿嘉莎．克莉絲蒂。

山田洋次創造了寅次郎這個集合所有男人優點跟缺點的角色，在以《男人真命苦》為名的系列下，總共完成百部左右的電影。它們的敘述風格、開頭、結尾的方法不變，唯一改變的是故事，是時代，是遍歷日本小鄉小鎮的場景。數十年來，看《男人真命苦》幾已成為日本人每年的一種儀式，一如新春的神社參拜。

數十年前訪問過山田導演，他說，當他發現電影已然有它被期待的性格時，電影已經不是導演自己的。他說：當所有人都感動於美人魚的歌聲時，你願意為了讓她擁有跟你一樣的腳，而讓她失去人間少有的嗓音嗎？

人間少有的嗓音與動人的歌聲，都來自山田導演絕對自覺的通俗創造。

再如阿嘉莎．克莉絲蒂，如果我們光拿出她說過的故事和聽過她故事的人口數字，就足以嚇死你。五十多年的寫作生涯，她總共寫出六十六本長篇推理小說，外加一百多篇短篇小說和劇本。其中有二十六本推理小說被改編，拍了四十多部電影和電視劇集。作品被翻譯成一百零三種文字的版本，銷量超過二十億本。

夠了。你還想知道什麼？知道二十億本的意義是什麼嗎？二十億本的意義是全世界平均三個人就有一個人讀過她的書，聽過她說的故事。

說來巧合，她和山田洋次一樣，創造出個性鮮明的固定主角（當然，前前後後她弄出來好幾個），然後由他（或是她）帶引我們走進一個犯罪現場，追尋真正的罪犯。

故事就這樣？沒錯，應該說這是通常的架構。那你要我看什麼？不急，真的不急，克莉絲蒂會慢慢冒出一堆足夠讓你疑惑、驚嚇、意外，甚至滿足你的想像力、考驗你的耐心和智商的事件來。

推理小說不都是這樣嗎？你說得沒錯，大部分是這樣，不一樣的是……對了，她像條春伯，像山田洋次，她真會說，而且她用文字說。

文字的敘述可以讓全世界幾代的人「聽」得過癮、「聽」個不停，除了聖經，也許就是克莉絲蒂。她不是神，但她真的夠神。

數十年前，台灣剛剛出現她的推理系列中譯本，那時是我結婚前，常有同齡的文藝青年來我租住的地方借宿，瞄到我在看克莉絲蒂，表情詭異地說：「啊？你在看三毛促銷的這個喔？」

我只記得他抓了一本進廁所，清晨四點多，他敲開我的房門說：「幹，我實在很討厭那個白羅……再拿一本來看看，我跟你說真的，要不是你的書，我真的很想把那個矮儸壓到馬桶吃屎！」

我知道他毀了，愛吃又假客氣，撐著尊嚴騙自己。克莉絲蒂再度優雅地撕破一個高貴的知識份子的假面具，她的手法簡單，那手法叫通俗，絕對自覺的通俗，無與倫比、無法招架的功力。

昔日的文藝青年如今跟我一樣，已然老去，但不時還會看到他寫一些充滿理念和使命感極重的文章，在報紙和雜誌上出現。我知道他要說什麼，只是常常疑惑他想跟誰說；同樣，我記得他說過什麼，但轉眼間忘記他說了什麼。但請原諒我，幾十年前那個晚上，他在我家看完的那兩本克莉絲蒂的小說內容，我可還記得清清楚楚。

也許有一天再遇到他的時候，我會問他之後是否還看過克莉絲蒂其他的書，如果沒有，我會跟他說，想讀要趁早，因為你會老、會來不及。至於白羅那個矮儸，大概永遠不會消失。哦，對了，還有一個叫瑪波，你說不定會來不及認識……

從他種視角到跨界嘗試的閱讀體驗

路那（推理評論家）

說到阿嘉莎．克莉絲蒂，即使是不太常閱讀推理小說的讀者，也很難不聯想到有個完美鬍子的偵探白羅、老小姐瑪波，又或者是她享譽國際的《東方快車謀殺案》、《一個都不留》等名著吧。

克莉絲蒂的廣受歡迎，還在於台灣近乎出版了她的全集。儘管台灣的出版能量相當驚人，但放眼國內外作家，有此殊榮者也在少數。這些作品中，除了廣受歡迎的系列作外，另有數量相對較少的獨立作品。這些作品或受累於知名度不高，或受累於缺乏讀者熟悉的偵探角色，而較少進入讀者的視野之中，然而，這不表示它們本身不值得一讀。

在這裡，我要先岔出去談一下柯南．道爾（Conan Doyle）與莫里斯．盧布朗（Maurice Leblanc）。這兩位除了同樣大受歡迎之外，他們其實也同受被角色綁架之苦——柯南．道爾一心想當個嚴肅作者，為此不惜「殺害」福爾摩斯，卻又在大眾壓力之下不得不讓他神奇地死而復生的事件，相信大家都耳熟能詳。然而，或許不是很多人知道，創造了亞森・羅蘋此一大受歡迎怪盜角色的盧布朗，最終也因羅蘋大受歡迎，且擅長易容的形象深植人心，導致他不得不將新偵探角色吉姆・巴內特（Jim Barnett）降級為羅蘋的分身。與道爾交好的克莉絲蒂，自然理解箇中艱辛，或許也因此早早意識到她不能再重蹈覆轍，是以她不僅致力於故事的創造，同樣致力於角色性格的劃分。但此事並非一蹴可幾。舉例而言，短篇小說〈情牽波倫沙〉的偵探，發表時由帕克・潘擔任偵探角色，稍後又更替為白羅一事，即讓人意識到帕克・潘與白羅之間的共性：相同的公務員退休身分、同樣與偵探小說家奧利薇夫人為好友，帕克・潘的祕書萊蒙小姐日後成為白羅的祕書等，種種線索都暗示著帕克・潘與白羅可能享有的共同根源。然而，是什麼讓帕克・潘沒有被白羅「吸收」，一如巴內特與羅蘋？閱讀《帕克潘調查簿》與收錄於《情牽波倫沙》的兩個短篇時，不妨仔細考察白羅與帕克・潘的不同之處。

除了角色外，故事情節的他種視角乃至於跨界嘗試，也是非系列作品的一大看點。《李斯特岱奇案》、《死亡之犬》、《殘光夜影》等短篇小說集中收錄的作品，有之後遭改頭換面的靈感之作，也有溢出推理小說規制，蔓延至靈異、恐怖、言情等領域之作。它們的開頭，與我們習慣的克莉絲蒂推理小說似無甚差異，然則在一個十字岔路的輕巧滑脫，卻足以造就全然不同的類型閱讀體驗。

同樣的體驗，在非系列長篇小說中亦可一見。不用系列角色，意味著不須遵守類型既定的規範，或受限於角色既有的設定，遂得以更加無拘無束的形式自在揮灑。眾所周知，克莉絲蒂絕非信奉范・達因（S. S. Van Dine）「故事中不能摻有戀愛成分」戒律的一人，相反地，她頗擅長於小說中加入情感元素。她筆下的系列偵探，無論白羅或瑪波，自身均不涉浪漫情感，而多以神仙教父／教母的姿態從旁協助，從而使小說中的推理情節與羅曼史主次分明，僅為點綴。但她筆下這些聰慧的男女，是否始終只能作為系列偵探的配角存在？對此，克莉絲蒂的回答是，許多時候，擺脫了神仙教父／教母的他們，會顯現出更令人矚目的風采。

另一方面，推理小說的大體布局，從謎團初現、偵查過程到真相大白，與羅曼史主角們從陌生到相知到決定是否相守，也自有其契合之處。是以，在克莉絲蒂的非系列作品中，有不少長篇故事均以處於曖昧狀態的男女作為偵查或敘事主體，如《西塔佛祕案》、《為什麼不找伊文斯？》、《死亡終有時》與《白馬酒館》等。其中的情感除了經典的兩情相悅外，亦存在著無私的奉獻，與狡獪的以情感作為武器等多種樣態。

克莉絲蒂同樣擅長以三角關係作為障眼法，從角色間的誤會到敘事手法的誤導等，在在能使讀者以為掌握了十之八九的關係圖，瞬間翻出別樣花色。《無盡的夜》保留了克莉絲蒂時常描繪的羅曼關係，卻撤去了推理小說的型態，改以令人聯想到達芬・杜莫里哀（Daphne du Maurier）的奇情（sensation）風格，確實令人耳目一新，難怪克莉絲蒂會將之選為十大最愛之七。而其自選最愛第八的《畸屋》，則巧妙地擺脫了傳統推理小說家族敘事中以惡意為基底的設定，別出心裁地講述了謀殺如何發生在一個充滿善意的家族之中。《畸屋》之「畸」，既源於同樣具備扼殺力量的善意，也源於天生之惡——克莉絲蒂對善與惡之觀點，由是鋪陳出了一個頗為耐人尋味的視角。

一般而言，以克莉絲蒂為首的黃金時期推理小說家的作品，不太會令人聯想到國際政治、社會情勢等，感覺起來就「硬邦邦」，一點也不「舒逸」（cozy）的事物。它應該是以鄉村、大飯店、（前）殖民地為核心，間或夾雜一兩句讀者也不甚在意的時局觀察以加固背景的狀態。但克莉絲蒂出生於一八九〇年，生平歷經奧匈帝國與俄羅斯帝國的崩潰、兩次世界大戰、經濟大恐慌等，樁樁件件都是近代歷史難以抹滅的大事件，她可能當真無動於衷嗎？是以，早在一九二七年，克莉絲蒂便以白羅為主角，寫出諜報小說《四大天王》，其後更塑造出湯米與陶品絲這對橫跨二次世界大戰的夫妻檔業餘情報員。然而這對歡喜鴛鴦的氛圍，或許終究難以展現克莉絲蒂對戰後國際形勢演變之思慮。職是之故，她持續創作鴛鴦神探的系列之餘，在他們力所未逮之處，再度啟用了非系列角色，《巴格達風雲》、《未知的旅途》、《法蘭克福機場怪客》均是此類作品，試圖傳遞她在《四大天王》中即已反覆論及的「幕後的力量」。

這個「幕後的力量」又是什麼呢？見識過帝國的崩潰，對於早年的克莉絲蒂來說，共產主義無疑是危險的。在她第二部出版品《隱身魔鬼》中，克莉絲蒂將幕後黑手設定為布爾什維克的信徒。然而，伴隨著一九二四年工黨政府首次執政，克莉絲蒂對相關思潮的憂慮似有緩和態勢，此後，她的小說中偶爾會出現被眾人視為嫌疑犯的左翼同情者最終卻得證清白的情節。

伴隨著二戰結束與冷戰的開啟，許多涉及諜報的故事紛紛以蘇俄作為陰謀主腦。但克莉絲蒂頗具深意地將《巴格達風雲》與《未知的旅途》背後的陰謀組織者拐了彎，不以冷戰雙方作為主使者，而是更廣泛地指向「無政府主義者」、「理想主義者」。這樣的觀點，在以新納粹為主軸的《法蘭克福機場怪客》中亦曾多次表述——但這不是說她就放棄了一些既存觀點。不意外地，赫伯特・馬庫色（Herbert Marcuse）、法蘭茲・法農（Frantz Fanon）這些思想家仍舊不討克莉絲蒂的喜歡。

克莉絲蒂對法農等人的抗拒，與她對大英帝國的忠誠，以及對中東（特別是埃及）的偏愛或許不無關聯。眾所周知，克莉絲蒂於一九三〇年結婚的第二任丈夫是考古學家，她因此與中東和考古結緣。當時，方於一九二二年在名義上脫離英國管治的埃及，是個年輕的新興國家，尚未能擺脫殖民宗主國的影響，克莉絲蒂對埃及乃至於中東的描繪，是以多半本於殖民者的視線而開展。她的背景與經驗，決定了她理解的視角。然則，這並不表示她無意了解該地的歷史淵源——以古埃及為背景的《死亡終有時》正是最好的例證。這部入選英國犯罪作家協會「史上百大犯罪小說」第八十三名的精采作品，向讀者講述的不只是一個關於謀殺的故事，更是千年前定居於此的埃及人究竟如何生活的故事。

在《巴格達風雲》中，有一段主角與主謀對峙時的敘述：「人命無關緊要……這是愛德華的信條。那個用瀝青黏補起來、三千年前的粗陶碗突然無來由地閃現在維多莉亞心頭。那些東西當然要緊。小小的日常用品、待養的家人、構築成一個住家的牆壁，還有一兩件被當作寶貝的財產。」顯而易見，對克莉絲蒂而言，考古文物的珍貴，不在於它們悠久歷史或蘊藏的知識，而在於當代人得以透過它們深刻感受過往人們的生活。正是這樣的感受，構築出對人與生命的尊重。這樣的尊重，正是克莉絲蒂推理小說的基石所在吧！

在娛樂之外，還有許許多多閱讀克莉絲蒂的方式，正如同在知名的偵探系列之外，仍存在著許許多多精采的非系列作品一般。你所看到的克莉絲蒂，又是什麼樣子呢？

獻詞

阿嘉莎・克莉絲蒂是世界讀者最眾，也最廣受喜愛的女作家。
身為克莉絲蒂的孫兒，我相信奶奶會非常樂見這次出版，
因為她極以自己作品中的趣味與娛樂為豪。
歡迎所有喜歡本系列的台灣新讀者參與這場饗宴！

——馬修・培察（Mathew Prichard）

／01

克羅比上尉從銀行走出來，他滿面春風，彷彿剛兌換完支票，發現自己存摺上的數字要比預計的多一點似的。

克羅比上尉常常一副志得意滿的模樣，他就是這樣的人。五短身材，粗壯結實，臉色紅潤，蓄著頗有軍人氣概的短鬍髭，走起路來大搖大擺，衣著恐怕稍嫌花稍了些。愛聽有趣的故事，頗受大家歡迎。生性樂觀，雖然平凡，可是做人和氣，迄今還是個王老五。全身上下毫無特出之處。在東方，像克羅比這樣的人比比皆是。

外頭的銀行大街上陽光燦爛，塵土飛揚，各種聲響嘈雜又刺耳。汽車不斷地按喇叭，商販高聲叫賣，還有這堆那堆的人激烈爭吵，好像恨不得把對方給殺了，其實大家都是要好的朋友。男人和孩子用托盤端著東西在街上快速穿梭，他們賣甜食、橘子、香蕉、毛巾、梳子、刮鬍刀，外加各式各樣的雜貨。除此之外，還有一聲接一聲永不消逝的清嗓和吐痰聲，而川流不息的車輛和行人當中還夾雜著驢夫馬夫低鬱的催趕聲：「走，走！」

這是巴格達城的早上十一點。

克羅比上尉攔住一個抱了滿懷報紙的小孩，買了一份。他從銀行大街轉了個彎，來到拉希德大街。這是巴格達最主要的街道，足足有四哩長，和底格里斯河平行。

克羅比上尉瞄瞄報上的標題，把報紙夾在胳臂下，走了約莫二百碼，來到一個小巷道，接著走進一個庭院。他走到盡頭，推開一扇門上掛著銅牌的門，置身於一間辦公室。

見他進來，一個外表整潔的年輕伊拉克職員立刻離開打字機，面帶微笑迎上前來。

「早安，克羅比上尉，有什麼要我效勞的嗎？」

「達金先生在他的辦公室嗎？好，我去找他。」

他穿過一道門，登上陡峭的樓梯，穿過一條髒兮兮的走廊，最後在最尾端的一扇門上敲了敲。裡頭一個聲音響起：「進來。」

這是一間屋頂高挑、顯得頗為空盪的房間。裡頭有個煤油爐，上頭放著水盆，還有一張低矮的軟墊長椅，椅子前擺著一個小茶几和一張破舊的大書桌。電燈亮著，窗簾拉得嚴密，將日光完全隔絕在外。破書桌後面坐著一個其貌不揚的人，那人有著一張疲倦而優柔寡斷的臉——從那張臉可以看出，這是個在世上無足輕重的人，而他因為有自知之明，所以也不在乎。

兩個男人，一個是樂觀又自信的克羅比，一個是憂鬱憔悴的達金，兩人互看了一眼。

達金開口說道：「嗨，克羅比。剛從基庫克來？」

克羅比點點頭，小心關上了身後的門。那門看來破舊，油漆也塗得不佳，可是它有個出人意料的可取之處：門板蓋得密密合合，毫無縫隙，連門底都沒有空間。

事實上，這是一道隔音門。

門一關，兩人的性格立刻隨之一變。克羅比上尉少掉了那份自信滿滿及趾高氣揚，而達金先生的肩膀不再低垂，神情也不再遲遲疑疑。如果屋內有人聽到他們談話，一定會很驚訝地發現，達金竟然是上司。

「有消息嗎，長官？」克羅比問。

「有。」達金嘆了口氣。

他面前放著一張電報，適才他一直在忙著譯電稿。等他又譯出兩個字母，這才說道：「要在巴格達召開。」

接著他劃了根火柴，點燃那紙電報，眼看著它燒完。等電報燒成了灰，他輕輕吹了吹，灰燼飛起，四散在地。

「沒錯，」他說，「他們已經決定在巴格達召開會議。時間是下個月二十號。我們一定要『絕對保密』。」

「這件事在商集上已經談論三天了。」克羅比說，語帶挖苦。

高個子男人露出疲倦的笑容。

「絕對機密！在東方，沒有絕對機密可言。有嗎，克羅比？」

「沒有，長官。如果你問我，我會說任何地方都沒有絕對機密。大戰期間，我常發現倫敦的一個普通理髮師知道的都比最高指揮部要多。」

「這件事洩漏出去沒什麼關係。如果會議要在巴格達召開，消息很快就會傳開。到時候，好戲——我們那齣絕妙好戲——就要開場了。」

「您認為這次會議開得成嗎，長官？」克羅比問，聲音透著懷疑。「喬大叔，」克羅比上尉這個不敬的稱呼指的是某個歐洲大國的首腦。「真的要來？」

「我想，這次他會來，」達金若有所思地說，「沒錯，我是這麼認為。如果會議召開，而且順利開成了……呃，那麼一切都免了。而如果會議中達成了某種諒解……」他的話停住了。

克羅比看來依然有些狐疑。

「嗯，請原諒我這麼問，長官……這種諒解有可能嗎？」

「克羅比，就你所指的意義來看，恐怕是不可能！如果只是把兩個意識形態截然不同的人湊在一起，整個事情就會一如往常那樣無疾而終，而且猜疑和誤解會更深。可是，還有第三個因素。如果卡麥柯所說的那個離奇故事是真的……」

他的話戛然而止。

「可是，長官，那不可能是真的。太匪夷所思了！」

達金沉默半晌。他的腦中清楚浮現出一幅畫面，一個人帶著誠懇又不安的表情，聽著另一個人以平靜無波的聲音說著一些天馬行空、難以置信的事情。當時他就是這樣自言自語道：「如果不是我這位最能幹、最信得過的手下瘋了，就是這件事是真的……」

他用同樣陰鬱的聲音輕輕說道：「卡麥柯相信這回事。他得到的線索在證實了他的假設。他去那裡是為了進一步發掘真相——去找證據。我不知道當時讓他去是不是明智。如果他不回來，那麼那件事只是卡麥柯告訴我的某個故事，也是別人告訴他的一個故事。這樣就夠了嗎？我想不夠。一如你所說，這件事是如此的匪夷所思……可是，如果卡麥柯二十號出現在巴格達，以證人的身分親自道出他所目睹的事情，並且出示證據……」

「證據？」克羅比立刻問。

達金點點頭。

「是的，他有證據。」

「您怎麼知道他有證據？」

「我是根據事先設定的聯繫暗號判斷的。這段電文是由撒拉．哈桑轉來的。」他字斟句酌地引用了這段電文：「『馱著燕麥的駱駝正越過山口。』」

他頓了頓，接著又說：「所以，卡麥柯已經得到了他要的東西，可是他離開的時候，對方開始懷疑了，於是他被他們盯上。他走的每一條路都有人監視，更危險的是，他們正等著他……就等在這裡。他們先在邊境那裡等，如果他成功通過了邊界，他們就會在大使館和領事館周遭設下埋伏。你看這個。」

他在桌上的文件中翻找，接著讀道：「『一個英國人開著汽車從波斯到伊拉克旅行途中遭到擊斃——據稱是被一群歹徒所為。一個庫德族的商人下山時遭到伏擊身亡。還有一個庫德人阿布達·哈桑，由於被懷疑是香菸走私販，被警察槍殺。一具屍體在盧旺都茲路旁被人發現，經鑑定後，證實是個亞美尼亞的卡車司機。』請注意，這幾個人的外貌都差不多。無論身高、體重、髮色、體型都和卡麥柯相似。他們寧可錯殺一百，也要全力追捕他。如果他人在伊拉克，處境還更加危險。大使館的花匠、領事館的僕人以及機場、海關和火車站的工作人員，都有可能是他們的人。所有的旅館都受到了監控。他們已經布置好一條嚴密的封鎖線。」

克羅比揚起眉毛。

「您認為他們已經撒下了天羅地網，長官？」

「這一點我深信不疑。即使是我們的行動，也有出現漏洞的可能。這是最可怕的。我怎麼能夠確定，我們為保障卡麥柯安全來到巴格達所採取的措施沒有被對方所知悉？一如你所知，在對方的陣營裡買通一個人，是間諜把戲的基本策略。」

「您是懷疑……什麼人嗎？」

達金緩緩搖搖頭。

克羅比嘆了口氣。

「這麼說，」他說，「我們還是要繼續進行下去？」

「是的。」

「克羅頓・李怎麼樣？」

「他已經同意來巴格達。」

「每個人都要來巴格達，」克羅比說，「您剛說，連喬大叔都要來。可是，萬一總統在這裡發生了什麼意外，一定會引爆龐大的報復行動。」

「所以不能出任何問題，」達金說，「這是我們的職責，要保證不出問題。」

克羅比離開後，達金一面伏案工作，一面喃喃低語：「他們來到了巴格達……」

他在吸墨紙上畫了一個圈，下面寫上「巴格達」三個字，接著在圓圈周圍草描出一頭駱駝、一架飛機、一艘輪船和一列噴著濃煙的火車。接下來，他在吸墨紙的一角畫了一個蜘蛛網，在蜘蛛網正中央寫上一個人名：「安娜・謝勒」。他在名字下頭畫上一個大問號。

他拿起帽子，離開了辦公室。

他沿著拉希德大街走著，有人向另一個人打聽他是誰。

「他嗎?噢，他是達金，在某個石油公司工作。好人一個，但從來沒被升遷。他太不振作了。有人說他太愛喝酒。他永遠也不可能飛黃騰達。要在這個地方出人頭地，你得有衝勁才行。」

§

「謝勒小姐，你收到克魯根霍夫的財產報告了嗎？」

「收到了，摩根瑟先生。」

沉穩又能幹的謝勒小姐悄悄將文件送到老闆面前。

他一邊讀，一邊低聲說道：「我想，這報告很令人滿意。」

「我也這麼認為，摩根瑟先生。」

「史沃茨在嗎？」

「他正在外頭的辦公室等。」

「立即帶他進來。」

謝勒小姐按了一個鈕（一共有六個鈕）。

「摩根瑟先生，你需要我留在這裡嗎？」

「不用，謝勒小姐，你不用留在這裡。」

安娜・謝勒無聲無息地走了出去。

她留著一頭淡淡的金髮，但她不是那種炫人眼目的金髮女郎。她把淺淡的金髮從前額往後梳，整齊地捲在脖根處，一雙透著聰明的淡藍眼眸，透過一副高度數的近視眼鏡觀察著這個世界。她五官端正，臉龐小巧玲瓏，可是面無表情。她能在這個世界上平步青雲，靠的完全是她的幹練，不是魅力。無論多麼複雜的事情她都記得住，隨口就能說出人名、日期和時間，根本不用查詢記事簿。她可以把一個龐大的辦事處整理得井井有條，像一台上足油的機器運轉自如。她本人就是謹慎的化身，而且雖然她謹言慎行、自律甚嚴，但從來不曾情緒低潮過。

奧托．摩根瑟是「摩根瑟、布朗暨希珀克」這家國際銀行的第一把交椅，他深知自己虧欠安娜．謝勒的遠非單純的金錢所能償付。他完全信賴她。她的記性、經驗、判斷力以及她冷靜的頭腦，在在都是無價之寶。他付給她極高的薪資，而如果她要求加薪，他一定會欣然同意。

她不但深諳他的業務細節，對他的私生活也瞭如指掌。當他向她徵詢該如何處理第二任摩根瑟太太的事時，她建議他們離婚，還提出了贍養費的確切數目。她從不流露感情或好奇心。如果要說，他會說她不是那種女人。他覺得她沒有感情，而且他從沒想要知道她究竟在想什麼。如果有人告訴他她有任何想法（與摩根瑟、布朗暨希珀克公司和奧托．摩根瑟本人有關的問題除外），他一定會瞠目結舌。

所以，當他聽到她準備離開一陣子，他覺得大為意外。

「摩根瑟先生，如果可能的話，我想請假三個星期，從下星期二開始。」

他的雙眼盯著她，惶惶不安地說：「公司的事情會搞得一團糟，會一塌糊塗的。」

「我想不會的，摩根瑟先生。威蓋特小姐絕對有能力處理各種業務。我會把我的筆記留給她，還有詳盡的工作須知。至於艾雪併購案，康沃爾先生可以處理。」

他依然惶惶不安，口裡問道：「你沒生病吧？還是發生了什麼事？」

他無法想像謝勒小姐會生病。就連細菌都對安娜．謝勒敬重有加，不會去打擾她。

「噢，不，摩根瑟先生，我沒生病。我要去倫敦看望我姐姐。」

「你姐姐？」

他不知道她有個姐姐。他沒想過謝勒小姐還有家人或親屬，而她也絕口不提。而現在，她卻不經意地說起她倫敦的姐姐。去年秋天她跟著他在倫敦待過一陣，可是當時她從沒提過她有個姐姐。

帶著受傷的感覺，他說：「我從來不知道你有個姐姐在英國！」

謝勒小姐微微一笑。

「噢，有的，摩根瑟先生。她嫁了一個英國人，我姐夫和大英博物館很有淵源。她必須動一場大手術，要我去照顧她。我很想去。」

換句話說，奧托．摩根瑟看得出來，她是非去不可了。

他喃喃說道：「好吧，好吧。盡快回來。現在局勢變化得十分劇烈，前所未見。都是該死的共產黨。戰爭隨時可能爆發，有時候我想，這是唯一的解決之道了。整個國家千瘡百孔，真的是千瘡百孔。而現在，總統已經決定出席巴格達那個愚蠢的會議。依我看，這是個騙局。他們會千方百計幹掉他。巴格達！一個最古怪的地方！」

「噢，我相信總統一定會受到非常嚴密的保護。」謝勒小姐安慰他。

「去年他們就幹掉了波斯國王，不是嗎？然後在巴勒斯坦又殺了伯納多特。簡直瘋了，總之一句話，就是瘋了。話說回來，」摩根瑟先生沉重地又說了一句：「整個世界都瘋了。」

／02

維多莉亞．瓊斯悶悶不樂地坐在費茨詹姆斯公園的一張長椅上。她完全沉浸在回憶裡，或者說全神貫注地反省著，一個人在錯誤的時刻發揮特殊才能所帶來的損害。

維多莉亞這女孩和大多數人一樣，有優點也有缺點。她的優點是大方、熱心、有膽量，天生喜歡冒險，這個特點在現代或許會被認為是個優點，也或許恰恰相反，因為大家認為安全才是最重要的。她最大的缺點是愛說謊，無論時機恰不恰當。編造精采的故事對維多莉亞來說是莫大的樂趣，她向來難以抗拒。她說起謊來流利、從容，還帶著藝術家的熱情。如果維多莉亞遲到（她經常遲到），光是囁嚅著說錶停了（她的錶確實常停）或公車不知何故誤點這樣的遁辭，對她來說是不夠的。她寧可煞有介事地提出解釋，說動物園裡逃出來的一頭大象橫躺在公車道上，擋住了她的去路，或是正好碰到一群暴徒在進行令人髮指的搶劫，而她本人還幫了警察的忙。在維多莉亞心目中，老虎在斯特蘭德大街上伺機待發，危險的歹徒在圖廷路上出沒，這才算是個理想的世界。

雖然維多莉亞身材苗條、體態勻稱，還有一雙一等一的美腿，可是她的面貌很可能被形容為平庸。她的五官小巧端正，不過她的一個追求者曾調皮地說她長了一副「小橡皮臉」，也就是她能夠千變萬化地模仿任何人的表情，像得令人咂舌。

就是因為這個最後提到的本事，導致她身處目前的困境。她是格雷霍姆街「葛林賀、西蒙斯暨萊德貝特公司」的打字員。這天上午她感到十分無聊，於是在另外三個打字員和辦公室小弟面前模仿起葛林賀太太來丈夫辦公室的模樣，藉以消磨時光。她知道葛林賀先生出門找他的律師去了，便毫無顧忌地表演開來。

「親愛的，你倒是說說看，為什麼我們不需要一套諾爾的長沙發？」她哀嚎似的高聲質問。「迪弗塔基太太就有一套鐵藍色緞面沙發。你說是因為手頭緊？那你為什麼帶那個金髮女人出去吃飯、跳舞？哈！你以為我不知道。你要是再帶那女孩出去，我就買一套沙發，棗紅色布面，金黃的軟墊。你要說那是應酬吃飯，你就是個大混蛋……哼，回家後襯衫全是口紅印。我買定了諾爾的長沙發，還要皮草披肩，要上好的，看來像貂皮，但不是真的貂皮，我會讓他賣便宜點，這是一筆好買賣……」

觀眾突然消失了，她們一開始是一怔，緊接著不約而同地埋首工作，維多莉亞不禁停下表演，回頭一看，葛林賀先生正站在門口看著她。

維多莉亞一時想不出什麼話好說，只出了一聲：「噢！」

葛林賀先生哼了一聲。

他把大衣一扔，走進自己的私人辦公室，砰然一聲把門關上。幾乎是同時，他的鈴聲響起，兩短一長。這是召喚維多莉亞的信號。

「找你的，瓊斯，」一個同事故意說道，眼裡流露出幸災樂禍。其他幾個打字員也懷著同樣的惡意，故意鼓譟。「瓊斯，你要倒楣了。」「瓊斯，你非狠狠挨一頓訓不可！」辦公室小弟是個討人厭的孩子，他揚起食指在脖子上劃了一下，接著發出一聲可怕的叫喊。

維多莉亞拿起筆記本和鉛筆，竭盡所能裝出泰然自若的模樣走進葛林賀先生的辦公室。

「葛林賀先生，您叫我？」她柔聲問，神情自然地望著葛林賀先生。

葛林賀先生一手拈著三張一英鎊的鈔票，另一手在口袋裡摸索，想找幾個硬幣。

「噢，你來了，」他說，「小姐，我已經受夠你了。我準備付你一個星期的薪水，打發你立刻走路，你有什麼理由認為我不該這麼做嗎？」

維多莉亞是個孤兒。她正想張口解釋，說母親正在動大手術，她為此情緒低落，以至於一時失去理智，而且母親的生活全靠她這點薄薪維持，但她一看到葛林賀先生那副令人厭惡的面孔就閉上了口，改變了主意。

「再好不過了，」她說這話的時候既由衷又快樂。「我認為您說的一點也沒錯，您知道。」

葛林賀先生看起來有點吃驚。他解雇過的員工，從來沒有一個是如此歡欣鼓舞、興高采烈地接受的。為了掩飾自己的尷尬，他把擺在面前桌上的一堆硬幣數了數，然後又在口袋裡摸索。

「還少九便士。」他悶悶地嘟囔著。

「沒關係，」維多莉亞和氣地說，「拿去看場電影，或是買糖吃吧！」

「好像也沒有郵票。」

「沒關係。我從來不寫信。」

「我隨後就替你寄去。」葛林賀先生說，只是語氣並不確定。

「別麻煩了。幫我寫封推薦信怎麼樣？」維多莉亞問。

葛林賀先生恢復了正常。

「我為什麼要幫你寫推薦信？」他氣沖沖地質問。

「這是職業慣例嘛。」維多莉亞回他。

葛林賀先生拿了一張紙擺在眼前，草草寫了幾行字，隨手扔在她面前。

「這樣行了吧？」

瓊斯小姐在本公司擔任了兩個月的速記打字員。她的速記很不準確，而且拼寫錯誤百出。由於在上班時間不工作而被解雇。

維多莉亞做了個鬼臉。

「這哪裡像在推薦。」她說。

「我根本不想推薦。」葛林賀先生說。

「我認為，」維多莉亞說，「你至少該說我為人誠實，頭腦清楚，值得敬重。我就是這樣的人，你應該知道。或許你還可以補充說明：我做事謹慎周到。」

「謹慎周到？」葛林賀先生大吼。

維多莉亞以天真無邪的目光迎著他。

「謹慎周到。」她溫和地說。

回想起維多莉亞速記過又列印出來的各種信件，葛林賀先生決定，與其積怨，不如慎重的好。

他把那張紙抓過來撕了，又重新寫了一份。

瓊斯小姐在本公司擔任了兩個月的速記打字員。她之所以離職，係因辦公室人手過剩之故。

「這回怎麼樣？」

「可以寫得更好些，」維多莉亞說，「不過，這樣也可以了。」

就這樣，維多莉亞袋子裡裝著一個星期的薪水（還差九便士），坐在費茨詹姆斯公園的一條長椅上沉思著。這公園是個三角形的植物園，種著垂頭喪氣的灌木叢，中間是座教堂，旁邊有個高聳的倉庫，從倉庫頂上可以俯瞰全園。

不論哪一天，只要不下雨，維多莉亞都會到賣冷飲的櫃檯處買一份乳酪和一個生菜番茄三明治，在那個人為的鄉村景觀中吃一頓簡單的午餐。這已成為她的習慣。

今天，她一面沉思一面大口咀嚼，同時告誡自己（這已經不是第一次）：不論做什麼事，都要考慮到時間、地點，辦公室顯然不是模仿老闆娘的好地方。從今以後，她必須克制自己易於衝動的天性，因為拜它之賜，她才會把老闆娘來辦公室這樁不值一提的小事大大渲染了一番。話說回來，她已擺脫了葛林賀、西蒙斯暨萊德貝特公司，而對在別處找到一份新工作的遠景，她充滿了樂觀的期待。找新工作，她總是非常高興。她總認為，誰也不知道將來可能發生什麼事。

她把剩下的一點麵包屑扔給三隻早就守候在一旁的麻雀，牠們立刻跑來爭食。她突然覺察到，有個年輕人坐在長椅的另一頭。她剛才已經隱約覺得身旁有人，可是因為腦海中淨是對未來的美好盤算，所以一直沒有好好端詳他。現在，她看到的人（從眼角餘光）很討人喜歡。那年輕人面貌俊秀，有如天使般可愛，可是他的下巴給人一種堅毅的感覺，一雙眼睛藍得出奇。維多莉亞心中暗自想像，說不定那對眼睛已經含著愛慕偷偷打量她半天了。

維多莉亞向來不怕在公共場所和陌生男子搭訕。她認為自己有非凡的識人之明，而且很擅長遏止單身男子任何過分的舉動。

維多莉亞大方地對他綻開微笑，而那年輕人的反應就像是被牽動絲線的木偶。

「嗨，」那人說，「這是個好地方。你常到這裡來？」

「幾乎每天都來。」

「真遺憾，我以前竟然沒來過。你剛才是在吃午餐嗎？」

「是的。」

「我想你應該沒吃飽。我如果只吃兩塊三明治，不餓死才怪。我們一起到托頓漢園路那家館子吃點香腸怎麼樣？」

「謝謝，不必了。我現在什麼也吃不下。」

她很期待他說：「那改天再去吧，」可惜他並沒有。他只是嘆了口氣，說道：「我叫愛德華，你呢？」

「維多莉亞。」

「為什麼你家的人給你取了個車站的名字？」

「維多莉亞不只是車站的名字，」瓊斯小姐指正他。「有個女王也叫維多莉亞。」

「呃，沒錯。你姓什麼？」

「瓊斯。」

「維多莉亞．瓊斯，」愛德華重複一遍，接著搖搖頭。「你的姓氏和名字不大配。」

「你說得對，」維多莉亞心有戚戚焉。「如果我叫作珍妮，那就好得多——珍妮・瓊斯。而維多莉亞這個名字需要某些高雅的姓氏才能相配。比如說，維多莉亞・賽克威爾斯特。我就需要這樣的姓氏，唸起來舌頭要轉好幾個彎。」

「你可以在瓊斯前面加個稱號。」他語帶同情，興致勃勃地提議道。

「貝德福・瓊斯。」

「卡蕾絲布魯克・瓊斯。」

「聖克萊兒・瓊斯。」

「倫斯岱・瓊斯。」

愛德華瞥瞥手錶，突然驚叫一聲，中斷了這個快樂的遊戲。

「我得火速趕回我那該死的老闆身邊去。呃……你呢？」

「我失業了。今天早上才捲鋪蓋走路。」

「噢，真遺憾。」愛德華說，語氣透著由衷的關切。

「噢，你不用同情我，因為我一點也不覺得難過。第一，我很容易就可以找到新工作；第二，這件事其實很有趣。」

她為愛德華活靈活現地表演了早上的那一幕，又把葛林賀太太模仿了一遍，愛德華看得津津有味，以至於將他返回工作崗位的時間延誤了更多。

「維多莉亞，你真了不起，」他說，「你應該去登台表演才對。」

維多莉亞以感激的微笑接受了他的稱讚，接著說，如果他自己不想捲鋪蓋，最好馬上離開。

「沒錯，我不像你那麼容易找到其他工作。當個出色的速記打字員一定很棒。」愛德華說，聲音透著羨慕。

「呃，其實我並不是個出色的打字員，」維多莉亞坦白承認。「不過，幸運的是，這年頭即使是最差勁的速記打字員也找得到工作，至少在教育或慈善機構裡找得到，因為他們付不起高薪，所以願意雇用我這樣的人。我最喜歡幫學術單位工作。那些科學名詞和專業術語太可怕了，就算你拼錯也不會太丟人，因為誰也沒辦法拼對。你做什麼工作呢？我猜你剛從軍隊退伍。是皇家空軍嗎？」

「猜得好。」

「戰鬥機飛行員？」

「又猜對了。他們很夠意思，還為我們找工作。可是，你知道，問題在於我們並不是特別聰明的人。我的意思是，當個皇家空軍不需要特別聰明。他們把我安置在一個辦公室裡，每天和一大堆資料、數字為伍，還得做一些傷腦筋的事。我對這些真是一籌莫展。整份工作看來毫無目的，可是事情就是這樣。發現自己一無是處，心裡難免有點難過。」

維多莉亞同情地點點頭，愛德華又痛苦地說下去。

「一頭霧水。一點也摸不著頭緒。戰時還好，你可以用高昂的熱情去戰鬥，比如說，我就得到了飛行十字勳章。可是現在，唉，我簡直想把自己從地圖上塗掉。」

「可是，照理說……」

維多莉亞沒把話說完。她認為一個能得到飛行十字勳章的人，應該有些特質能在一九五〇年代獲得一個適當的位置，可是這個想法很難用言語來表達。

「這讓我意志消沉，」愛德華說，「我的意思是，我根本一無是處。唉，我還是快走吧。呃，如果你不介意……我這樣要求不知道是不是太厚臉皮，我只是……」

維多莉亞吃驚地瞪大眼睛，紅著臉又結結巴巴的愛德華拿出一個小相機來。

「我非常希望為你照張照片。我明天就要去巴格達了。」

「去巴格達？」維多莉亞叫出聲，顯然非常失望。

「是的。我真希望我能夠……不去。今天早上我對碰到這個機會倒是興高采烈。我很想離開英國，所以才接受了這份工作。」

「什麼樣的工作？」

「說起來真夠慘的。什麼文化啦詩詞啦，全是這類東西。我的上司是個博士，叫作拉思彭，名字後面有一大串頭銜。他跟你說話的時候，會透過夾鼻眼鏡深情地盯著你。他對改革社會極其熱中，為此四處宣揚。他在偏遠地區開書店——在巴格達也要開一個。他找人把莎士比亞和密爾頓的著作譯成了阿拉伯文、庫德文、波斯文和亞美尼亞文，而且上架販賣。我認為他這麼做很傻，因為英國文化協會也在各處做著同樣的事。不過，反正事情就是這樣。

他給了我一份工作，所以我不該埋怨。」

「你到底在做什麼工作呢？」維多莉亞問。

「噢，簡而言之，就是在那個老傢伙的手下做個唯唯諾諾和跑腿打雜的的人。買票、預約訂位、填寫護照表格，把他所有可厭的詩稿整理裝箱、東奔西跑，什麼地方都得去。我想我們去那裡是去進行親善活動——一個崇高的青年運動，把各民族的青年集合起來，共同努力來改革社會。」愛德華的口氣愈來愈憂鬱。「坦白說，這個工作很可怕，對吧？」

維多莉亞很難說出什麼安慰的話。

「現在，」愛德華說，「如果你不介意，我想要一張側面、一張正面直視著我……太好了……」

相機喀嚓響了兩聲。維多莉亞顯然十分快樂，而且洋洋得意——年輕女子知道有英俊男人對她產生好感的時候都是如此。

「太不巧了，我才剛遇見你就得要離開，」愛德華說，「我有點三心二意，想去又想放棄……不過，我想我不應該在最後關頭放棄，那些可怕的表格、簽證等等都辦好了。那裡的工作不會太愉快吧，你說是不是？」

「也許不像你想像的那麼糟。」維多莉亞安慰他。

「或許吧，」愛德華的語氣並不確定。「奇怪的是，」他又補上幾句：「我有種感覺，有些事情不對勁。」

「不對勁？」

「沒錯，假假的。不要問我為什麼，我也說不出個道理來。人有的時候就是會有這種感覺。那次機油的那件事，我就有這樣的感覺。折騰了半天，果然發現備用齒輪泵中插進了一個墊圈。」

愛德華說的技術名詞讓維多莉亞有如丈二金剛，不過她大致懂得他的意思。

「你認為拉思彭是個……冒牌貨？」

「我想不是。我的意思是，他非常可敬，又有學問，是好幾個協會的成員，經常跟那些大主教和大學校長聚會。不是，這只是一種感覺……噢，反正時間會證實。再見了，希望你也能來。」

「我也希望。」維多莉亞說。

「你現在打算做什麼？」

「到高爾街的聖吉瑞德介紹所去登記找個工作。」維多莉亞垂頭喪氣地說。

「再見了，維多莉亞。分離，意味著死亡。」愛德華用法語說完，又用道地的英國口音補上幾句：「那些法國佬確實懂得這些東西。我們英國人只知道囈語般地說分別是甜蜜的悲傷，真蠢。」

「再見，愛德華，祝你好運。」

「我想你不會再想起我了。」

「我會的。」

「你和我見過的女孩完全不同。我真希望……」大鐘敲出了一刻鐘的報時，愛德華說：「噢，老天！我得用飛的了……」

他的身影迅速消逝，被倫敦這個巨大的城市吞沒了。維多莉亞依然坐在長椅上，陷入沉思。她意識到自己腦中有兩條鮮明的思路。

一條是以羅密歐和茱麗葉為主線。她覺得她和愛德華有點像那一對不幸的愛侶，只是羅密歐和茱麗葉是用比較高雅的語言互訴愛慕。不過，維多莉亞想，他們的處境是相同的。初次邂逅，一見鍾情，接著遭受嚴重挫折，兩顆相愛的心各奔一方。她的腦海浮現出她的老保母過去時常吟唱的一首童謠：

江博對艾莉絲說我愛你，
艾莉絲對江博說我不信，
如果你真像你說的那樣，
你就不會遠去美國，把我留在動物園裡。

只要把美國換成巴格達，就再確切不過了！

維多莉亞終於站起身。她撣掉腿上的麵包屑，踩著小碎步走出費茨詹姆斯公園，朝高爾街走去。維多莉亞做了兩個決定：第一，她（像茱麗葉一樣）愛著這個年輕人，決心要得到他。

維多莉亞做出的第二個決定是：既然愛德華馬上就要去巴格達，她唯一的出路就是也跟到巴格達去。現在她的思緒完全集中在如何實現這個願望。這個願望無論如何一定會實現，這一點維多莉亞深信不疑。她是個性格樂觀又有魄力的女孩。

「分離是如此甜蜜的悲傷」，她對這句詩的感覺和愛德華一樣強烈。

「無論如何，」維多莉亞自言自語道，「我一定要去巴格達！」

／03

薩伏旅館拿出招待老顧客的熱情接待了安娜．謝勒小姐。他們問候摩根瑟先生的健康，並且向她保證，如果房間不理想，她儘管說一聲……因為安娜．謝勒代表了「鈔票」。

謝勒小姐洗澡更衣後，撥了通電話到肯辛頓區，這才乘電梯下了樓。她走出旋轉門，要小弟幫她叫輛計程車。車來了，她踏入車門，要司機開到龐德街的卡地亞珠寶店。

計程車彎出薩伏旅館，進入斯特蘭德大街，一個站在商店櫥窗前看東西的黑皮膚、矮個男子突然瞄了瞄手錶，揚手招呼一輛正好朝這邊開來的計程車。才不久前，一個手持包裹、焦急不安的婦女叫過車，那司機卻視而不見。

這輛計程車沿著斯特蘭德大街行駛，時時將前一輛計程車保持在視線之內。兩輛車繞到特拉法加廣場時因紅燈而雙雙停下，第二輛車中的男人從左邊車窗往外望了一眼，隨即打了個手勢。一輛停在英國海軍部拱門旁邊的私人轎車啟動馬達滑進車流，緊跟在第二輛計程車的後面。

汽車長龍又開始移動。安娜．謝勒的車隨著駛往坡爾購物中心的車陣向左轉彎。矮個子男人的汽車突然轉向右邊，繼續繞著特拉法加廣場行駛，現在緊跟在安娜．謝勒後面的是那輛灰色的私人標準轎車。車裡坐著兩名乘客。開車的是個面目清秀但表情茫然的青年，坐在他身旁的則是個服飾講究的年輕女子。標準汽車緊跟著安娜．謝勒的車，沿著皮卡地里路行駛，接著駛入了龐德街。這時車在路邊停下，年輕女子踏出車門。

她以禮貌而飛揚的聲音喊了聲：「非常謝謝。」

車開走了。年輕女子一邊走一邊時不時朝窗子裡頭望。車流因為塞車停了下來。年輕女子從標準汽車和安娜．謝勒的計程車旁走過，來到卡地亞珠寶店，走進店門。

安娜．謝勒付了車資，也走進卡地亞珠寶店。她花了點時間看了幾樣珠寶，最後選了一枚鑲著藍寶石和鑽石的戒指。她開出一張由倫敦某家銀行支付的支票。店員一看見她支票上的簽名，態度立即加了幾分熱情。

「謝勒小姐，很高興看到你再次出現在倫敦。摩根瑟先生也來了？」

「沒有。」

「我想也是。我們這兒有一塊非常珍貴的藍寶石——我知道他對這種藍寶石非常有興趣，你願意看看嗎？」

謝勒小姐表示她願意看看。她看過後讚賞一番，答應一定會轉告摩根瑟先生。

她出了店門，再度置身於龐德街。一直在看夾式耳環的年輕女子這時對店員說自己拿不定主意，也走出了店門。

先前在格拉夫頓街左轉後繼續開往皮卡地里廣場的標準灰色轎車，現在又轉回到龐德街來。年輕女子對它視而不見。

安娜·謝勒已經轉進阿凱德街。她走進一家花店，要了三打長梗玫瑰、一盆又大又漂亮的紫羅蘭、一打白丁香花枝，還有一盆含羞草。她留了一個地址，要店家把花送去。

「小姐，一共十二英鎊十八先令。」

安娜·謝勒付了錢，走出花店。剛走進來的年輕女子問了櫻草花的價錢，不過沒買。

安娜·謝勒穿過龐德街，沿著伯林頓街前行，接著轉進薩維爾巷。她走進一家裁縫店，這家店主要常承作男裝，偶爾也紆尊降貴地為幾個特別受到青睞的女顧客剪裁套裝。

博福先生以接待貴客的態度和安娜·謝勒小姐寒暄了一陣，接著開始談論衣料。

「真幸運，我可以用本國高級的出口衣料給您製衣。謝勒小姐，您什麼時候回紐約？」

「二十三號。」

「我們會做好的，沒問題。您是搭乘客機離開吧？」

「是的。」

「美國那邊的情況怎麼樣？這裡很不樂觀，真是非常不樂觀，」博福先生搖搖頭，像個醫生描述病人的病情。「對事情根本不用心，如果您懂我意思的話。沒有人對有份好工作感到自豪。謝勒小姐，您知道是誰剪裁您的衣服嗎？是蘭特威克先生。他今年七十二歲了，我只委託他為我們最好的顧客裁製衣服。其他的個個都是……」

博福先生兩隻圓胖的手擺了擺。

「品質，」他說，「我們英國過去素來以品質聞名。品質！絕不粗製濫造，絕不華而不實。我們對大量生產不在行，這是事實。謝勒小姐，那是貴國的專長。我再說一遍，代表我們國家的應該是品質。我們肯花時間，不怕麻煩，做出來的成品世界上沒有一個國家比得上。噢，您看哪天來試衣服？下星期的今天？十一點三十分？非常謝謝您。」

安娜・謝勒穿過在陰暗處堆放著的大包陳舊布料，再度置身於明亮的街上。她招來一輛計程車，朝薩伏旅館開去。另一輛計程車也剛好開到對街，裡頭是那個黑皮膚、矮個子的男人。這輛車也沿著同一條路線行駛，不過沒有轉進薩伏旅館，而是繞到河堤處，把一個矮胖的女人接上車。那女人剛從薩伏旅館的大門走出來。

「怎麼樣，路易莎？她的房間搜過了嗎？」

「搜過了。什麼也沒有。」

安娜・謝勒在餐廳裡吃了午餐。餐廳為她預留了一張靠窗的桌子。餐廳經理懷著熱情問候了奧托・摩根瑟先生的健康。

吃過午餐，安娜・謝勒拿了鑰匙，回到自己房間。床已鋪好，洗澡間放了新毛巾，處處煥然一新。安娜走到兩個輕便的衣箱前。兩個裝行李的箱子一個開著，一個鎖著。她對著未上鎖的那只衣箱中的東西打量了一陣，接著從皮包取出鑰匙，打開另一只箱子。東西都很整齊，一如她原先擺放的一樣，看不出被摸過或翻動的痕跡。最上層是個皮製的公文包，小型徠卡相機和兩捲底片還在角落，底片依然密封，沒被打開。安娜的指甲覆上底片蓋，將它掀起後，露出微笑。那根幾乎看不見的金髮不見了。她俐落地在光滑油亮的公文包上撒上一點香粉，接著將粉吹掉。公文包依然乾乾淨淨、光滑油亮，沒有任何指紋。可是那天早晨，她在她平滑的亞麻髮罩上拍了點美髮油，碰觸過這個公文包，上面應該有指紋才對——她自己的指紋。

她再度露出笑容。

「做得好，」她自言自語道，「但還不夠好。」

她俐落地收拾好一個短途小旅行箱，再度下樓，叫了一輛計程車，要司機開到艾姆斯雷園十七號。埃姆斯雷園是肯辛頓區一個僻靜又髒舊的廣場。安娜付了車費，登上台階，來到一扇油漆斑駁的大門前。她按下電鈴，幾分鐘後，一位老婦面露狐疑地開了門，見到她立刻綻出歡迎的微笑。

「愛爾喜小姐見了你不知會多高興！她在後頭的書房裡。只有想到你要來，她的心情才會這麼好。」

安娜快步走過漆黑的通道，推開盡頭處的門。房間又小又舊，不過似乎很舒適，裡頭擺著幾大張破舊的皮製扶手椅。安娜一進房間，坐在椅上的女人立刻躍起。

「安娜，親愛的。」

「愛爾喜。」

兩個女人熱情地親吻對方。

「都安排好了，」愛爾喜說，「我今晚就住進去。我希望……」

「放心，」安娜說，「一切都會很順利。」

§

矮個頭、黑皮膚的男人穿著雨衣，走進肯辛頓車站高街上一個公用電話亭撥了個號碼。

「瓦哈拉電唱機公司嗎？」

「是的。」

「我是桑德斯。」

「是河流桑德斯嗎？哪條河？」

「底格里斯河。報告ＡＳ[1]的狀況。今天早上自紐約抵達英國。去過卡地亞珠寶店，花

1 指安娜·謝勒。

了一百二十英鎊買了一枚鑲藍寶石的戒指。接著到珍妮·坎特花店買了十二英鎊十八先令的花，要人送到波特蘭廣場的一家小型私人醫院去。在博福和艾沃瑞服裝店定做了上衣和裙子。根據目前所知，這幾個公司和她沒有任何可疑的關聯，不過今後會特別留意。搜過AS在薩伏旅館的房間，沒有發現任何可疑的東西。箱子裡有個公事包，裡頭裝著和沃芬斯坦公司合併的文件，都是公開的。有個照相機，還有兩卷顯然沒有沖洗過的底片。可能是用來頂替那些影印了資料的底片，不過根據先前探查的結果，原件底片確定沒有曝光過。AS接著帶了一個小型短途旅行箱，到艾姆斯雷園十七號去看她姐姐。她姐姐今晚要住進波特蘭廣場的私人小醫院動個內科手術，這已從醫院和外科預約登記簿中得到證實。AS這次來訪似乎是完全公開的，沒有流露出半點不安，也沒察覺到被人跟蹤。根據了解，她要在醫院過夜，不過薩伏旅館的房間還保留著。已經訂好返回紐約的飛機票，日期是二十三號。」

自稱河流桑德斯的男人頓了頓，又多報告了幾句。

「如果你問我，我認為這全是騙人的把戲！亂花錢，這就是她做的好事。光買花就用了十二英鎊十八先令！你說是不是？」

04

維多莉亞根本沒想過她有可能無法達成目的，這充分表現出她樂觀的性格。對她來說，這並不是可望不可即的事。坦白說，她剛對一個英俊的年輕人產生愛慕，他就要飛到三千哩外的地方，這當然是個遺憾。他盡可以去阿伯丁或布魯塞爾，甚至伯明罕，那該有多好。

而他偏偏要去巴格達！維多莉亞想，真是運氣不好。不過儘管困難重重，她還是打算想辦法到巴格達去。維多莉亞若有所思地沿著圖特漢園大道走著，思索著各種能去成巴格達的辦法。巴格達。他們在巴格達做什麼？愛德華說，是做「文化事業」。她能夠做文化方面的工作嗎？去找聯合國文教組織行不行？這個組織經常派人出國，各地都有，有時候還會派到一些令人嚮往的地方去。可是維多莉亞想到，這些工作通常都是給那些有大學學位而且早就進入社會的優秀女孩子。

維多莉亞決心先把該辦的事情辦好。她舉步來到一家旅行社，做了一些詢問。去巴格達似乎並不困難。可以搭飛機；可以在海上長途旅行到達巴斯拉；可以乘火車到馬賽，接著乘船到貝魯特，再乘車穿越沙漠；還可以取道埃及。如果有決心，還可以一路乘火車，不過目前取得簽證很困難，而且變數太大……等你拿到簽證，說不定已經過期了。巴格達是使用英鎊，所以錢不成問題，換句話說，她無需兌換貨幣，從這個角度來說沒有困難。大體說來，只要有六十至一百英鎊的現金，要前往巴格達毫無困難。

維多莉亞接著又問，有沒有可能找個空中小姐或空服員的工作。不過她想，這些工作都是眾所豔羨的，一定有很多人排隊等候。

維多莉亞又跑到聖吉瑞德介紹所去。辦事效率很高的史潘塞小姐在桌子後面，把她當作那些注定要經常來這個地方的人接待了她。

「天哪，瓊斯小姐，你該不是又失業了吧？我真希望上回那個工作……」

「簡直無法忍受，」維多莉亞堅決地說，「我真不知如何啟齒告訴你，我忍受了什麼樣的痛苦。」

史潘塞小姐蒼白的雙頰泛起了快樂的紅暈。

「該不會是……」她開口說道，「我希望不會是……他看來不是那種人。不過，當然，他有些粗俗。我希望……」

「沒什麼，」維多莉亞說，勉強裝出一個蒼白的勇敢笑容。「我能照顧自己。」

「噢，那當然。可是，發生這種事畢竟令人不愉快。」

「沒錯，」維多莉亞說，「是令人不愉快。不過……」她又露出勉強的笑容。

史潘塞小姐查了查記事本。

「聖倫納德未婚媽媽之家需要一名打字員，」史潘塞小姐說，「當然，他們付的薪水不會很高……」

「有沒有可能……」維多莉亞貿然問道，「在巴格達找個工作？」

「在巴格達？」史潘塞小姐問，顯然大為吃驚。

維多莉亞想，自己乾脆說要去俄屬堪察加半島或南極找工作算了。

「我很想去巴格達。」維多莉亞說。

「我真的不認為……你是說找個祕書的工作？」

「什麼工作都可以，」維多莉亞說，「護士、廚師，甚至是照顧精神病人，什麼工作都可以。」

史潘塞小姐搖搖頭。

「恐怕我沒有太大把握。昨天有個婦人領著兩個小女孩到這兒來，願意出錢買一張去澳洲的機票。」

維多莉亞擺擺手。她對澳洲不感興趣。她站起身。

「如果有去巴格達的機會，請通知我。只要支付去巴格達的機票就行，這是我唯一的要求。」看到對方好奇的目光，她又解釋道：「我有……呃，親戚在那裡。我還聽說那裡有不少高薪的工作可找。當然，我總得先去那裡再說。」

「沒錯，」維多莉亞一邊走出聖吉瑞德介紹所，一邊喃喃自語。「我得先到那裡再說。」

對維多莉亞來說，這是個新增的煩惱。當一個人的注意力突然集中在某個名字或問題上時，所有的東西好像也突然蜂擁而至，迫使那人滿腦子只有這個名字或問題。維多莉亞也不例外，她的思緒都集中在巴格達上。

她買的晚報上有一則報導，著名的考古學家龐希富・瓊斯博士已在距離巴格達一百二十哩的古城穆力克開始挖掘的工作。廣告欄中提到前往巴斯拉的輪船航班（隨後可以從那裡搭火車到巴格達、摩蘇爾等地）。在她拿來墊褲襪抽屜的報紙上，幾行關於巴格達學生的報導躍入她的眼簾。《巴格達之賊》正在附近的電影院上映。一家她經過時總會被櫥窗吸引目光的高檔書店，正以醒目的位置展出《巴格達的哈里發[2]——哈隆・拉希德》的新傳記。

在她看來，整個世界好像突然對巴格達有了興趣。而在那天下午一點四十五分之前，她從未聽過巴格達，當然也從沒想到過它。

去巴格達的前景渺茫，但是維多莉亞絲毫不想放棄。她有個異常靈活的頭腦，以及非常樂觀的處事態度：如果你決心做一件事，總有辦法可以做到。

那天晚上，她擬出了一張清單，列出可能前往巴格達的途徑。這份清單如下：

到外交部碰碰運氣？

登個廣告？
到伊拉克大使館試試？
椰棗公司怎麼樣？
去輪船公司問問？
英國文化委員會？
情報局會不會有用？
市民諮詢處能不能幫忙？
她不得不承認，這些途徑沒一個有希望。她在清單上又加上一條：「無論如何，要拿到一百英鎊？」

§

由於昨夜專心思考過於費神，再加上潛意識裡很高興不必再在早晨九點準時到達辦公

2 哈里發（Caliph），伊斯蘭國家政治和宗教領袖的尊稱。

室，維多莉亞這天睡過了頭。

她在十點五分醒來，立即跳下床，開始穿衣服。她梳起一頭不聽話的黑髮，就在快要梳好之際，電話鈴響了。

維多莉亞伸手拿起話筒。

是史潘塞小姐打來的，聲音聽來十分興奮。

「老天，能找到你真令人高興。這真是最令人驚訝的巧合。」

「什麼？」維多莉亞叫出聲。

「我剛說了，這真是令人驚訝的巧合。有一位漢米頓．克利普太太，打算三天後要去巴格達。她摔斷了手臂，路上需要有人照顧，所以我立即打電話給你。當然，我不知道她是不是也去了別的介紹所登記……」

「我立刻趕去，」維多莉亞說，「她人在哪裡？」

「薩伏旅館。」

「你說她叫什麼怪名字？特利普？」

「老天，是克利普。就像夾子（clip）那個字，不過有兩個P（clipp)。我想不通她怎麼會姓這個姓，話說回來，她是個美國人。」史潘塞小姐做了總結，彷彿一切就這麼解釋清楚了。

「薩伏旅館的克利普太太。」

「是漢米頓．克利普先生夫婦。事實上是克利普先生打的電話。」

「你真是個天使，」維多莉亞說，「再見。」

她急忙撣撣衣服，希望它別顯得那麼邋遢，接著又把頭髮梳了一遍，好讓它看來不那麼蓬亂，而且也更符合看護天使和旅行家的印象。接著，她拿出葛林賀先生的推薦信，邊看邊搖頭。

「我得另寫一封比較好的信。」維多莉亞說。

維多莉亞在格林公園下了十九路公車，走進麗緻飯店。適才在公車上，她從一個正在看報的女人肩後對著報紙瞄了幾眼，這可幫了她的大忙。她走進寫字間，以辛西雅·布萊德麗夫人的名義，寫了幾行盛讚自己的話（根據報導，辛西雅·布萊德麗夫人剛離開英國去了東非）：「非常善於照顧病人，」維多莉亞寫道：「無所不能……」

她離開了麗緻飯店，穿過馬路，沿著阿比馬里街走了一小段路，來到鮑德頓旅館。這家旅館素以高階神職人員和鄉下富孀常常光顧而著稱。

她用工整的筆跡，把小寫的希臘字母「e」寫得整整齊齊，以蘭格主教的名義寫了封介紹信。

一切就緒，維多莉亞踏上九路公車，直奔薩伏旅館。

她對櫃檯職員說要見漢米頓·克利普太太，又說了自己的名字，說是聖吉瑞德介紹所介紹來的。那人正要把電話挪到跟前，突然停下動作，視線停在對面，口中說道：「那位就是漢米頓·克利普先生。」

漢米頓．克利普先生是美國人，身材非常之高，一頭灰髮數起來沒幾根，外表看起來很和善，說話慢條斯理。

維多莉亞對他道出自己的名字，說是聖吉瑞德介紹所來的。

「噢，瓊斯小姐，你就直接上樓去找克利普太太吧，她還在房間裡。我想她正在面試一位年輕小姐，不過那位小姐可能已經離開了。」

維多莉亞心裡直發涼。

這個機會果真是可望不可即嗎？

他們乘電梯上到四樓。

當他們走在鋪了厚地毯的走廊上時，一個年輕女子從盡頭的房間出來，朝他們走過來。一時之間維多莉亞心神恍惚，彷彿從對面走來的是她自己。她想，自己之所以有這種幻覺，可能是因為那個年輕女子一身訂做的套裝如此合宜，讓她真想把它穿在自己身上。「而且也正合我的身材，我跟她一樣高。真希望我能把那套衣服從她身上剝下來。」維多利亞懷著原始女人的野蠻心態暗自想道。

年輕女子和他們擦肩而過。她淡金色的頭髮上戴著一小頂天鵝絨帽，遮住了半邊臉，可是漢米頓．克利普先生卻轉過身去看她的背影，露出吃驚的神色。

「唉，」他自言自語道，「真意外。是安娜．謝勒。」

他又說，像是解釋：「請原諒，瓊斯小姐。我很驚訝，因為我認得那位小姐，一個星期前我還在紐約見到她，她是美國一家大型國際銀行的祕書……」

話聲甫落，他人已停在走道的一個房門前。鑰匙插在鎖孔裡，他轉了轉，打開門，接著站到一旁，讓維多莉亞先進去。

漢米頓．克利普太太坐在窗邊一把高背椅上，一見他們進來，隨即站起身子。她身材矮小，像隻小鳥似的，但目光銳利，右臂打著石膏。

她丈夫介紹了維多莉亞。

「唉，太不幸了，」克利普太太上氣不接下氣地嚷著。「我們的行程排得滿滿的，正在倫敦遊覽，整個計畫都安排好了，票也訂了。瓊斯小姐，我打算去伊拉克看我那結了婚的女兒。我快兩年沒見到她了。可是，還沒動身就摔了一跤。是在西敏寺教堂走下石階的時候，一下子就摔倒了。他們急忙把我送到醫院，現在手臂已經固定住，大致說來還不算太痛苦，可是現在這個樣子，我無助得很，該怎麼去旅行呢？我不知道。至於喬治，他忙得脫不開身，再過三個星期也離不開。他建議我帶個看護同行；其實我只要到了那兒，身邊就不需要看護了。路上要做的事塞蒂都能做，但那表示我得付她回來的路費，所以我就打了電話給幾個介紹所，看能不能找個人同行，這樣我只要付一趟到伊拉克的路費就行了。」

「我其實不是真正的看護，」維多莉亞說，極力暗示她真實的身分。「但我在護理方面有很豐富的經驗，」她出示了第一張證明。「我為辛西雅．布萊德麗夫人工作了一年多。而且如果你需要寫任何書信或處理文書，我在我舅舅的公司當過幾個月的祕書。我舅舅……」

維多莉亞謙虛地說，「是蘭格主教。」

「原來你舅舅是個主教。老天，真有意思。」

維多莉亞自忖，這一席話顯然讓漢米頓．克利普夫婦留下了深刻的印象（她如此大費周章，他們理當留下深刻的印象）。

漢米頓．克利普太太把兩張介紹信遞給丈夫。

「事情太順利了，」她的口氣很是恭敬。「這是天意。我對上帝的祈禱應驗了。」

維多莉亞想，說得一點也不錯。

「你是打算去那裡就業呢，還是去找親戚？」漢米頓．克利普太太問。

維多莉亞先前忙著偽造介紹信，完全沒想到自己可能得解釋去巴格達旅行的理由。這問題突如其來，她毫無準備，只得隨口編造。昨天在報紙上看到的那則報導浮現在她腦海。

「我打算去找我叔叔，龐希富．瓊斯博士。」她解釋道。

「真的？就是那位考古學家？」

「是的。」一時之間，維多莉亞心想她是不是為自己攀了太多有名的長輩。「我對他的工作非常有興趣，可是我並沒有那方面的特殊資歷，所以勘測協會無法為我出資去參加這次考察。他們的資金並不充裕。可是如果我自己出路費，那就可以加入他們，貢獻一己之力。」

「那種工作一定非常有趣，」漢米頓．克利普先生說，「而且，美索不達米亞文明絕對是考古學研究的一個重要領域。」

「我想，」維多莉亞轉向克利普太太說道，「我那個主教舅舅目前住蘇格蘭。不過我可以把他祕書的電話號碼給兩位。她現在人在倫敦。她的號碼是：皮姆利柯八七六九三，那是富勒姆宮的一個分機。她從十一點半以後（維多莉亞對著壁爐台上的鐘瞄了一眼）都在，如果你們要打電話向她詢問我的資料，十一點半以後都可以。」

「噢，我相信……」

克利普太太才張口，她丈夫就打斷了她。

「你知道，時間很緊迫，這架飛機後天就要起飛。瓊斯小姐，你有護照沒有？」

「有，」維多莉亞很慶幸，幸虧去年她到法國做了一趟短期旅行，護照尚未過期。「我都隨身帶著，以防萬一。」她補充道。

「對，這就是我說的會辦事的人。」克利普先生讚賞道。

現在看來，目前如果有其他候選人在競爭，那人顯然是要退場了。維多莉亞有優秀的推薦信，有兩個名人長輩，又隨身帶著護照，這些都讓她得分連連。

「你需要簽證，」克利普先生拿著護照說，「我會去找美國運通公司的一個朋友伯晉先生，他會把一切都安排好。你最好下午再來一趟，在必要的文件上簽字。」

維多莉亞說好。

房門在她身後關上，她聽到漢米頓．克利普太太對丈夫說：「多麼直爽的女孩。我們太幸運了。」

維多莉亞心虛得臉都紅了。

她急忙趕回自己的公寓，一面正襟危坐，一面盯著電話機，準備模仿主教祕書彬彬有禮和動聽的聲音，以防克利普太太打電話來探詢她的資料。不過克利普太太顯然已被維多莉亞直爽的個性感動，不打算計較這些細節。再怎麼說，這個任務只是要她做幾天的旅伴而已。

所有證件及時填寫完畢、簽好字，不可或缺的簽證也拿到了。克利普夫婦囑咐維多莉亞來薩伏旅館度過最後一夜，以便幫忙克利普太太隔天早晨七點動身前往航空大樓和希斯洛機場。

05

兩天前離開了沼澤地帶的小船，正悠悠地沿著阿拉伯沙烏地河前行。水流很急，因此划槳的老人不必出什麼力。他划槳的動作緩慢而有節奏，雙眼半睜半閉，用幾乎聽不到的低沉嗓音反覆吟唱著一首阿拉伯悲歌：

Asri bi lel ya yamali
Hadhi alek ya ibn Ali.

數不清有多少回了，阿布達·蘇萊曼這位來自沼澤的老人，就這樣沿河順流而下前往巴斯拉。船上還坐著一個人，身著破爛的東西合璧服裝，這種裝束當今已是屢見不鮮。他身穿條紋棉長袍，罩著一件滿是油汙、破舊不堪的土黃色外套，破外套裡還塞著一條褪了色的針織紅圍巾。他的頭部顯示出阿拉伯服裝的尊嚴，一條人人必戴的黑白纏頭巾，用一根黑綢頭箍繫得牢牢的。他的眼睛茫然直視，朝著河堤方向朦朧地看著。沒多久，他也開始哼起同樣的曲調。他和美索不達米亞這塊土地上成千上萬的人沒有兩樣，絲毫看不出他是個英國人，也看不出他隨身攜帶著一份祕密情報。世上所有國家的權勢人士都想截獲這份情報，並且將他一同殲滅。

前幾個星期發生的事依稀在他腦中浮現：在山中遭到埋伏。冰雪覆蓋的山口。駱駝商隊。和帶著流動劇院的兩個男人一起在寸草不生的沙漠中徒步跋涉了四天。住在黑帳篷裡，隨著他的老友阿納茲部落遷徙……種種境遇都極困苦，充滿危險，一次又一次偷偷越過敵人布好、企圖尋找並截獲他的封鎖線。

「亨利．卡麥柯，英國情報員。年約三十。棕色頭髮，黑眼珠，身高五呎十吋。能說阿拉伯語、庫德語、波斯語、亞美尼亞語、印度斯坦語、土耳其語和多種山區方言。在土著部落裡有很多朋友。危險人物。」

卡麥柯生於新疆的喀什市，父親是當地的政府官員。他從牙牙學語開始就學習各種方言和土語，他的保母以及後來撫養他的人都是不同血統的土著民族。他在中東所有未開化的地區幾乎都有朋友。

只有在城鎮，他的人際網絡才顯得差一些。現在巴斯拉已然在望，他明白執行這次任務的關鍵時刻已經來到。他遲早要再進入這個文明地帶。雖然巴格達是他最後的目的地，不過他明智地決定不要直接前往。伊拉克的每座城市都會為他提供便利，這一點在好幾個月前就已做過周密的討論和安排。換句話說，他要選擇在何處靠岸，要靠他自己的判斷。他並沒有告知上司，雖然他原本可以利用間接管道通知他。這樣安全些。那個簡單的計畫——飛機停在指定的地點接他——已告失敗，一如他的預期。那個地點已被敵人發現。漏洞！永遠有這種難以理解的致命漏洞。

因此，他愈來愈擔心會出現危險。現在他身在巴斯拉，可望到達安全地帶了，可是他很清楚，這裡比在未開化地區跋涉更加危險。如果在最後階段功虧一簣……那麼後果就不堪設想。

阿拉伯老人帶著節奏搖著雙槳，頭也沒回地低聲說了句：「時候到了，孩子，願真主保佑你。」

「不要在城市裡逗留太久，老爹。回到沼澤去。我不願意讓你受到傷害。」

「這是真主的旨意。命運在祂手中。」

「託真主的福。」男子重複一遍。

此時此刻，他極其渴望變成有東方血統的人，而不是西方人。這樣他就不必擔心成功或失敗，不必一而再再而三地算計著各種危難，不必反覆自問計畫是否周密、前瞻。把一切都交給大慈大悲、萬能的上帝吧。託真主的福，我一定會成功！

在對自己說這些話的同時，他感到伊拉克這個國家的平靜和宿命完全感染了自己。他迎接這種影響。再過幾分鐘，他必須離開小船的庇蔭，在這個城市的街道上行走，承受各種銳利目光的監視。他不但外表必須像阿拉伯人，連感情也是，唯有如此才能成功。

小船緩緩轉向與大河呈直角的水道。這裡停靠著各式各樣的船隻，還有一些船隻隨他們之後駛進來。那景象十分可愛，彷彿威尼斯一般；渦旋狀的船頭高高翹起，船身的油漆斑駁褪色，顯得十分柔和。成百上千這樣的船隻，一隻挨一隻地繫靠在岸邊。

老人輕聲問：「時候到了。他們為你做好準備了嗎？」

「是的，我的計畫都安排好了。分離的時刻到了。」

「願真主保佑你一路順風，願真主保佑你長命百歲。」

卡麥柯將身上的條紋棉袍裹緊，踏上通往碼頭的滑溜石階。

他周遭一如往常地呈現河邊風情。幼小的兒童和賣橘子的小販蹲在售貨盤旁邊。硬邦邦的方形糕點和甜食；盛著鞋帶、劣質梳子和鬆緊帶的托盤；冥思中的過路人邊走邊粗聲粗氣地吐痰，手中的念珠嘩嘩作響。對街有不少商店和銀行，忙碌的年輕男人身著淡紫色西服，邁著輕快的步伐。裡頭也有歐洲人，英國人和其他國籍都有。沒有人對他流露出任何興趣或好奇，因為剛下船的他混在五十來個阿拉伯人當中一起走上碼頭。

卡麥柯一面安靜走著一面眼觀八方，眼眸恰如其分地流露出對周遭景物感到好奇的純真神情。他時不時就咳一聲、吐口痰，只是動作並不誇張，做得恰到好處。他還用手擤了兩回鼻涕。

就這樣，這個陌生人進了城，走到運河盡頭的橋邊，接著過橋進了市集。

這裡一片嘈雜，到處是擁擠的人流。精力旺盛的部落土著邊走邊把擋路的行人推到路旁，馱著沉重貨物的驢子沿街踽踽而行，驢夫粗聲粗氣地喊著「走！走！」。孩子們吵著鬧著尖叫著，在歐洲人後面追趕，滿懷希望地叫喊：「給點錢吧，太太，給點錢吧，可憐可憐我吧……」

在這裡，東方和西方的產品擺在一起出售：鋁製的長柄平底鍋、茶杯碗盤茶壺、自製的銅器、阿拉伯銀器、廉價手錶、搪瓷瓦缸、波斯運來的刺繡和織有鮮豔圖案的地毯、科威特運來的鍍銅箱子、二手的舊衣舊褲和羊毛童衫、當地生產的被褥、彩色的玻璃燈，還有一堆堆的盛水陶罐和陶鍋。廉價的洋貨和當地特產擺在一起出售，到處皆是。

一切一如往昔，十分正常。經過荒原上的長途跋涉，卡麥柯覺得這樣的喧鬧和紛亂很陌生。可是，這裡本來就是如此。他察覺不出任何不調和的跡象，也不覺得有人對他在此地出現有任何興趣。然而，以多年來被人追捕的經驗，他憑著本能愈來愈感到不安……一種惘惘的威脅。他沒察覺出任何蹊蹺。沒人看過他一眼。他幾乎可以斷定，沒人尾隨在後或盯梢。可是，他感到那種不明顯的危險確實存在。

他彎進一條又黑又窄的小巷，右彎又左轉後，置身於眾多的小貨攤中。他走到夾雜在其間的一家商棧門前，跨過門檻，走進院落。院內四周有很多商店。卡麥柯走到一家掛著北方出產的羊皮襖商店。他站著翻弄皮襖，摸摸這看看那。店主人正端出咖啡給一個顧客。那人人高馬大，蓄著大鬍，器宇軒昂，頭巾外頭繞著一條綠帶，說明他是個漢志[3]。

卡麥柯站在那裡，撫弄著羊皮襖。

「多少錢？」他問。

「七個第納爾。」

「太貴了。」

那個漢志說：「你可以把地毯送到我的旅舍去嗎？」

「保證送到，」商人說，「您明天就動身？」

「明天一大早就去喀巴拉。」

「喀巴拉是我的家鄉，」卡麥柯說，「我上回去參拜哈桑墓已是十五年前了。」

「那是一座聖城。」漢志說。

店主回過頭來對卡麥柯說：「裡面還有比較便宜的皮襖。」

「我要的是北方的白皮襖。」

「比較遠的房間裡有一件。」

店主對著一道縮在內牆裡的門指了指。

接頭暗號交換完畢，和事先約好的暗號一字不差——這種對話在市集裡每天都能聽到，次序準確無誤，關鍵字也都出現了——喀巴拉、白皮襖。

只是，當卡麥柯經過商人身邊走進裡頭的院落時，他抬起眼來看了看那人的面孔，立刻覺察出這不是他原先要見的人。雖然他和那人只見過一面，不過他絕佳的記憶力不會有錯。兩人長得很像，非常像，但不是同一個人。

他停住腳步，帶著些許驚訝的口吻問道：「撒拉．哈桑在哪裡？」

「他是我兄弟，三天前死了。他的工作由我接替。」

沒錯，這人可能真是他的兄弟，兩人長得非常之像。說不定他的兄弟也受雇於自己的組織。接頭的暗語一點也沒錯。可是卡麥柯更警覺了。他穿過院落，走進　間陰暗的內室。這裡的貨架上堆滿雜貨，有咖啡鍋、銅製的糖槌、舊波斯銀器、一堆堆的刺繡、疊著的斗篷，還有大馬士革出產的搪瓷盤和咖啡用具。

小咖啡桌上放著一件疊得整整齊齊的白皮襖。卡麥柯走過去拿起皮襖，下頭有一套老舊還帶點俗氣的歐式西裝。裝著錢的錢包和證件已放在貼身的胸袋裡。先前他以一個誰也不認識的阿拉伯人進屋來，現在則要以進口及貨運代理商「克羅斯股份公司」的沃特．威廉斯先生的身分走出去，並且依照事先為他做的安排進行活動。當然，世上確有沃特．威廉斯先生其人（安排之周密由此可知），是個胸懷坦蕩、受人尊敬的商場人物。一切都依計畫進行。卡麥柯鬆了口氣，開始解開破舊的軍上衣。一切都很順利。

3　指到麥加聖地朝聖過的伊斯蘭教徒。

如果襲擊者選擇左輪手槍作為武器，卡麥柯的使命此時此地便告終結了。可是，用刀有它的好處，最重要的是沒有聲音。

在卡麥柯面前的架子上有個很大的銅製咖啡壺，是個美國遊客訂購的。訂戶即將過來取貨，所以新近才擦得雪亮。刀的閃光反射在亮閃閃的圓鍋表面，儘管影像有些扭曲，卻是原形畢露，清楚反射在上面。那人從卡麥柯身後掛的布簾溜進來，從長袍下抽出一把長彎刀。

眼看那把刀就要刺進卡麥柯的後背，卡麥柯驀然轉過身，以迅雷不及掩耳之勢在那人腳下一絆，便把對方摔在地上。刀在屋內橫飛了過去。卡麥柯迅速解決了那人，跳過他的屍體，飛快穿過外屋。他瞥見商人惡毒的面孔露出訝異，那個胖胖的漢志也顯得有點吃驚。他就這麼走了出來，穿過大商棧，回到擁擠的市集，幾個東彎西拐後，又開始緩下腳步前行。他不能露出半點慌張；在這裡，匆匆忙忙就會顯得反常。

他就這樣慢慢走著，漫無目的地走著，不時停下腳步看看這摸摸那，腦袋卻忙著活動。這個機制被破解了！在這個充滿敵意的國家裡，他再一次只能自求多福。他意識到適才經過的嚴重性，感到非常不安。

他擔心的不僅是跟蹤他的敵人，也不僅是埋伏在通往大城要道上的敵人，他怕的是自己諜報系統的內奸。對方知道口令，接頭的暗語也準確無誤。對他進行襲擊的時刻正好是在他卸下防衛之際。組織內部出現叛徒，這或許並不令人意外。敵方一定一直在想辦法，要派一個或更多的間諜打入我方的諜報系統，或是收買他們需要的人。收買一個人要比想像中容易

——不一定用錢，用其他東西也行。

唉，無論事情是怎麼發生的，反正木已成舟。他的心情恍如亡命天涯，而且只能靠自己的力量。沒有錢，沒有喬裝的新身分，自己的外貌又已被敵人知悉。說不定此時此刻，他已經被人暗暗盯梢。

他沒有回頭。有什麼用呢？跟蹤他的人絕不是新手。

他繼續緩緩地、漫無目的地走著。在他無精打采的外表下，他的腦袋忙著思索各種可能性。他終於步出市集，穿過橫跨運河的小橋，一直走到一個大門前，看見一面很大的油漆牌，上頭寫著：「英國領事館」。

他往街道前後望了望。似乎沒人在注意他。看來沒有比走進英國領事館更容易的事了。一時之間，他想到了捕鼠陷阱，想到放了乳酪、芳香誘人、擺在明處的捕鼠陷阱。對老鼠來說，踏入那個陷阱也是極其容易……

嗯，他必須冒這個險。他想不出還有其他出路。

他邁步走進了大門。

／06

理查．貝克坐在英國領事館的接待室，等著領事和別人談完後接見他。

這天早上，他才從「印度皇后號」下船登岸，辦完了行李的通關手續。他帶的幾乎全是書，睡衣和襯衣零落地放在書本中間，好像是事後想到才放進去的。

印度皇后號準時到達。理查原本多估算了兩天（印度皇后號這樣的小貨船經常誤期），現在，他在行經巴格達而且到達最後目的地——穆力克古城遺址，艾斯沃古代人造土丘——之前，手上有兩天時間可以做別的事。

這兩天準備做的事已安排妥當。靠近科威特海邊的一座土丘素以藏有古代遺物聞名，多年來一直吸引著他。這是上帝的旨意，給他機會去那裡考察一番。

他開車來到機場旅館，詢問了前往科威特的路徑。他得知第二天早上十點有架班機起飛，他可以在那裡過一天再回來。一切都很順利。當然，有些手續非辦不可，例如到科威特的入境和出境簽證。這些事他得求助於英國領事館。克萊頓先生是英國駐巴斯拉的總領事，理查數年前在波斯見過他。理查想，能在這裡再次和他見面是樁樂事。

領事館有好幾個入口。大門專供汽車出入，還有一個小門，經由花園通向阿拉伯沙烏地河旁邊的馬路。領事館辦事處的入口在大街上。理查從這裡走進去，將名片遞給值班人員。那人告訴他，總領事正在會見客人，不過很快就會結束。接著，他被帶到走道左側的一間小接待室。這條走道從入口處可直通花園。

接待室裡已有幾個人在等候。理查幾乎一眼也沒瞧他們。因為無論在什麼情況下，人類甚少引起他的興趣。對他來說，一塊古代陶器碎片永遠比一個於二十世紀出生在某地的人類有趣。

他愉快地沉浸在思緒中，想到了瑪里字母的某些形體，又想到了西元前一七五〇年本傑明尼部落的遷徙。

很難說是什麼讓他意識到目前的處境和周遭的人。他先是感到不安，接著是緊張。他覺得……雖然不是很確定，嗅到了那種氛圍。他無法具體形容，可是那氛圍確實存在，絕對錯不了。那種氛圍使他憶起第一次大戰。特別是有一回，他和兩個戰友從飛機上跳傘而下，在黎明前那幾個小時的寒冷中等待時機到來，以便展開活動。在那個時候，士氣是低落的；他們清楚地意識到，這種工作的重大危險；他們感到恐懼，擔心自己不會成功，肌肉也在發抖。而現在，他再度感受到那種幾乎察覺不到的嚴峻氛圍。

他嗅到了恐懼。

剛開始，這種感覺只是下意識的，他的腦袋有一半的注意力還是集中在西元前的年代。可是，他周遭環境的氛圍強烈地吸引了他。

這個小房間裡有人感到極度恐懼……

他舉目四望。一個阿拉伯人身披破舊的土黃色外套，手指漫不經心地撥弄著手中的琥珀念珠。一個粗胖的英國人蓄著灰色的八字鬍，像個從事商旅的遊客，正在一個小本子上振筆疾書，看來十分專心而嚴肅。一個面帶倦容的瘦高男人皮膚黝黑，安靜地靠著椅背坐著，神情平靜而冷漠。還有一個人，看來像個伊拉克職員。此外還有個波斯老人，身穿肥大的雪白長袍。他們對周遭的事物似乎都漠不關心。

琥珀念珠的清脆聲響有一定的節奏，聽起來很熟悉，又有點怪。理查打起精神。他剛才幾乎睡著了。短，長，長，短。這是摩斯電碼，毫無疑問，是摩斯電碼的訊號。他熟諳電碼，戰爭期間他某部分的工作就是使用電碼收發訊號。他輕易就聽懂了訊號：貓頭鷹。弗—羅—雷—厄—特—伊—頓。見鬼！沒錯，是這樣，訊號仍然在重複，弗羅雷厄特伊頓。訊號是那個衣著破舊的阿拉伯人發出的（或者說是念珠撥出來的）。嗨，這是怎麼回事？「貓頭鷹。伊頓。貓頭鷹。」

貓頭鷹是他在伊頓公學就學時的綽號。家裡送他去入學的當時，他戴著一副大得出奇的厚重眼鏡。

他望向房間那頭的阿拉伯人，仔細觀察他的外貌——條紋的棉布袍，破舊的土黃色外套，紅色的手織破圍巾，上面布滿了針孔。在河邊，你可以看到成千上萬這樣的人。那人和他四目相接，可是目光茫然，彷彿毫不認識他。然而，他的念珠繼續清脆地敲打著。

行者在此。隨時準備行動。危險。

行者？行者？當然是他！行者卡麥柯！那人是在一個邊陲地帶出生或長大的——是在土耳其，還是阿富汗？

理查拿出菸斗，試吸了一口。他朝菸筒裡瞧了一眼，接著在鄰近的一個菸灰缸上敲出「來電收悉」。

接下來的事情發生得很快。事後理查好不容易才理出個頭緒來。

身穿破舊軍外套的阿拉伯人站起身，朝門口走去。他在經過理查身邊時一個踉蹌，伸出一手扶住理查，這才穩住了自己。站穩後，他說了聲抱歉，繼續朝門口走去。

接下來發生的事如此古怪又如此快速，對理查來說，與其說是真實生活的一個場面，不如說是銀幕上的一個鏡頭。那個粗胖的旅客放下筆記本，在外衣口袋裡掏著什麼。因為胖，外衣又太貼身，他花了一兩秒鐘才把東西掏出來，而理查就在這一兩秒內採取了行動。那人才剛舉起左輪槍，理查便一拳出手把槍打飛，子彈鑽入了地板。

這時候那個阿拉伯人已經走出房門，轉向領事辦公室走去。可是他突然停下腳步，立刻轉身，飛快地向入口大門跑去，消失在熙熙攘攘的大街中。

領事館的警衛人員跑到理查身邊。他正架住胖男人的手臂不放。屋內其他人的表現各不相同。那個伊拉克職員嚇得跳起來，黝黑瘦削的男人目瞪口呆，而那個波斯老人直視前方，身子文風未動。

理查說：「你拿著一把左輪槍胡亂比畫到底想幹什麼？」

粗胖的男人只頓了頓，便操著倫敦口音哀怨地說：「對不起，老兄，完全是意外。是我笨手笨腳。」

「胡說。你打算拿槍射殺剛跑出去的那個阿拉伯人。」

「不，不是的，老兄，我不會開槍射他，只想嚇唬他。有個阿拉伯人曾經用幾件假古玩騙過我，我突然認出就是他。我只想開個小玩笑。」

理查．貝克是個非常潔身自好的人，不喜歡在公開場合惹人注目。他本能地想接受這個解釋。話說回來，如果不接受又能證明什麼呢？行者卡麥柯會因為他把這件事大事渲染而感謝他嗎？如果卡麥柯正在從事某種祕而不宣的間諜活動，他八成不會同意自己這麼做。

理查鬆開抓住那人手臂的手，注意到那人在冒冷汗。

領事館的警衛激動地指責那人。他說武器根本就不該帶進英國領事館內，這是明令禁止的。領事會生氣。

「很抱歉，」胖子說，「小小的意外……如此而已。」

他在警衛手裡塞了一些錢。警衛憤憤地把錢推回去。

「我最好趕緊離開，」胖子說，「我不見領事了。」他突然掏出一張名片塞給理查。「這是我的名片。我住在機場旅館。如果有什麼差錯，來找我。不過這件事真的純屬意外。只是開玩笑，你明白我的意思。」

理查不甘不願地望著他裝模作樣地闊步走出房間，彎向外頭的大街。

他希望自己沒做錯，不過一個人在一頭霧水時——一如他適才的情形——很難知道應該怎麼做才對。

「克萊頓先生現在有空了。」警衛說。

理查跟著警衛走進走廊。走廊盡頭射進來的陽光圈圍愈來愈大。領事的房間在走廊盡頭的右邊。

克萊頓先生坐在辦公桌後面。他是個性格沉靜的人，頭髮已經灰白，臉上總是一副若有所思的模樣。

「不知道你是不是還記得我？」理查說，「兩年前我們在德黑蘭見過。」

「我當然記得。當時你和龐希富．瓊斯博士在一起，對吧？今年還打算跟他合作嗎？」

「是的，我正準備去他那裡。可是我還有幾天空閒，想去趟科威特。我想不會有什麼困難吧？」

「噢，沒有困難。明天早上有班機，只要一個半小時就到了。我會給阿奇・岡特打個電報，他是那裡的駐紮官，他會接待你。你今天晚上也可以住在這裡。」

理查客氣地拒絕。

「噢，我不想打擾你和夫人。我可以到旅館住。」

「機場旅館都住滿了。你留宿在這裡，我們會很高興。我知道我太太會很樂意再見到你。現在，我想想……石油公司的克羅比在這裡，還有拉思彭博士手下的一個年輕人。他運來好幾箱書，來辦理通關手續的。上樓來見見羅莎吧。」

他站起身，陪著理查走出房間，來到陽光明媚的花園。從這裡走上一段台階，可以通到領事館官邸。

傑拉德・克萊頓推開台階頂端的紗門，帶著客人走進又長又暗的走廊。地板上鋪著漂亮的地毯，兩旁擺著精心挑選的家具。在室外耀眼的陽光之後，來到陰涼的地方很舒服。

克萊頓喊道：「羅莎，羅莎。」在理查的記憶中，克萊頓太太是個生氣蓬勃、精力無窮的人。她從盡頭的房間走出來。

「親愛的，你還記得理查・貝克吧？在德黑蘭的時候，他和龐希富・瓊斯博士一起來看過我們。」

「當然記得，」克萊頓夫人一面和貝克握手一面說，「我們一起逛過市集，你買了幾塊漂亮的地毯。」

自己不買東西而慫恿朋友在市集裡討價還價，是克萊頓夫人的一大樂趣。她對當地物價一清二楚，是個購物高手。

「那次買的東西是我最滿意的一次，」理查說，「完全是拜你之賜。」

「貝克明天想搭飛機到科威特去，」傑拉德．克萊頓說，「我已經跟他說過，要他在我們這裡過夜。」

「不過，如果太麻煩的話……」理查說。

「當然不麻煩，」克萊頓夫人說，「只是你不能住最好的房間，因為克羅比上尉已經住進去了。但我們會把你伺候得舒舒服服。你想不想買個漂亮的科威特衣櫃？現在市集裡有些漂亮的櫃子。傑拉德不讓我再買了，雖然再多裝幾條毛毯還是很有用。」

「你已經有三條了，親愛的，」克萊頓溫柔地說，「貝克，請原諒，我得回辦公室去。外頭接待室好像發生了什麼事。據我所知，有人掏出左輪開了一槍。」

「可能是本地的酋長吧，」克萊頓夫人說，「他們老是那麼容易激動，又酷愛玩槍。」

「正好相反，」理查說，「是個英國人。他看來像是要射殺一個阿拉伯人。」他不慌不忙地補上一句：「我架住了他的手臂。」

「原來這件事還牽涉到你，」克萊頓說，「我還不知道呢。」

他從衣袋裡掏出一張名片。

「位於安斐德的阿基利斯公司，羅伯．霍爾。看來這是他的名字。我不知道他為什麼要見我。他沒喝醉吧？」

「他說他是開玩笑，」理查說，語帶挖苦。「而且子彈發射是意外走火。」

克萊頓揚起眉毛。

「從事商業旅行的人一般不會在口袋裡放一把裝了子彈的槍。」他說。

理查心想，克萊頓不是傻瓜。

「或許我該攔住他，不讓他離開。」

「這種事情發生的時候，很難知道該怎麼做才對。他射殺的那人沒受傷吧？」

「沒有。」

「那麼，我們最好把這件事撇在一邊。」

「我覺得這事背後隱藏著什麼。」

「沒錯。我也這麼想。」

克萊頓似乎有點心不在焉。

「好吧，我得馬上回去了。」他說完就匆忙離去。

克萊頓夫人帶著理查走進客廳。房間很大，座墊和窗簾都是綠色，克萊頓夫人問他喝咖啡還是啤酒，他選了啤酒。沒多久，好喝的冰鎮啤酒就端了上來。

克萊頓夫人問他為什麼要去科威特，他告訴了她。

克萊頓夫人又問他為什麼還沒結婚。理查說自己不適合婚姻，克萊頓夫人快人快語接口道：「胡說。很多考古學家都是很好的丈夫……這一季有沒有年輕女孩參加挖掘工作？」

理查說有一兩個，龐希富．瓊斯太太當然算一個。

克萊頓夫人抱著希望問他，參與的女孩當中有沒有漂亮的。理查回說不知道，因為他還沒見到她們。他又說她們沒什麼經驗。

不知何故，他這句話惹得克萊頓夫人笑起來。

這時候一個五短身材、粗壯結實的人走進來，他舉止帶點粗魯。克萊頓夫人為他介紹，說是克羅比上尉。她又為對方介紹，說貝克先生是考古學家，專門挖掘數千年前的有趣物件。克羅比上尉說，他永遠也不明白，考古學家怎能確知某些東西到底有多少年的歷史。過去他總認為，那些人一定是最會說謊的人，克羅比上尉邊說邊哈哈笑。理查帶著嫌惡看著他。克羅比上尉又問，考古學家怎麼知道某樣東西有多老？理查回道，這要花很多時間解釋。克萊頓夫人趕緊把他帶開，去看他的房間。

「他是個好人，」克萊頓夫人說，「只是有點聒噪，你知道。他對文化一竅不通。」

理查發現房間非常舒適，立時對女主人克萊頓夫人更加欣賞。

他在外衣口袋摸了摸，掏出一張摺疊的髒紙片。他訝異地望著紙片，因為他清楚記得，稍早的時候口袋裡並沒有這張紙。

他記得那個阿拉伯人當時一個踉蹌，立刻抓住自己。如果那人手指靈巧，很可能在不知不覺中把紙片悄悄塞進了他的口袋。

他展開紙片。紙片髒兮兮的，看來幾經摺疊。

紙片上有六行字，字跡龍飛鳳舞，上頭寫著：「約翰．威伯福斯少校推薦一個勤勞肯做事的工人，名字叫作阿邁德．穆罕默德。此人會開卡車，亦可承擔小修工作，非常誠實可靠。」事實上，這是一紙東方常見的「便條」或介紹信。簽署日期是一年半前，這也毫無出奇之處，因為這些介紹信通常會被持有者仔細地保存著。

理查雙眉緊鎖，按照自己向來精密與有條不紊的思考模式，一幕幕地回想今天早上的經過。

他現在非常確定，行者卡麥柯當時生命垂危。他遭人追捕，逃進領事館內。為什麼呢？為了尋找庇護嗎？可是恰恰相反，他反而遭到了更危急的威脅。敵方或是敵方的代表正等著他。那個旅行的商人一定有特殊使命在身，甚至可以於眾目睽睽之下在領事館內冒險朝卡麥柯開槍。因此，這必定是非常緊急的情況。而卡麥柯求救於老同學，還設法把這份看似無關的文件交到他的手中。因此，這份文件一定非常重要。如果卡麥柯的對手捉住了他，發現文件不在他手上，他們無疑會做出推斷，並且追捕卡麥柯將文件轉交出去的人。

那麼，理查．貝克該怎麼辦呢？

他可以把文件交給英王的代表克萊頓。

或者，他可以將它保留在身邊，等著卡麥柯來找他索取。

經過幾分鐘的思考，他決定選擇後者。

不過，他先採取了預防措施。

他從一封舊信上裁下半張空白紙，坐下來為那個卡車司機重新寫了封介紹信，內容大致相同，只是措辭不同——如果原信是聯絡密碼，經過改寫後不會洩密——當然，原信也有可能是以隱形墨水寫成的一封密函。

接下來，他用鞋上的灰塵把自己寫的那封信弄髒——在手裡搓來搓去、疊了又疊，直到信紙從保存的時間和玷汙的程度來看都符合為止。

接著他把信紙揉成一團，裝進外衣口袋裡。他盯著原來的信紙好半晌，腦中一邊思考著各種處理方式，一邊不斷地否決。

終於，他露出淡淡的笑容，把那張紙疊了又疊，最後揉成了一個小圓球。接著，他從皮包內取出一條塑膠黏土（他旅行時一定隨身攜帶），又從他的塑膠包內剪下一塊油布包起小圓球，再將它塞入黏土內。塞好後他又拍又揉，把表面弄得十分光滑，最後用隨身攜帶的一個圓柱形印章在黏土上打了一個印。

他帶著嚴肅的表情欣賞著自己的傑作。

印鑑上的圖案是佩戴正義寶劍的太陽神沙瑪師的漂亮雕像。

「且讓我們希望這是個好兆頭。」他自言自語道。

那天晚上，他探探早上穿過的外套口袋，發現揉成一團的信紙不見了。

07

新生活，維多莉亞想，新生活終於開始了！她坐在航空大樓裡等待著。廣播傳來「飛往開羅、巴格達和德黑蘭的旅客請登機」，那個神奇時刻終於來到。

多麼迷人的地名，多麼神奇的詞句。維多莉亞可想而知，這一切對漢米頓・克利普太太來說毫無魅力可言。她大半輩子都在旅行，從輪船下來換飛機，下了飛機改搭火車，中途只在高級旅館裡短短待個幾天。可是對維多莉亞來說，這些都是神奇的改變，耳邊不再是一再重複的老話：「瓊斯小姐，請記下來。」「瓊斯小姐，這封信滿篇錯字，你得重打。」「水開了，親愛的，泡點茶好嗎？」「我知道你可以在什麼地方燙個最漂亮的頭髮。」每天淨是那些無聊的芝麻小事！而現在，開羅、巴格達、德黑蘭——所有榮耀東方的傳奇故事（愛德華就是故事的結尾）……

維多莉亞正浮想聯翩，便被雇主的話拉回現實來。她已經知道，她的雇主是個停不住的話匣子。克利普太太說了一大串話，這時正在收尾：「……世界上沒有真正乾淨的東西，如果你明白我意思的話。我對吃的東西是再細心不過了。那些街道和市場有多髒，你簡直不能相信。還有那些人穿的衣服，又破又不衛生。還有廁所，唉，簡直不能稱它為廁所！」

維多莉亞盡責地聽著這些掃興的話，不過她心頭的那股神奇感並沒有因此沖淡絲毫。對她這樣的年輕人來說，骯髒和細菌根本不算什麼。他們到達了希斯洛機場，她扶著克利普太太下了車。護照、機票還有錢等等，全由她掌管。

「我說，」克利普太太說，「瓊斯小姐，有你和我作伴，真是再好沒有了。我真不敢想像自己一個人旅行會怎麼樣！」

維多莉亞心想，搭飛機旅行就像在學校上課一樣。性格開朗的老師，和藹又嚴格，對學生隨時隨地循循善誘。空服員身著筆挺的制服，帶有托兒所教師的風度，親切地指點著旅客們應該做的事，就像和幼稚的小孩打交道。維多莉亞真要以為她們會用這樣的話做開頭：「聽好，孩子們。」

坐在辦公桌後頭的幾個年輕男士滿面倦容，伸出無力的雙手翻閱著護照，仔細詢問旅客帶著多少錢和珠寶。他們總會想辦法讓被詢問的人感到心虛。天生就奇想甚多的維多莉亞心頭突然有個點子，很想把自己一枚廉價的小胸針說成是價值一萬英鎊的鑽石首飾，只為了看那個疲倦的年輕人會有什麼樣的表情。不過一想到愛德華，她便克制住了自己。

通過一道道關卡後，他們在一間緊鄰機場的大房間裡再度坐下等候。外頭一架正啟動的飛機隆隆作響，形成恰當的背景。現在，漢米頓．克利普太太快樂地對候機的旅客喋喋評論起來。

「那兩個小孩可愛得難以形容，對吧？可是，帶著兩個孩子旅行真夠折騰的。我猜他們是英國人。那個母親的衣服做工非常好，可是看來挺疲倦的。噢，我覺得那人長得很帥，我敢說他是個拉丁美洲人。你看那個男人的格子衣服……我只能說品味真差。我猜他是個商人。那邊那個是荷蘭人，在海關辦手續的時候他就排在我們前頭。那邊那家人不是土耳其人就是波斯人。看來這裡沒有美國人。我想他們八成都搭泛美航空的班機去了。我認為那三個正在談話的男人是石油商，你說對不對？我就是喜歡觀察人，猜測他們的背景。克利普先生說我對研究人性上了癮。在我看來，對人產生興趣是很自然的。你說，那件貂皮大衣值不值三千美元？」

克利普太太嘆了口氣。對同行的旅客一一品頭論足後，她變得坐立不安。

「我不知道我們為什麼要在這裡枯等？那架飛機已經啟動四次了。旅客都到齊了。他們為什麼拖拖拉拉？飛機根本沒有按時起飛。」

「克利普太太，你要喝杯咖啡嗎？我看到候機室那頭有個小販賣部。」

「噢，不必了，謝謝你，瓊斯小姐。我在出發前喝過了，現在胃很不舒服，不能再吃東西。我真不知道我們到底在等什麼。」

她話聲剛停，這個問題就得到了答覆。

通往海關及護照檢查處的走廊大門猛地打開，一個身材高大的人旋風似地走進來。航空公司的工作人員簇擁到他身邊。一個英國海外航空公司的工作人員手提兩個封著口的大帆布袋，亦步亦趨地跟在那人身後。

克利普太太立刻坐得挺直。

「這人一定是個大咖。」她說。

「而且自己深知這一點。」維多莉亞想。

這位遲到的旅客有股想要譁眾取寵的造作神氣。他身穿一襲深灰色的休旅斗篷，連身的大布帽垂在背後，頭戴一頂闊邊帽，不過顏色是淺灰的。他一頭蓄長的鬈髮銀中帶灰，漂亮的八字鬍也是，兩端向上揚起，給人的印象是舞台上一個英俊的土匪。維多莉亞不喜歡矯揉造作的演員，因而用不以為然的眼神看著他。

維多莉亞很不高興地看見，航空公司的工作人員個個對他逢迎討好。

「是的，魯珀特爵士。」「當然好，魯珀特爵士。」「魯珀特爵士，飛機馬上就起飛了。」

魯珀特爵士步出通往機坪的大門，肥大的斗篷捲起一陣旋風，猛得讓它身後的門晃動不已。

「魯珀特爵士，」克利普太太喃喃說道，「不知是什麼樣的人物。」

維多莉亞搖搖頭，雖然她隱隱約約感覺到，那人的相貌和外表對她而言並不是全然陌生。

「他可能是貴國政府中的要人。」克利普太太猜測。

「我想不是。」維多莉亞說。

她之前見過的政府官員給她的印象是謙卑已極，恨不得自己並不存在似的。只有在踏上講台時，才變得浮誇自大，酷愛說教。

「現在，各位旅客，」那位有如托兒所教師的漂亮空姐說，「請上飛機。這邊走。請大家動作盡量快。」

她那態度彷彿在暗示，耐心的大人之所以一直枯等到現在，全是因為這群動作遲緩的小孩。

旅客魚貫走向機坪。

那架巨型飛機停在機坪上，發動機響聲隆隆，如同吃得心滿意足的巨獅發出的吼叫。

維多莉亞和一名空服員攙著克利普太太登上飛機。直到把克利普太太舒舒服服地安置好，維多莉亞在她身旁臨通道的座位坐下、繫上安全帶，這才看到那個大人物就坐在她們前頭。

機艙門關上，幾秒鐘後，飛機開始在跑道上慢慢滑動。

「我們真的要起飛了，」維多莉亞欣喜若狂地想，「噢，這不是很可怕嗎？如果飛機離不開地面怎麼辦？真的，我不知道它怎麼可能離開地面！」

飛機在機坪上滑行了許久，慢慢轉了個彎，又停了下來。發動機開始咆哮如雷，空服員也開始發口香糖、麥芽糖和棉花。

發動機的聲音愈來愈大，震耳欲聾。飛機再度向前滑行，一開始很慢，接著愈來愈快，最後便沿著跑道向前直衝。

「它永遠也不會飛起來，」維多莉亞想，「我們都會送命的。」

飛機的速度加快，但是平穩許多，沒有刺耳的聲響，也不再顛簸。飛機飛離跑道，掠過地面向上攀爬，接著一個翻轉，飛過車埸和大路，繼續爬高，愈來愈高。一列火車在下頭噴著團團濃煙，看來小得可笑；房子像娃娃屋一般大，街上行駛的汽車像玩具車……飛機繼續爬高，下面的大地突然變得毫無趣味，看不到人或任何生命的存在，只是一大幅有線條、圓圈和斑點的平面地圖。

機艙內，乘客紛紛解開安全帶，點起香菸，翻開雜誌。維多莉亞進入了一個新世界，這個新世界長達數十呎，卻只有幾呎之寬，其中窩著二、三十個人。除此之外，什麼也沒有。

她再度從小小的窗口向外望。在她下面是層層白雲，一條用白雲鋪成的蓬鬆道路。飛機沐浴在陽光中。白雲下面某處，是她在此前唯一知道的世界。

維多莉亞打起精神。漢米頓．克利普太太正在說話。維多莉亞取出耳朵裡的棉花，湊過身去，專心聽她說什麼。

在她前面的座位上，魯珀特爵士站起身，將頭上灰色的寬沿毛帽摘下掛在衣帽架上，接著拉起斗篷的連身布帽往頭上一戴，開始休息。

「傲慢的混蛋。」維多莉亞心想。這是毫無來由的偏見。

克利普太太打開一本雜誌，擺在面前專心看著。她三不五時就會用手肘碰碰維多莉亞，因為她以單手翻頁，結果雜誌常常掉在地上。

維多莉亞向四周望望，發現空中旅行實在很無聊。她翻開一本雜誌，一眼便看到一則廣告，上面寫道：「你想提高速記打字的效率嗎？」她頓時打了個冷顫，立刻闔上雜誌，靠在椅背上，開始想起愛德華來。

飛機在暴風雨中降落在貝尼托堡機場。維多莉亞有點不舒服，為了履行對雇主的職責，她用盡了全身的力氣。她們冒著大雨乘車來到了招待所。維多莉亞注意到，那位儀表堂堂的魯珀特爵士被一個身穿制服、佩戴參謀紅色領章的人接走了。他們匆匆登上一輛參謀部門的公務車，開往的黎波里塔尼亞[4]某個大人物的公館去了。

到了房間後，維多莉亞幫克利普太太梳洗完畢換上睡袍，就留她在床上休息，直到晚餐時分。維多莉亞回到自己房間，躺在床上闔上雙眼，慶幸自己不必再受飛機上忽起忽落的顛簸之苦。

一個小時後她睡醒了，身體恢復，精神也好了，她便又去照料克利普太太。未久，一個神態高傲的空姐告訴她們，汽車已準備妥當，要載她們去吃晚餐。餐畢，克利普太太和幾個旅伴聊了起來。身穿鮮豔格子服的男人顯然已對維多莉亞心生好感，花了很長時間為她敘述鉛筆的製造過程。

她們又被汽車載回住處，並且得到簡短的通知：次日清晨五點半必須做好出發的準備。

「我們還沒看到的黎波里塔尼亞呢，不是嗎？」維多莉亞哀怨地說，「飛機旅行總是這樣嗎？」

「啊，沒錯，恐怕就是這樣。他們老是像虐待狂似的一大早就把你挖起床，然後要你在機場等上一兩個鐘頭。唉，有一回在羅馬，我記得他們三點半就把我們叫醒，四點到餐廳吃早飯，然後就到機場等，一直等到八點飛機才起飛。不過搭飛機旅行有個好處：直接把你送到目的地，路程不會受到晃蕩耽誤。」

維多莉亞嘆了口氣。她倒是很願意在旅途中晃蕩晃蕩。她想看看這個世界。

「親愛的，你知道嗎？」克利普太太又說，語氣透著興奮。「你知道那個看來很有意思的人是誰嗎？我是指那個英國人，把大家搞得人仰馬翻的那個。我打聽到他是什麼人了。他就是魯珀特．克羅頓．李爵士，就是那個大旅行家。你一定聽過這個人。」

沒錯，維多莉亞現在想起來了。大約半年前，她在報上看過他幾張照片。魯珀特爵士是中國內政的權威人士，是少數到過西藏、參觀過拉薩的人，也曾穿越庫德斯坦和小亞細亞幾個人跡罕至的地區。他的書銷售甚廣，因為筆鋒生動活潑，引人入勝。如果他的舉止帶有

5 黎波里塔尼亞（Tripolitania），利比亞一地區，北非伊斯蘭教國。

非常明顯的自我宣傳，那是有充分理由的。他的一舉一動無不是精心設計。維多莉亞想起來了，那一襲帶帽子的斗篷和闊邊帽，就是他特意選擇的式樣。

維多莉亞為斜臥在床的克利普太太調整被褥，而後者帶著獵獅者的熱情問道：「真夠刺激，你說是吧？」

維多莉亞附和道，確實很刺激。不過她暗地對自己說，她喜歡魯珀特爵士的書勝於他本人。她覺得他就像小孩子說的：「愛現！」

第二天早上，她們如期出發。這天天氣晴朗，陽光明媚。維多莉亞仍然為沒有見識到的黎波里塔尼亞而感到遺憾。不過，飛機將於午餐時分到達開羅，次日早晨才啟程去巴格達，所以她至少有個下午可以看看埃及。

飛機在大海上空飛行，不過白雲很快就遮住了她們下頭的藍色水面。維多莉亞身子往後一仰，靠在椅背上，打了個哈欠。她前面的魯珀特爵士早已進入夢鄉，斗篷帽從他往前低垂、不時點點磕磕的頭顱上垂落到身後。維多莉亞帶著惡作劇的快感看到，他脖子後頭長了一個小癤瘡，才剛開始腫大。她為什麼會對魯珀特爵士長癤瘡感到開心，這很難解釋，或許是因為那個癤瘡讓這個大人物看來比較像普通人，讓他也顯露出弱點。雖說這位魯珀特爵士老是不可一世的模樣，而且對同行旅客視若無睹，他畢竟和所有人一樣，總有一些肉體上的小毛病。

「我真不知道他把自己當成了什麼人？」維多莉亞心中自忖。

答案顯而易見。他是魯珀特・克羅頓・李爵士，是個名人。而她是維多莉亞・瓊斯，一名無足輕重的速記打字員，毫無背景資歷。

到達開羅，維多莉亞和漢米頓・克利普太太一道進午餐。克利普太太說她打算睡午覺到六點，建議維多莉亞去看金字塔。

「瓊斯小姐，我替你租了一輛車；我知道由於貨幣制度的關係，你在這裡不能換錢。」

維多莉亞根本無錢可換，對此自然感激，說了幾句感恩的話。

「唉，這不算什麼。你對我一直都很好。再說，我們帶著美金旅行，什麼事都容易。基欽太太——就是那個帶著兩個聰明小孩的女人——也很想去，我建議你和她一塊去，不知道你覺得好不好？」

對維多莉亞來說，只要能見見世面，怎麼安排都好。

「那好。你們最好現在就出發。」

那天下午，維多莉亞在金字塔玩得還算愉快。雖然她也喜歡小孩，不過如果沒有基欽太太那兩個孩子，她可以玩得更盡興。在遊覽過程中，孩子往往會成為障礙。那個老么變得異常煩躁，她們只好比預計時刻提早回來。

維多莉亞打著哈欠，往床上一躺。她真希望在開羅停留一個星期，說不定可以溯流而上，遊覽整條尼羅河。「可是你的錢從哪裡來，小姐？」她喪氣地問自己。不用分文就能到巴格達去，這已經是個奇蹟了。

而到了巴格達後，憑著口袋裡的幾英鎊，你又打算怎麼辦呢？她冷靜地問自己。

維多莉亞隨即把這個問題拋諸腦後。愛德華一定會替她找個工作。如果他找不到，她自己也可以找到。有什麼好擔心的？

刺眼的陽光照花了她的雙眸。她慢慢閉上眼睛。

她想，是敲門聲把她吵醒的。她喊了聲「請進」，可是沒人回應。於是她下了床，走過去把門打開。

是敲門聲沒錯，但不是她的門，是隔壁的門。敲門的是個一般的空姐，她一頭烏黑的秀髮，筆挺的制服裹著苗條的身影，正敲著魯珀特．克羅頓．李爵士的房門。他打開房門，維多莉亞這時正好探出頭來。

「又是什麼事？」

他的聲音聽來頗不耐煩，而且帶著睡意。

「打擾您真抱歉，魯珀特爵士，」那位空中小姐輕聲細語道，「您可以到英國海外航空公司辦事處來一趟嗎？就在走道盡頭，隔著兩個門。是關於明天飛往巴格達的一點小細節。」

「噢，好吧。」

維多莉亞退回房內。她現在沒那麼睏了，瞄瞄腕錶，才四點半。還有一個半小時克利普太太才需要她。她決定出門，在赫利奧波利斯附近逛逛。散步至少不必花錢。

她在鼻梁上抹了點粉，穿上鞋。雙腳穿在鞋裡感覺頗為腫大。下午那趟金字塔遊覽可讓她的腳吃足了苦頭。

她走出房間，沿著走廊向旅館大廳走去，走過三個門，看到英國海外航空公司的辦事處——門上掛著牌子，上面明白寫著這幾個字。她才經過它，房門便開了，魯珀特爵士走了出來。他走得很快，幾步便超越了她。他走在她前頭，身後的斗篷搖搖擺擺。維多莉亞想，他好像有事煩心的樣子。

維多莉亞六點來到克利普太太房間。克利普太太心情欠佳，顯得有點暴躁。

「瓊斯小姐，我在擔心行李超重的事。我以為我付了全程的錢，可是現在發現好像只付了到開羅的錢。明天我們要換乘伊拉克航空公司的班機。我的機票是全程票，可是不包括超重的行李票。你能不能去問問，是不是確實如此？說不定我還得兌換一張旅行支票。」

維多莉亞答應去問。可是她一開始沒找到英國海外航空公司的辦事處，後來才發現是在走廊那頭……在大廳的另一邊，很大的辦公室。她想，原先那個小辦公室可能只是午睡時間專用吧。克利普太太擔心的超重問題果然不出所料。克利普太太因此很不高興。

／08

瓦哈拉電唱機公司位於倫敦城內一棟辦公大樓的五樓。辦公室有個人坐在辦公桌後頭，正在讀一本經濟方面的書。電話鈴響，他拿起話筒，平平板板說道：「瓦哈拉公司。」

「我是桑德斯。」

「是河流桑德斯嗎？什麼河？」

「底格里斯河。報告AS的情況。她被我們追丟了。」

雙方都沉默片刻。那個平板的聲音再度開口，不過語氣十分堅決。

「你的話我沒聽錯吧？」

「安娜．謝勒被我們追丟了。」

「不准提名字。你們犯了嚴重錯誤。究竟怎麼回事？」

「她走進那家醫院。我先前告訴過你，她姐姐在那裡動手術。」

「然後呢？」

「手術很順利。我們以為AS會回到薩伏旅館來，因為她保留了房間。可是她沒回來。我們一直監視著那家醫院，確定她沒有離開過。我們原本以為她還在裡面。」

「結果她不在裡面？」

「我們剛發現，手術後第二天，她就搭乘一輛救護車離開了醫院。」

「她存心捉弄你們？」

「似乎如此。我可以發誓，她不知道我們在跟蹤她。我們非常謹慎。我們有三個人，而且……」

「別找藉口。救護車把她載到哪裡去了？」

「載到醫學院附屬醫院去了。」

「你從醫院裡打聽到了什麼？」

「附屬醫院說，那家醫院有個護士搭乘救護車送來一個病人。那個護士一定就是安娜·謝勒。他們不知道那個護士把病人送來後去了哪裡。」

「病人呢？」

「病人什麼也不知道。她剛打過嗎啡針。」

「所以，安娜·謝勒穿著護士制服，走出醫學院附屬醫院，如今不知去向，對吧？」

「是的。如果她回到薩伏旅館……」

對方打斷了他。

「她不會回去的。」

「我們要不要查查其他旅館？」

「可以，但我不認為你們查得到任何線索。她早料到你們會這麼做。」

「那麼，有其他指示嗎？」

「檢查港口——多佛、福克斯通等等。查對航空公司，尤其是下兩週內預訂了巴格達機票的全部旅客。她不會用自己的名字訂機票。查對所有和她年齡相仿的旅客。」

「她的行李還在薩伏旅館。說不定她會來拿。」

「她不會做這種事。你可能是個傻瓜，她可不是！她姐姐知不知道什麼？」

「我們和她的專門看護聯絡過。她姐姐顯然認為，AS要到巴黎去替摩根瑟做生意，現在住在麗緻飯店。她相信AS打算二十三號搭乘飛機回美。」

「換句話說，AS什麼也沒告訴她。她不會說的。查對預訂機票去巴格達的所有旅客。這是唯一的希望。她勢必會去巴格達，而除非她搭飛機，否則不可能及時趕到。還有，桑德斯……」

「什麼事？」

「不准再失敗。這是你最後一次機會。」

09

英國大使館年輕的施文翰先生仰頭望著正在巴格達機場上空盤旋的飛機，雙腳不斷變換著姿勢。此刻塵土飛揚，棕櫚樹、房屋和人都淹沒在一片濃密的棕色煙霧之中。這場煙霧來得非常突然。

萊諾．施文翰開口，語氣十分沮喪。

「他們八成不能降落了。」

「那他們怎麼辦？」他的朋友哈羅德問。

「我想他們會飛到巴斯拉去。聽說那裡是晴天。」

「你在等著接待什麼大人物，對吧？」

年輕的施文翰先生又呻吟一聲。

「真是運氣不好。新大使的到任日期推遲了，蘭斯東參事目前人在英國，管東方事務的參事賴斯得了胃炎，高燒臥床不起，貝斯特在德黑蘭，只留下我一個人應付一切。說起這個人，大家就激動莫名，不知道為什麼。連那些搞祕密活動的年輕人也一樣。他是個環遊世界的旅行家，經常浪跡在外，騎著駱駝到人跡罕見的地方去。我不懂他為什麼這麼重要，但這個人顯然得罪不得，無論他提出什麼微不足道的要求，我也得滿足他。如果飛機把他送到巴斯拉去，他說不定會氣瘋。我不知道該如何安排才好。讓他今天晚上搭火車北上？還是讓皇家空軍的飛機明天把他接回來？」

越發感到自尊受傷和責任重大的施文翰又嘆了一口氣。自從三個月前來到巴格達後，他的運氣就一直不好。他覺得自己若是再遭受一次嘲弄，原本前程似錦的外交生涯很可能就此化為泡影。

飛機在頭頂上再次俯衝而下。

「它顯然著陸不了了，」施文翰才說完，立刻興奮地補上一句：「嗨，我相信它要著陸了。」

幾分鐘後，飛機平穩地滑到指定地點。施文翰站得挺直，準備上前迎接那位大人物。他那並不專業的眼神首先注意到一個「很漂亮的女孩」，這才一個箭步，趨前迎接那位一身斗篷有如旋風似的冒險家。

真是奇裝異服，他心裡不以為然地想著。不過當下他口中卻大聲說道：「是魯珀特・克羅頓・李爵士嗎？我是大使館的施文翰。」

他覺得魯珀特爵士的態度有點傲慢。這或許可以理解。飛機在城市上空轉了好幾圈，不知道能不能著陸，乘客必然情緒緊繃。

「天氣真糟，」施文翰繼續說道，「今年這樣很多次了。噢，您已經拿到行李了。請跟我來，先生，一切俱已安排妥當。」

他們驅車離開了機場，施文翰說：「我剛才還以為飛機會改到其他機場降落呢。真沒想到駕駛能把飛機降落下來。沙塵暴來得太突然了。」

魯珀特神氣地鼓著兩腮說道：「如果那樣就糟了，太糟了。年輕人，我可以告訴你，萬一我的計畫有了差錯，後果會極其慘重，而且影響會非常深遠。」

施文翰不敬地想，神氣得像公雞一樣，這些大人物總覺得光是他們的綠豆小事就可以讓地球轉動。

可是他口中恭謹有禮地大聲說：「我相信絕對是這樣，先生。」

「你知道大使什麼時間會到巴格達來？」

「現在還沒確定，先生。」

「如果沒見到他，會挺遺憾的。自從……我想想，啊，自從一九三八年在印度碰過之後，我就沒再見過他……」

施文翰一直畢恭畢敬，並沒有搭腔。

「我想想，賴斯在這裡，對吧？」

「是的，先生，他是東方事務的參事。」

「這人很能幹，懂得不少。我很願意再和他見面。」

施文翰咳了幾聲。

「事實上，先生，賴斯生病了，已經送到醫院觀察去了。他得了嚴重的胃炎，看來比一般的巴格達腹瀉還要厲害。」

「什麼？」魯珀特爵士立即回過頭來問道，「嚴重的胃炎。嗯。是突然發作，對吧？」

「前天發作的，先生。」

魯珀特爵士皺起眉頭。他那不可一世的誇張神態消失了。現在的他是個單純的人，甚至是個憂心的人。

「奇怪，」他說，「沒錯，很奇怪。」

施文翰露出詢問的表情。

「我在想，」魯珀特爵士說，「會不會是亞砷酸銅引起的……」

施文翰一頭霧水，只好不說話。

車行將至費薩大橋，座車突然一個左轉，朝英國大使館駛去。

魯珀特爵士突然身子前傾。

「停一下，好嗎？」他大聲說，「對，右邊停。就是那一堆陶瓦前面。」

車子開到右側的路肩停下。

是當地一家土產小店，粗陶製的盆瓦和水罐堆得老高。

一個結實矮壯的歐洲人正和店主談著話，看到汽車開過來，隨即朝橋上走去。施文翰相信那人是伊朗波斯石油公司的克羅比。他曾經見過他一兩回。

魯珀特爵士步出車外，大步走向小店。他拿起一個陶鍋，以阿拉伯語和那個店主嘰哩呱啦交談起來。他們的對話對施文翰來說太快了。他的阿拉伯語說得還很慢、很吃力，辭彙顯然有限。

那個店主綻開滿面笑容，雙手大張，比手畫腳地不斷解釋。魯珀特爵士拿起幾個陶鍋又放下，顯然在問問題。他終於選了一個窄口水罐，丟了幾個硬幣給店主，回到車內。

「這種工藝很有意思，」魯珀特爵士說，「幾千年了，還是用同樣的方法製造。形狀和亞美尼亞某山區的產品一模一樣。」

他的手指伸進水罐的窄口，不斷摸來摸去。

「做工很粗。」施文翰說，他並不感興趣。

「噢，沒有藝術價值，不過富有歷史意義。你知道上頭這幾個像耳朵的東西代表什麼嗎？從日常簡單事物裡觀察，就可以理解到很多歷史含義。這種東西我搜集了不少。」

汽車駛進英國大使館的重重鐵門。

魯珀特爵士要他直接把自己帶回房間。施文翰好笑地發現，爵士對陶盆的長篇大論結束了，卻漫不經心地把它留在了車裡。他特意把陶罐提到樓上，小心翼翼地放在魯珀特爵士的床頭茶几上。

「先生，您的陶罐。」

「啊？噢，謝謝你，老弟。」

魯珀特爵士似乎心不在焉。施文翰告訴他，午餐已就緒，要喝什麼酒佐餐請他挑選，便離開了房間。

年輕人一離開房間，魯珀特爵士立即走到床前，打開從陶罐裡取出的小紙條，把它鋪平。上面寫著兩行字。他仔細讀完，劃根火柴把紙條燒了。

接著他叫來僕人。

「先生，有何吩咐？要我替您打開行李嗎？」

「不忙。我要見施文翰，就在這裡見。」

施文翰來了，表情帶著憂心。

「有什麼需要我效勞嗎，先生？出了什麼事嗎？」

「施文翰先生，我的計畫有了重大變化。我相信我可以仰賴你的謹慎吧？」

「噢，絕對可以，先生。」

「我上回來巴格達是很久以前了。事實上，自從大戰以後我就沒再來過。旅館多半設在河的那一邊，對吧？」

「是的，先生，在拉希德大街上。」

「旅館的後面緊臨著底格里斯河？」

「是的，巴比倫皇宮旅館最大，幾乎可以說是國家級旅館。」

「你可知道有個叫作蒂歐的旅館？」

「噢，很多人都住那裡。飯菜很可口，經理是個非常能幹的人，叫作馬庫斯．蒂歐。他在巴格達算是個傳奇人物。」

「施文翰先生，我要你替我在那裡訂個房間。」

「您的意思是……您不打算住在使館裡？」施文翰的表情既緊張又憂慮。「可是，可是，一切都安排好了，先生。」

「安排好了也可以取消。」魯珀特爵士大聲說。

「啊，當然。我不是……」

施文翰突然停住話頭。他已有預感，這麼做一定有人會責怪他。

「我要跟人談一些敏感的事。我知道在使館內商談這些不方便。我要你今晚就在蒂歐旅館替我訂個房間，而且我希望離開使館的時候不致引人注意，換句話說，我不要搭乘使館的公務車到蒂歐去。另外，我要訂一張後天去開羅的機票。」

施文翰更加愕然。

「可是，據我了解，您本來打算住上五天……」

「現在情況不一樣了。我在這裡的事一處理完，就必須到達開羅。我在這裡停留久了不安全。」

「不安全？」

魯珀特爵士突然露齒一笑，臉孔隨之扭曲。曾經被施文翰視為普魯士軍隊中負責操練的士官長般的神態已經無影無蹤，令人突然感受到他的魅力。

「我同意，安全與否通常不在我的考量之內，」他說，「可是目前這種情況，我考慮的不僅是我個人的安全——我個人的安危涉及許多人的安危。所以，你替我把這幾件事辦好。如果機票不好訂，就申請特殊待遇。在我今晚離開使館之前，我都會待在自己房間裡。」

看到施文翰訝異地張開了嘴，他又補上幾句：「你可以對外宣稱我生病了，染上了瘧疾。」對方點點頭。「所以，我什麼東西也不能吃。」

「可是，我們可以將飯菜送上來……」

「二十四小時不進食對我來說是小事一樁。過去在旅行時，有時候我挨餓的時間比這還長。照我的吩咐去做。」

施文翰來到樓下，同事紛紛迎上來詢問魯珀特爵士的事。他一概以呻吟的口氣作答。

「完全是一副間諜派頭，」他說，「我真搞不懂這個氣勢凌人的魯珀特・克羅頓・李爵士究竟是怎麼回事。我不知道他隨風飄擺的斗篷、土匪帽，還有其他種種，到底是真的還是演戲。有個人讀過他寫的一本書，告訴我，雖然魯珀特爵士善於自我宣傳，不過那些事他確實做過，也確實走過那些地方……我不知道，但願托馬斯・賴斯病好了來侍候他。對了，亞砷酸銅是什麼東西？」

「亞砷酸銅？」他的朋友蹙著眉頭說，「跟壁紙有關，對吧？這東西有毒，我想是屬於砒霜之類的。」

「天哪！」施文翰瞪大雙眼。「我還以為是一種病，類似阿米巴痢疾。」

「噢，不是的，是一種化學物質。妻子謀害丈夫的時候常用這種東西，當然，丈夫謀害妻子也是。」

施文翰震驚得說不出話來。他腦中逐漸理出了一些事實的輪廓。克羅頓．李其實是認為，大使館的東方事務參事托馬斯．賴斯患的不是胃炎，而是砒霜中毒。更有甚者，魯珀特爵士認為自己的生命處於危殆之中，所以他決定不用英國大使館廚房裡準備的飯菜和飲料。這些事實深深震動了施文翰單純的靈魂。他實在不知道該怎麼想才好。

／10

維多莉亞吸著令人窒息的熱燙黃塵，對巴格達沒什麼好印象。從機場到蒂歐旅館的路上，噪音不絕於耳，讓她備受折磨。汽車喇叭瘋也似地叭個沒完，人群大喊大叫，汽笛鳴響，摩托車喇叭更是毫無道理地大鳴大放，震耳欲聾。除了街上持續不斷的雜音，還有一種如同涓涓細流的聲音也沒間斷過——漢米頓．克利普太太的話語。

維多莉亞恍恍惚惚地來到蒂歐旅館。

熙攘嘈雜的拉希德大街有條小路通往底格里斯河邊，蒂歐旅館就坐落在此。她們走上幾級台階，來到旅館大門口，一個身軀甚是粗壯的年輕人立刻帶著燦爛的笑容迎上來。從他的笑容至少看得出來，他對她們是由衷地歡迎。維多莉亞暗忖，這人應該就是馬庫斯……或者更精確地說，是蒂歐先生，蒂歐旅館的老闆。

他一面表示歡迎，一面不斷對下人吆喝，要他們好好搬運行李。

「克利普夫人，您又到巴格達來了，可是您的手臂怎麼包著那個怪東西？（你們這些傻瓜，別拉那條帶子！笨蛋！別讓外套拖到地上！）親愛的夫人，您今天趕上了這種鬼天氣，我沒想到飛機竟然降落得了。飛機不停地繞圈。我就對自己說，馬庫斯，如果是你，就絕不搭飛機旅行。這麼急做什麼？慢一點有什麼關係？噢，您還帶了一位年輕小姐同行，在巴格達見到新面孔的小姐，總是令人開心。怎麼哈里遜先生沒來接您？昨天我還以為他會來……不過，親愛的夫人，您現在一定要喝點什麼。」

在馬庫斯以主人身分堅持要維多莉亞喝了雙份威士忌後，現在的她感到有些頭暈。她站在這個屋頂高挑、粉刷得雪白的房間裡，屋內有張黃銅大床，一個最新法國款式、非常高級的梳妝台，一座維多利亞女王時代的老式衣櫃，還有兩張色彩鮮豔的豪華座椅。她將簡單的行李放在腳下，一個臉色甚黃、蓄著白鬍的老人一面對她微笑點頭，一面把毛巾放進浴室，問她要不要燒熱水洗個澡。

「要等多久？」

「二十分鐘，或半小時。我這就去燒。」

他帶著慈父般的笑容離去。維多莉亞坐在床沿，揚手摸了摸頭髮。她覺得頭髮打了結，因為滿是灰塵，臉上也像沾了沙礫，有點痛。她對鏡照了照，灰塵把她的黑髮染成了棕紅色。她拉開窗簾一角，向陽台外望去，底格里斯河立刻映入眼簾。可是底格里斯河無足可觀，只有一片濃密的黃色煙霧。維多莉亞陷入深深的沮喪，不禁自語道：「多麼可厭的地方。」

她勉強打起精神，走過樓梯間，去敲克利普太太的房門。她得先忙上很久，把克利普太太伺候完，才能把自己清洗乾淨，稍事休息。

§

洗過澡，吃過午飯，又睡了一個長長的午覺，維多莉亞走出臥室來到陽台，開始以欣賞的目光望向底格里斯河。塵暴已歇，一片清朗的微光取代了黃色煙霧，她看得到河對岸棕櫚樹的婆娑輪廓和零落錯置的房屋。

下頭的花園傳來說話的聲音。她走到陽台邊，向下俯瞰。

漢米頓．克利普太太這個親切友善、不知疲倦為何物的說話機已經結識了一個英國女人——就是那種飽經風霜、在任何外國城市都見得到的中年英國婦女。

「如果沒有她，我真不知道我會怎麼樣，」克利普太太說，「你不知道這女孩有多貼心呢。家世背景也很好，是蘭格主教的外甥女。」

「哪個主教？」

「噢，我想是蘭格主教。」

「胡扯，根本沒有這個人。」那女人說。

維多莉亞皺起眉頭。她看得出這人是那種不會被編造的主教名字輕易騙過的英國鄉下女人。

「噢，那我可能記錯了名字。」克利普太太說，語氣並不確定。

「可是，」她又說，「她真的是個又可愛又能幹的女孩。」

另一個女人用不置可否的口吻回了聲：「哈！」

維多莉亞決定和那個女人盡可能保持距離。她知道，要以編造的故事來騙過這種女人並不容易。

維多莉亞走回房間，在床沿坐下，仔細思索自己目前的處境。

她現在住在蒂歐旅館，住宿費顯然不便宜。她僅有的財產一共只有四英鎊十七便士。她剛吃過一頓豐盛的午餐，不過還沒付錢，而漢米頓．克利普太太並沒有義務替她支付。克利普太太只負擔她來到巴格達的旅費，如今交易完成，維多莉亞已經來到巴格達，克利普太太途中也得到了一位主教姪女（也曾當過醫院護士、祕書）的周到照顧。一切俱已過去，雙方都很滿意。克利普太太今晚就要搭火車去基庫克，事情就是這樣了。維多莉亞懷著希望想到，克利普太太或許在分別之際會塞給她一些現金作為臨別贈禮，可是再一轉念，又覺得這不可能，只得不情不願打消了這個念頭。克利普太太不可能知道維多莉亞如此捉襟見肘。

那麼，維多莉亞該怎麼辦呢？答案立時顯現：找到愛德華。當然就是這麼辦。

她突然煩惱地想到，自己並不知道愛德華的姓氏。她只知道愛德華住巴格達。維多莉亞想起來，這和薩拉森的婢女十分相像，她到達英國時，只知道情人的名字是吉伯特，還知道英國。那是個浪漫的故事——可是主人翁非常辛苦，維多莉亞想，十字軍東征時期的英國，任何人都沒有姓氏，這事不假。另外，英國比巴格達大得多。話說回來，那時候英國的人口甚少。

維多莉亞驅走這些有趣的聯想，收回心思面對嚴酷的現實。她必須立刻找到愛德華，愛德華必須幫她找個工作，而且還要馬上找到。

她不知道愛德華姓什麼，不過他是以拉思彭博士的祕書身分到達巴格達的。拉思彭博士可能是個重要人物。

維多莉亞在鼻梁上撲了粉，將頭髮拍了拍，立即下樓打聽情報。

滿面笑容的馬庫斯穿過他辦公室外頭的大廳，殷勤地向她招手。

「啊，是瓊斯小姐，願意賞臉和我去喝一杯嗎，親愛的？我非常喜歡英國小姐。所有在巴格達的英國小姐都是我的朋友。凡是在我旅館住宿過的客人都很開心。來吧，我們到酒吧間去。」

維多莉亞對這種毫不扭捏的盛情完全沒有推卻，立刻欣然同意。

她坐在酒吧的一張凳子上喝著琴酒，開始打聽消息。

「你知道有個拉思彭博士嗎？他剛到巴格達來。」她問。

「巴格達的每個人我都認識，」馬庫斯・蒂歐興高采烈地說，「每個人也都認得我馬庫斯。我說的是實話。啊！我的朋友太多了。」

「我相信一定是，」維多莉亞說，「所以你認識拉思彭博士？」

「上個星期指揮整個中東部隊的空軍元帥路過巴格達，就住宿在我這兒。他對我說，馬庫斯，你這個壞小子，一九四六年後就沒再見過你，你一點也沒瘦。啊，他是個大好人，我很喜歡他。」

「拉思彭博士怎麼樣？他人好不好？」

「你知道，我喜歡能夠自得其樂的人，不喜歡酸溜溜的面孔。我喜歡年輕、愉快、漂亮的人，就像你一樣。那個空軍元帥對我說：『馬庫斯，你太喜歡女人了。』我就回他：『不對，我的問題是，我太喜歡馬庫斯了！』」馬庫斯爆出一陣大笑，接著突然喊道：「耶穌，耶穌！」

維多莉亞感到十分驚異，不過他口中的耶穌似乎是酒吧一個侍者的教名。維多莉亞再次感到，東方真是個怪地方。

「再來一杯琴酒加橘子汁，還有威士忌。」馬庫斯帶著命令的口氣說。

「我想不要了……」

「不，不，你要喝，這些酒淡得很。」

「關於拉思彭博士……」維多莉亞鍥而不捨。

「那個和你一塊來的漢米頓·克利普夫人……好怪的名字，她是美國人吧？我也喜歡美國人，可是我最喜歡英國人。美國人看起來老是憂心忡忡。不過，他們很多都是運動好手。薩莫斯先生……你認識他吧？他一到巴格達就喝個沒完，連睡三天醒不來。喝太多了，不好。」

「請你幫幫我。」維多莉亞說。

馬庫斯露出吃驚的表情。

「我當然會幫你。我一向願意幫助朋友。告訴我你要什麼，我立刻辦到。特殊風味的牛排？用大米、葡萄乾和香料一起烹煮的美味火雞？還是小嫩雞？」

「我不要小嫩雞，」維多莉亞說，「起碼現在不要。」她很謹慎地補充道：「我想找到這個叫拉思彭的人，拉思彭博士。他剛到巴格達，還帶著一個……一個祕書。」

「我不認識，」馬庫斯說，「他不住蒂歐旅館。」

這句話的言下之意甚是明顯：凡是不住在蒂歐旅館的人，對馬庫斯來說都不存在。

「可是這裡還有其他旅館，」維多莉亞沒有放棄。「而且，說不定他自己有房子？」

「噢，沒錯，還有其他旅館。巴比倫皇宮旅館、桑納柴瑞旅館、佐貝德旅館，都是好旅館。但都比不上蒂歐。」

「這一點我絕對相信，」維多莉亞用肯定的口氣說，「可是，你並不知道他是不是住在哪個旅館裡，對吧？他經營某個協會，和文化有關的……還有書。」

提到文化，馬庫斯變得嚴肅起來。

「我們就是需要這個，」他說，「非得有很多文化才行。藝術、音樂，很好，非常好。我本人就喜歡小提琴奏鳴曲，只要曲目不太長。」

雖然維多莉亞由衷同意馬庫斯的看法，尤其是他最後那段話，不過她已察覺到，她的目的完全不可能達到。她覺得和馬庫斯的談話很有趣。馬庫斯是個有意思的人，熱愛生活，具有孩子般的熱情，可是這番對話讓她想起仙境中的愛麗絲試圖找到通往山間小路的種種努力。無論是什麼話題，都會讓他們回到原點……唉，馬庫斯！

馬庫斯提議再喝一杯，她婉拒了，帶著哀愁站起身來。她覺得有點頭暈。剛喝下肚的雞尾酒一點也不淡。她步出酒吧間，走到外面陽台，憑欄望著對岸，突然聽到後頭有人對她說話。

「對不起，不過你最好去拿一件外套穿上。我敢說從英國來的你會覺得這裡好像夏天，不過日落時分是很涼的。」

是前不久和克利普太太談話的那個英國女人。她的聲音嘶啞，像是慣於訓練或叫喚獵犬的那種。她裹著一件皮衣，腿上蓋著毛毯，啜飲著威士忌蘇打。

「噢，謝謝你。」維多莉亞說。

她急忙想離開，可是沒走成。

「容我介紹自己。我是卡狄尤・特倫奇太太。」（言外之意十分明顯：她是卡狄尤・特倫奇家族中的一員。）「我相信你是和那個……她叫什麼名字來著？漢米頓・克利普太太一起來的吧。」

「是的，」維多莉亞說，「我和她一起來的。」

「她告訴我，你是蘭格主教的外甥女。」

維多莉亞精神一振。

「她真的這樣告訴你？」她問，語氣恰如其分地透著幾分好笑。

「她是不是弄錯了？」

維多莉亞露出微笑。

「美國人一定會把我們一些名字弄錯。聽起來是有點像蘭格。我舅舅，」維多莉亞立刻隨機應變。「是蘭古奧的主教。」

「蘭古奧？」

「是的，位於太平洋群島。當然，他是個殖民地的主教。」

「噢，是個殖民地的主教。」卡狄尤・特倫奇太太說，嗓門起碼降了三個半音。

不出維多莉亞所料，卡狄尤・特倫奇太太對殖民地的主教一無所知。

「這樣就清楚了。」特倫奇太太又說。

維多莉亞甚是得意，自己這麼靈機一動就把問題解釋得清清楚楚。

「你跑到這裡來做什麼呢？」卡狄尤・特倫奇太太的語氣親切無比，藉以隱藏她天生的好奇心。

來找一個年輕人。我在倫敦某個公共場合和他談過幾分鐘——維多莉亞顯然不能這樣答覆。

這時她想起報上讀到的那則報導和她對克利普太太的說辭，於是這麼說：「我來找我的叔叔龐希富．瓊斯博士。」

「噢，原來你是他的姪女，」卡狄尤．特倫奇太太終於清楚了維多莉亞的「身分」，顯然非常開心。「他是個很可愛的人，雖然有點心不在焉……不過我想這也難免。我去年在倫敦聽過他演講，講得真好，雖然他講的東西我一個字也沒聽懂。沒錯，兩個星期前他曾經路過巴格達。我記得他提過，有幾個女孩隨後也會來。」

已確立了身分的維多莉亞打斷了她，急忙拋出一個問題。

「你知道拉思彭博士到了沒有？」她問。

「才剛到，」卡狄尤．特倫奇太太說，「聽說他受邀於下週四在學院演講，題目是：『國際關係和兄弟之情』，大概是這一類。如果你問我，我會說那全是胡說八道。你愈想把大家拉在一起，大家就愈會互相猜疑。他提倡詩詞、音樂，還把莎士比亞和華茲華斯的作品譯成阿拉伯文、中文和印度斯坦文，像是〈河邊的報春花〉等等。對那些從來沒見過報春花的人來說，這有什麼用？」

「你知道他住哪裡嗎？」

「我相信他住在巴比倫皇宮旅館。不過他的辦公室離博物館不遠，叫作橄欖枝協會……

好蠢的名字。工作人員淨是穿著大肥褲、戴著眼鏡的年輕女孩，脖子從來不洗。」

「我跟他的祕書有點認識。」維多莉亞說。

「噢，那個叫愛德華的，姓什麼我不清楚。他是個好孩子，和那個長頭髮的太妹走在一起，太可惜了。聽說他在大戰中表現不錯。話說回來，我想能找到工作算是很好了。很帥的年輕人，我想純情的年輕女孩都會為他神魂顛倒。」

一股強烈的嫉妒穿透了維多莉亞的心。

「那個橄欖枝協會，」她說，「你剛說在什麼地方？」

「直直向北走，前面路口彎到第二座橋，過橋就是了。轉彎處就在出了拉希德大街之後。有點偏僻，離銅器市場不遠。

「龐希富・瓊斯太太還好嗎？」卡狄尤・特倫奇太太接著問了一句。「她不久也會過來嗎？聽說她身體一直不好。」

可是維多莉亞已經得到所需要的情報，不願再冒險繼續編造謊言。她瞄了一眼手錶，突然叫道：「噢，老天，我答應六點半去叫克利普太太起床，幫她做旅行準備的。我得趕緊過去了。」

這個託辭是真的，只是維多莉亞把七點改成了六點半。她匆匆忙忙上了樓，心中雀躍萬分。明天她就會在橄欖枝協會找到愛德華。那些不洗脖子的年輕女孩，真是的！聽起來毫無吸引力。可是，維多莉亞不安地又想，和乾乾淨淨的英國中年女人相比，男人比較不會計較汙黑的脖子。尤其當那些汙黑脖子的主人以充滿愛慕的大眼睛盯著她們視為目標的男人的時候，似乎更是如此。

這天晚上匆匆而逝。維多莉亞和漢米頓．克利普太太一起在餐廳裡早早進了晚餐。克利普太太天南地北無話不談。她囑咐維多莉亞日後去她那裡住上幾天。維多莉亞仔細把她的地址記了下來，畢竟誰也說不準以後的事。她陪克利普太太去了巴格達北站，把她在車廂安置好，克利普太太介紹了一位也去基庫克的朋友給她認識，隔天早上那人會協助克利普太太梳洗。

火車頭放出震耳又傷感的汽笛聲，猶如一個鬱悶的人發出的喊叫。克利普太太把一個厚信封塞到維多莉亞手裡，口中說道：「瓊斯小姐，這算是我們這次愉快同行的一點紀念。我非常感激你，希望你收下。」

維多莉亞以欣喜的口吻說道：「你真是太好了，克利普太太。」

火車四度也是最後一次鳴笛，帶著如同在門外警告家中即將有人去世的女妖哀叫，緩緩駛出了車站。

維多莉亞從車站招了計程車回旅館，因為如果不搭計程車，她完全不知道怎麼回去，而且似乎沒有什麼人能問路。

一回到蒂歐旅館，她便疾奔上樓回到房間，急急地打開信封。裡頭裝著兩雙尼龍褲襪。

如果是其他時候得到這樣的禮物，維多莉亞一定會欣喜若狂——尼龍褲襪是她買不起的。可是此時此刻，她期待的是真真實實的鈔票。克利普太太過於敏感，連想到該給她一張五個第納爾的鈔票都沒有。維多莉亞真希望她沒那麼敏感。

然而，明天她就會見到愛德華了。維多莉亞解衣上床，五分鐘後就進入了夢鄉。她夢見她在機坪上等著愛德華，可是他被一個戴眼鏡的女孩纏住，那女孩緊摟著他的脖子，這時候飛機慢慢滑動了……

11

維多莉亞一覺醒來，已是陽光明媚的早晨。她穿好衣服，來到窗外寬敞的陽台。不遠處，一個男人背對著她坐在椅子上，灰色的鬈髮垂在結實的紅棕色脖子上。這人側過頭來，維多莉亞訝異地認出他來，是魯珀特·克羅頓·李爵士。她也不知道自己為什麼吃驚，或許是因為她以為爵士這樣的大人物應該住在大使館，而不是旅館。而現在他竟出現在這裡，聚精會神地望著底格里斯河。她還注意到他帶了一副雙筒望遠鏡，就掛在椅背上。她想，他可能喜歡研究鳥類。

維多莉亞曾經心繫於一個也是愛鳥人的年輕人。好幾個週末，她陪著他出門遠足，冒著刺骨寒風在溼漉漉的樹林裡站上幾個小時，人幾乎快凍僵，終於聽到他欣喜若狂的聲音，要她透過望遠鏡觀看遠處棲在枝頭上的一隻鳥。而那隻鳥呆頭呆腦，就維多莉亞的眼光來看，還不如常見的知更鳥和蒼頭燕雀來得漂亮。

維多莉亞下樓來，在旅館兩棟建築中間的通道上遇到了馬庫斯・蒂歐。

「原來魯珀特・克羅頓・李爵士住在這裡。」她說。

「噢，沒錯，」滿臉笑容的馬庫斯說，「他人很好，非常好。」

「你和他很熟嗎？」

「不，這是我第一次見到他。英國大使館的施文翰先生昨天晚上送他來的。施文翰先生也是個大好人。我和他很熟。」

維多莉亞一面進早餐一面想，不知道有沒有馬庫斯認為不是好人的人。他似乎是個與人為善的博愛者。

早餐後，維多莉亞開始去找橄欖枝協會。

維多莉亞是個土生土長的倫敦人。在她開始尋找之前，並不知道在巴格達這樣的城市裡找個地方竟這麼困難。

她在外出途中又遇到馬庫斯，就問他博物館怎麼走。

「很漂亮的博物館，」馬庫斯依然滿臉笑容。「沒錯，全都是些很有意思、老掉牙的東西。其實我自己沒去過，不過我有朋友，考古界的朋友，他們路過巴格達時都住在這裡。貝克先生——理查・貝克先生，你認得他嗎？還有卡茲曼教授？還有龐希富・瓊斯博士、麥金泰夫婦，他們都會來蒂歐旅館住，都是我的朋友。博物館裡有些什麼東西，都是他們告訴我的。很有意思。」

「博物館在什麼地方？我該怎麼走？」
「順著拉希德大街直走——要走挺久的——轉個彎到費薩大橋，再穿過銀行街。你知道銀行街嗎？」
「我都不知道。」維多莉亞說。
「接著是另一條街，再一直走到另一座橋，博物館就在街的右側。你可以找白圖恩·歐文斯先生，他是那裡的英語顧問，好人一個。而他太太人也非常好，戰時以運輸官的身分來到這兒。噢，她人真是非常之好。」
「我其實不是要去博物館，」維多莉亞說，「我要找一個地方，一個機構，一個叫橄欖枝協會的單位。」
「如果你想吃橄欖，」馬庫斯說，「我可以送來非常美味的橄欖，品質超棒。農民特地留給我……留給蒂歐旅館的。我今晚就要他們端一些到你的餐桌上。」
「非常感謝你。」維多莉亞一面說，一邊逃也似地走向拉希德大街。
「向左彎，」馬庫斯還在她身後大喊，「別向右彎。要走很遠才能到博物館。你最好搭計程車去。」
「計程車司機知道橄欖枝協會在哪裡嗎？」
「不知道，他們什麼地方也不知道。你得告訴司機左轉、右轉、停下、直走……反正告訴他們你要怎麼走就對了。」

「如果是這樣，那我乾脆自己走去。」維多莉亞說。

她走到拉希德大街，依言轉向左邊。

巴格達完全不像她想像的那樣。擁擠的通衢大道上人山人海，汽車喇叭大鳴大放，人群扯著喉嚨大嚷大叫。櫥窗裡陳列著歐洲貨品，而不論走到哪裡，隨時有人吐痰——先卯足了勁清清嗓子，接著全力往外吐。沒有神祕的東方身影，大部分的人都穿著破爛的西服、舊軍服和空軍短背心，偶爾見到幾個穿著拖地黑長袍的男人或戴著面紗的婦女，但都因為身在眾多式樣紛雜的西服人群當中，而顯得毫不起眼。哀嚎的乞丐——幾個懷裡抱著髒兮兮嬰兒的女人——朝她走來，腳下的馬路高低不平，好幾處都裂著大縫。

她繼續前行，一股生疏、茫然、遠離家鄉的感覺突然襲上心頭。這裡沒有旅遊的快樂，只有疑惑和混亂。

她終於來到費薩大橋，過了橋繼續往前走。她一邊走，一邊忍不住被商店櫥窗裡各種怪異的組合吸引住。嬰兒鞋和毛衣、牙膏和化妝品、手電筒和陶瓷杯盤都擺在一起陳列。慢慢地，她感到一股魅惑……來自世界各地的商品，滿足了此地族群繁多而奇異的要求，她不禁為之著迷。

她找到了博物館，可是沒找到橄欖枝協會。她在倫敦找路輕而易舉，在這裡卻找不到半個人可以問路，這似乎令人難以置信。她不懂阿拉伯語。路過商店時，店主都跟她說英語、把商品推銷給她，可是當她詢及橄欖枝協會，他們便一臉茫然，面無表情。

要是有個警察可以問路就好了。可是當她看到那些手臂不斷揮舞、哨子吹個不停的警察時，她意識到在這裡這個辦法行不通。

她走進一家櫥窗裡擺著英文書的書店，可是一問到橄欖枝協會，對方只是客氣地聳聳肩、搖搖頭。很遺憾，他們完全不知道。

於是她繼續沿街前行。突然間，一陣震耳的鐵錘敲擊和叮噹響聲傳進她的耳膜。她朝一個陰暗的長巷一望，記起卡狄尤．特倫奇太太曾說橄欖枝協會離銅器市場不遠。而這裡，就是那個銅器市場。

她走進巷子。四十五分鐘後，她已經把橄欖枝協會完全拋在腦後。銅器市場把她迷住了。噴火燈、正在熔化的金屬，整個工藝行業完全展現在這個年輕女孩面前，而這個小倫敦人過去只看過陳列在商店裡的成品。她漫步穿過商場，走出了銅器市場，置身於一個販售鮮豔條紋毛毯和拼布棉被的地方。在這裡，歐洲商品以完全不同的形式展現，它們被放置在陰涼黯淡的拱形小屋裡，透著海外珍奇的色彩。

她偶爾會聽到「走，走」的喊叫，接著就是一頭驢或是馱著重物的騾子從她身邊走過，要不就是幾個男人背著一大堆東西，卻四平八穩地走過去。小孩朝她擁上來，他們都有個托盤，以繩子吊在胸前。

「小姐，你看，鬆緊帶，上等的鬆緊帶，英國製的。還有梳子，英國梳子要不要？」

急於推銷的孩子把東西都湊上來，幾乎碰到她的鼻尖。維多莉亞走在快樂的夢境裡。這才是真正的看世界。這一大片地淨是縱橫交錯的小巷弄，裡頭都是蔭涼的拱形小屋，每轉一個彎都會看到完全出乎你意料的東西——有條巷子都是裁縫店，裁縫們端坐縫衣，牆上貼著各種漂亮的西裝相片；另一條巷子一整排都是鐘錶店和廉價首飾店，另一條則賣著各種天鵝絨製品和金絲刺繡錦緞；接著隨意轉個彎，你又走進了一條專賣二手貨的小巷，廉價而俗氣的舊西服、怪異有趣又褪了色的套頭衫，還有鬆垮的長背心。

一路上，她三不五時還瞥到寬敞安靜、與天色連成一片的大院子。

她來到一條街上，舉目望去，商店裡出售的全是男子褲料。狀甚神氣的商人戴著頭巾，盤著腿坐在他們小小的方形店面中央。

「走！」

一頭滿載著貨物的毛驢走到維多莉亞身後，逼得她躲進一條露天的窄巷裡。這條小巷七彎八拐，兩旁全是高大的房舍。她沿著巷道前行，無意間竟然來到了她尋覓的目的地。她從一戶房舍的開口處看到一個小方庭院，庭院盡頭一扇門開著，門上一塊大牌子寫著：「橄欖枝協會」，還附了一隻極不顯眼的塑膠鳥，嘴裡銜著一根幾乎看不出是樹枝的樹枝。

維多莉亞喜出望外，快步穿過庭院，走進那扇洞開的門。她發現自己置身於一個昏暗的房間，不但桌上擺滿書籍期刊，周圍的書架上也散置著更多的書。如果不是這裡那裡隨意放置的幾張椅子，這個地方簡直像個書店。

幽暗的燈光下，一個年輕女人迎向維多莉亞，以字斟句酌的英語對她說：「請問有什麼我可以效勞的嗎？」

維多莉亞看著她。那女人身穿燈芯絨長褲、橘黃色法蘭絨襯衫，軟趴趴的短髮很黑，顯得溼漉漉的。她看似出身英國上流社會，可是她的臉不似英國人卻像東方人：憂鬱的面容，一雙漆黑少歡的大眼睛和大鼻子。

「這裡，這裡……噢，拉思彭博士在嗎？」

真令人抓狂，她到現在還不知道愛德華姓什麼！連卡狄尤．特倫奇太太也只知道他叫愛德華，不知姓氏為何。

「在，拉思彭博士在。我們是橄欖枝協會，你想加入我們是不是？那太好了。」

「噢，可能吧。我想……我能見拉思彭博士嗎？」

年輕女人露出疲倦的笑容。

「通常我們不會打擾他。這裡有表格，我告訴你怎麼填，然後你簽上名字就行了。請交兩個第納爾。」

「我還沒決定要不要加入，」維多莉亞一聽要交兩個第納爾，不禁著了慌。「我想見拉思彭博士……或是他的祕書。只要見他的祕書就好。」

「我可以負責解釋。我會把一切都解釋給你聽。我們在這裡都是朋友，是物以類聚的朋友，是為了未來奮鬥的朋友……我們一起閱讀富有教育意義的好書，互相朗讀詩歌。」

「我要見拉思彭博士的祕書，」維多莉亞大聲說道，字字清晰。「他特地交代要我來找他。」

年輕女人臉上出現一絲不悅的固執神情。

「今天不行，」她說，「我會負責解釋⋯⋯」

「為什麼今天不行？他不在嗎？拉思彭博士在嗎？」

「是的，拉思彭博士在。他在樓上。可是我們不打擾他。」

維多莉亞心頭立時湧上一股盎格魯撒克遜人排斥外國人的情緒。在她看來，橄欖枝協會非但沒有建立起國際的友好情誼，還適得其反。

「我剛從英國來到這裡，」她說，口氣和卡狄尤．特倫奇太太簡直一模一樣。「我有非常重要的口信要告訴拉思彭博士，而且一定要當面告知。請你馬上帶我去見他！很抱歉我得打擾他，但我必須見他，而且是馬上！」她又加上一句，表示斬釘截鐵。

在一個打定主意要一意孤行的驕蠻英國人面前，障礙往往都會崩解。那年輕女人立刻轉過身，帶她來到屋後，上樓後順著一條可以看到樓下庭院的走道直往前走。她在一扇門前停下腳步，敲了敲。一個男人的聲音從門內傳出：「進來。」

維多莉亞的嚮導推開門，打個手勢要她進去。

「有個從英國來的小姐要見你。」

維多莉亞走進房間。

一個男人從一張堆滿文件的大書桌後站起身，走向前來招呼她。

是個風度翩翩的男人，年約六十，前額高聳，一頭白髮。從外表看來，他最突出的特質是親善、仁慈、極富魅力。戲劇的製作人會毫不猶豫地安排他扮演大慈善家。

他以熱情的微笑迎接維多莉亞，同時伸出一隻手。

「原來你剛從英國來，」他說，「第一次到東方來嗎？」

「是的。」

「不知道你有什麼感想……哪天你一定要告訴我。噢，讓我想想，我以前見過你嗎？我近視很深，而且你沒告訴我你的名字。」

「你不認識我，」維多莉亞說，「我是愛德華的朋友。」

「原來你是愛德華的朋友，」拉思彭博士說，「啊，太好了。愛德華知道你人在巴格達嗎？」

「還不知道。」維多莉亞說。

「噢，等他回來一定會大吃一驚。」

「等他回來？」維多莉亞說，聲音低了下去。

「是的，愛德華現在人在巴斯拉。我們運來了很多箱的書，我不得不派他去處理。海關辦事慢如牛步，真令人氣惱，通關手續老是辦不好。我們只有動之以私人交情，而愛德華在這方面很擅長。他知道什麼時候該說好聽的，什麼時候該強硬，而且事情不辦好他是不肯休息的。他這人非常有始有終。年輕人有這個優點很可貴。我很看重愛德華。」

他眨了眨眼睛。

「不過，我想我不用在你面前替愛德華說好話吧，小姐？」

「愛德華什麼……什麼時候會回來？」維多莉亞無力地問。

「噢，我還不能確定。他得等到那邊的工作都辦完了才會回來。在這個國家，辦事可不能催得太急。你把這裡的地址告訴我，我保證要他一回來就和你聯絡。」

「我在想……」維多莉亞想到自己經濟上的困窘，乾脆孤注一擲。「我在想能不能……能不能在這裡做點工作？」

「歡迎之至，」拉思彭博士熱情地說，「可以，當然可以。多少工作人員我們都需要，任何幫手都好，尤其是英國女孩。我們的工作進展順利，非常順利，不過還有更多的工作要做。話說回來，大家都很熱心。我們這裡已有三十個義工……三十個！個個都熱心極了！如果你真有這個意願，你會是非常寶貴的幫手。」

義工兩個字聽在維多莉亞耳裡很不舒服。

「我其實是想找個有報酬的工作。」她說。

「噢，老天！」拉思彭博士的臉一沉。「那就困難多了。我們這裡領薪水的工作人員很少，而且就目前來說，因為有義工幫忙，人手剛好夠用。」

「不找個有報酬的工作，我經濟上負擔不了，」維多莉亞解釋。「我是個合格的速記打字員。」她毫不臉紅地補充道。

「親愛的小姐，我相信你有這個能力，事實上容我這麼說，你或許是才華橫溢。不過對我們來說，這是英鎊、先令和便士的問題。而即使你在別處找到工作，我也希望你在空閒時間幫助我們。我們這裡大多數的工作人員都另有固定工作。我敢保證，你會發現在這裡當義工是很令人振奮的。世上一切的野蠻行徑、戰爭、誤解、懷疑，都必須根除殆盡。我們需要一個世人能夠互相交流的共同基礎。我們需要戲劇、藝術、詩歌這些人類偉大的精神財富，卑劣的嫉妒或仇恨全無立足之地。」

「沒……沒錯。」維多莉亞說，語氣並不確定。

她想起自己一些當演員和從事藝術的朋友，那些人的生活似乎經常受到莫名的嫉妒心和惡毒而又強烈的仇恨心所困擾和糾纏。

「我已經把《仲夏夜之夢》譯成四十種文字，」拉思彭博士說，「四十組不同的年輕人為翻譯同一部文學名著而克盡心力。年輕人，這就是祕密所在。除了年輕人，我對任何人都沒有好處。一旦頭腦和心靈僵化了，那就來不及了。不，年輕人必須團結在一起。就拿樓下那個帶你上樓來的女孩凱瑟琳來說，她是敘利亞人，家住大馬士革。你和她歲數大概差不多。通常你們絕對不會湊在一起，因為你們沒有任何共通之處。可是在橄欖枝協會，你和她還有其他許多民族的人——俄國人、猶太人、伊拉克人、土耳其人、亞美尼亞人、埃及人、波斯人，全都齊聚一堂，互相欣賞，讀一樣的書，討論電影和音樂（我們這裡有來自倫敦的高水準講師），你們會發現大家有不同的觀點，而你們會因為和不同觀點的人碰撞出火花而興奮。噢，世界本當如此。」

維多莉亞忍不住想，拉思彭博士認為觀點不同的人齊聚一堂必然會互相喜歡，這未免過度樂觀。就拿她自己和凱瑟琳為例，兩人不但沒喜歡上對方，而且她很相信，見面機會愈多就愈會互相嫌惡。

「愛德華這人很好，」拉思彭博士說，「他和什麼人都處得來，而且和女孩子比和年輕小夥子更投緣。這裡的男學生一開始都不好相處，疑心重重，幾乎到了桀驁不馴的地步。可是女孩子都很崇拜愛德華，願意為他做任何事。他和凱瑟琳尤其處得來。」

「確實。」維多莉亞冷冷地說。

她覺得自己對凱瑟琳的厭惡又加深了一些。

「好吧，」拉思彭博士笑著說，「請盡量過來幫忙。」

這是送客的表示。他熱情地握了握維多莉亞的手。維多莉亞踏出房間，走下樓梯。凱瑟琳站在門口，正在和一個剛進門的女孩談話。那女孩手裡提著一個小衣箱，皮膚黝黑，面貌姣好。維多莉亞心想，好像在哪裡見過她。可是那女孩看著維多莉亞，卻沒流露出半點認識的表情。兩個年輕女人熱切地交談著，維多莉亞聽不懂那是什麼語言。她們一看到她就住口不說，而且沉默地盯著她看。她從她們身邊走過，在門口勉強對凱瑟琳擠出一聲客氣的「再見」。

她走出曲曲折折的小巷道，來到拉希德大街，慢慢朝旅館方向走回去。周遭人群熙熙攘擴，但她視而不見。她盡量讓自己的思緒集中在拉思彭博士和橄欖枝協會這個組織上，以免想到自己的困境（來到巴格達，身無分文）。在倫敦時，愛德華曾說這裡的工作有點「不對勁」。是什麼不對勁呢？是拉思彭博士不對勁，還是橄欖枝協會本身？

她很難相信拉思彭博士有任何可疑之處。在她眼裡，他只是個誤入歧途的熱心分子，這種人堅持用自己理想化的目光來看世界，完全不顧現實。

那麼，愛德華說的不對勁究竟意指為何？他說得很模糊，說不定連他自己都不知道怎麼回事。

難道拉思彭博士是個超級大騙子？

他說話時令人心安的溫柔神情，維多莉亞仍然記憶猶新。她搖搖頭。當她談到有報酬的工作時，他的神色確實變了，雖然只是一點點。他顯然希望別人為他工作而不求任何回報。

不過，維多莉亞想，這也是人之常情。

如果是葛林賀先生，他也會有同樣的想法。

12

維多莉亞拖著痠痛的腳回到蒂歐旅館，立刻受到馬庫斯熱情的揚手招呼。他坐在臨河的草坪平台上，正和一個衣著邋遢、身形瘦削的中年人談話。

「過來跟我們喝一杯吧，瓊斯小姐。馬丁尼還是雞尾酒？這位是達金先生。這是瓊斯小姐，剛從英國來。親愛的小姐，你喝點什麼？」

維多莉亞說她喝雞尾酒，一面帶著希望建議：「有沒有什麼好吃的堅果？」她想起堅果富含營養。

「原來你喜歡吃堅果。耶穌！」他以流利的阿拉伯語吩咐了僕人。達金先生說他想喝檸檬汁。他的聲音帶著憂傷。

「啊，」馬庫斯叫道。「喝檸檬汁太不像話了。噢，卡狄尤・特倫奇太太來了。你認識達金先生嗎？想喝點什麼？」

「琴酒加檸檬，」卡狄尤．特倫奇太太一邊說，一邊敷衍地對達佘點了點頭。「你看起來很熱的樣子。」她對維多莉亞說。

「我剛到外面去逛了逛。」

飲料送來了，維多莉亞吃了一大盤開心果和一些洋芋片。

未幾，一個矮壯的男人跨上台階，殷勤的馬庫斯立刻招呼他過來，為維多莉亞介紹了克羅比上尉。克羅比上尉微凸的眼珠目不轉睛地看著維多莉亞。維多莉亞心想，這人對女性魅力倒是十分敏銳。

「剛從英國來？」他問維多莉亞。

「昨天剛到。」

「我就說以前沒見過你。」

「她又親切又漂亮，對吧？」馬庫斯開心地說，「噢，沒錯，有維多莉亞小姐住在我這兒真好。我要替她辦個派對，一個精采的派對。」

「有嫩雞嗎？」維多莉亞滿懷希望地問。

「有的，有的，還有油烹肝，斯特拉斯堡的油烹肝，說不定還有魚子醬，然後上一道魚，非常鮮美的魚，底格里斯河裡的一種魚，不過這些都得淋上醬汁和蘑菇。接著上火雞，就像我在家裡吃的那種，肚子裡塞滿大米、葡萄乾、香料，燒得透透的！噢，非常好吃，不過你得多吃點，不能只吃一小口。或者你比較喜歡牛排……把大塊牛排燒得嫩嫩的，這事我負責。我們要好好吃一頓，吃上好幾個鐘頭。一定會很棒。我自己可不吃，我只喝酒。」

「太好了。」維多莉亞說得有氣無力。馬庫斯說的這些美味佳餚讓她饑腸轆轆、頭腦發昏。她不知道馬庫斯是否當真要為她舉行派對，如果是，又會是什麼時候。

「我還以為你到巴斯拉去了。」卡狄尤．特倫奇太太對克羅比說。

「我昨天回來的。」克羅比說。

他抬起頭來看看陽台。

「那傢伙是什麼人？」他問。「就是那個衣服花稍、戴著大帽子的人。」

「親愛的朋友，那是魯珀特．克羅頓．李爵士，」馬庫斯說，「是施文翰先生昨天晚上把他從大使館接過來的。這人不簡單，是個厲害的旅行家。他騎著駱駝穿越撒哈拉沙漠，爬過不少名山。那種生活既不舒服又危險，我可不喜歡。」

「噢，原來是他？」克羅比說，「我看過他寫的書。」

「我和他搭同一班飛機來的。」維多莉亞說。

兩個男人不約而同地望著她，眼神透著興味……至少她認為如此。

「他這人傲慢得很，又很自鳴得意。」維多莉亞輕蔑地說。

「我認得他住在西姆拉的姑姑，」卡狄尤．特倫奇太太說，「他們一家人都是那樣。人是很聰明，但就是忍不住要自誇。」

「他在那裡坐了一早上，什麼事也沒做。」維多莉亞說，語氣頗不以為然。

「他的胃不好，」馬庫斯解釋道，「他今天什麼也不能吃。多麼悲哀！」

「我不明白，馬庫斯，」卡狄尤．特倫奇太太說，「你什麼也沒吃，怎麼會這麼胖？」

「因為我愛喝酒，」馬庫斯說，深深嘆了口氣。「我喝太多了。今天晚上我妹妹和妹夫要來，我又得一杯接一杯喝到明天早上。」他又嘆口氣，然後像往常一樣，突然大吼：「耶穌！耶穌！各種飲料再多端一份來。」

「我不用了。」維多莉亞急忙說。

達金先生也敬謝不敏。他喝完那杯檸檬水，慢條斯理地走了。克羅比也朝自己的房間走去。

卡狄尤．特倫奇太太用指甲輕輕彈了彈達金的玻璃杯。

「一如慣例，又是檸檬汁？」她說，「這不是好現象。」

維多莉亞問她，為什麼不是好現象。

「一個男人如果只敢在背地裡喝酒，不會是好現象。」

「沒錯，親愛的，」馬庫斯說，「確實如此。」

「這麼說，他真的酗酒？」維多莉亞問。

「所以他永遠升不了官，」卡狄尤．特倫奇太太說，「只能勉強保住現在的職務，只能這樣了。」

「不過他是個大好人。」博愛的馬庫斯說。

「才怪，」卡狄尤．特倫奇太太說，「他委靡得很。整天遊手好閒、吊兒郎當的，一點活力也沒有，沒有生活重心。不少英國人來到東方以後就退化了，他就是一個。」

維多莉亞謝過馬庫斯的飲料，再次婉辭了第二杯，就回到樓上房間，脫下皮鞋躺在床上，認真思考起來。她的錢只剩下三英鎊多，恐怕只夠付給馬庫斯飯錢和住宿費。馬庫斯慷慨大方，如果自己基本上靠點烈酒加上堅果、橄欖、洋芋片來維持生命，那麼之後幾天，單純的營養問題或許會得到解決。可是，馬庫斯多久之後會把帳單送到她手上？他會容許她不付錢在這裡住上幾天呢？她完全不知道。她想，馬庫斯在做生意方面可不會粗心大意。她真的應該找個便宜的地方住。可是，她該如何去打聽合適的地方呢？她應該找份工作做，而且是趕快。但她能去哪裡找工作？她又能做什麼樣的工作？她能向什麼人求教呢？一個人被遺棄在一個外國城市裡，身上一文不名，又不知道當地狀況，這對發揮自己的才能是多麼可怕的障礙！只要她對伊拉克有少許了解，她有信心（一如往常）自己一定撐得下去。愛德華什麼時候會從巴斯拉回來？說不定（太可怕了）愛德華已經把她忘得一乾二淨了。自己為什麼像頭笨驢一樣急匆匆跑到巴格達來？愛德華究竟是什麼人？他是做什麼的呢？他不過是一個笑容迷人、談吐不俗的年輕人。還有，他姓……姓什麼？如果她知道他的姓氏，她可以打個電話給他……不行，她連他住哪裡都不知道。她什麼也不知道……這就是問題所在。這是個讓她無法發揮所長的癥結。

再說，她在巴格達沒有任何人可以求教。馬庫斯不行；他人不錯，可是從不聽人說話。

卡狄尤．特倫奇太太不行；她一開始就懷疑她了。漢米頓．克利普太太不行；她已經到基庫克去了。拉思彭博士也不行。

她非賺點錢不可……或是找到工作，什麼工作都好，照顧小孩、在辦公室貼郵票、到飯店去當服務生。要不然他們會把她送到英國大使館，然後遣送回國，那麼她今生今世再也見不到愛德華了……

想到這裡，維多莉亞因為感情激動而累極，不知不覺就睡著了。

§

待她醒來，已經過了好幾個鐘頭。她乾脆一不做二不休，決定走到樓下餐廳，看著菜單從頭點到尾，慷慷慨慨吃了一大頓。吃完後她覺得自己像條大蟒蛇，但絕對是心滿意足。

「光發愁是沒用的，」維多莉亞想，「把一切留給明天吧。明天或許會有轉機。不是我想到什麼好辦法，就是愛德華回來了。」

上床之前，她漫步走到臨河的陽台上。根據巴格達居民的習慣，這時已是寒風刺骨的冬季，因此陽台除了一個侍者外，什麼人也沒有。那侍者俯身在欄杆上，正聚精會神看著河面，一見維多莉亞走來，便心虛地跑進大門，急急回到旅館裡去了。

而對剛從英國來到此地的維多莉亞來說，這就是一般的夏夜，只是夜風有點刺凜而已。

月光下她放眼遠眺，底格里斯河彼岸顯得神祕莫測，東岸則綴滿了排排的椰林，這一切都讓她心馳不已。

「噢，不管怎麼說，我已經來了，」維多莉亞精神一振。「而且我一定能想出辦法。事情一定會有轉機。」

帶著總有一天會否極泰來的樂觀，維多莉亞回到房間打算上床休息。這時那侍者又悄悄溜了回來，繼續忙碌。他把一根打了結的繩子繫在欄杆上，讓繩子垂到河邊。片刻後，另一個身影走出黑暗，加入了那侍者。只聽達金先生低聲說道：「一切就緒了嗎？」

「是的，先生。沒有任何可疑的跡象。」

達金先生將繫繩的任務圓滿完成後，便退到黑暗中，脫去侍者的白上衣，換上他那難以形容的藍色細條外衣，從容不迫地沿著陽台一直走到臨河的水邊，這才停住腳步。下頭的大街有台階通到這裡。

「現在晚上相當涼了，」克羅比從酒吧閒閒走出來。「你從德黑蘭來，可能不太覺得。」

兩人抽著菸，站了一陣。如果他們不提高嗓門，誰也聽不到他們說什麼。克羅比低聲說道：「那女孩是什麼人？」

「是考古學家龐希富．瓊斯的姪女。」

「噢，那應該不會有問題。不過，她和克羅頓．李搭同一班飛機過來……」

「我看我們最好別把任何事視為理所當然。」達金說。

他們又默默地吸了一陣子菸。

克羅比說：「你真的認為應該把那件事從使館轉到這裡來辦？」

「沒錯，我真的這麼認為。」

「就算所有細節都已安排好也是？」

「我們在巴斯拉也曾把所有細節安排好，後來還是出了紕漏。」

「嗯，我知道。順便告訴你，撒拉．哈桑被毒死了。」

「沒錯，可想而知。有什麼跡象顯示那些人是透過什麼管道進入領事館活動的嗎？」

「我想一定有什麼管道。那裡出了點小亂子。有個傢伙掏出一把左輪槍。」他頓了頓，又說：「理查．貝克抓住他，繳了他的槍。」

「理查．貝克。」達金若有所思地說。

「你認識他？他是……」

「是的，我認識他。」

兩人的對話中斷片刻，接著達金說道：「隨機應變，我只能指望這樣了。倘若我們如你所說，把一切都錄下音來，結果我們的計畫被人知悉，那麼對方也很容易設下陷阱，把我們逮個正著。我很懷疑，卡麥柯是不是還願意走近大使館，而就算他到了大使館……」他搖搖頭。

「在這裡，只有你、我和克羅頓・李知道內情。」

「他們會知道克羅頓・李從大使館搬到這兒來了。」

「噢，那當然。這是難免的。可是，克羅比，你難道沒想到，不管他們如何對付我們的隨機應變，他們自己也得隨時應變。他們一定得在匆忙間思考，匆忙間做安排。換句話說，危險一定來自蒂歐旅館外面。不可能有人六個月以前就住在這家旅館裡等著。蒂歐旅館是直到現在才被牽連進去的。我們先前從未想過或建議拿這家旅館做接頭地點。」他看看錶。「我現在就上樓去找克羅頓・李。」

達金揚起手，正要敲魯珀特爵士的房門。沒有必要，門已悄然開啟，等著他走進去。這位旅行家的房裡只開著一盞檯燈，燈旁放著他的椅子。他重新落座，輕輕將一把小型自動手槍放在桌上伸手可及的地方。

他說：「怎麼樣，達金？你看他會來嗎？」

「會，我認為他會來，魯珀特爵士，」他接著又說，「你以前沒見過他吧？」

對方搖搖頭。

「沒有。我很期待今天晚上和他見面。達金，那年輕人一定有過人的膽識。」

「噢，沒錯，」達金平板的聲音說道，「他很有膽識。」

他有點驚訝，這個事實竟然需要說出來。

「我的意思不只是說他很勇敢，」對方說，「很多人在戰爭中都很勇敢、很出色。我的意思是……」

「他很有想像力？」達金說。

「沒錯。他有膽識，相信一個絕無可能發生的事一定會發生，還冒著生命危險去證實一個荒誕的傳說一點也不荒誕。這種特質是現代年輕人所欠缺的。我希望他會來。」

「我想他會來。」達金先生說。

魯珀特爵士立刻望了他一眼。

「你一切都安排好了？」

「克羅比在陽台上，我會守著樓梯。卡麥柯一走進你房間，你敲敲牆壁我就進來。」

克羅頓．李點點頭。

達金悄悄走出房間。他走向左側，繼續走到陽台，接著走到最遠的角落。這裡也一樣，邊上懸著一根打了結的繩子，繩索垂到地面，被一棵尤加利樹和幾株紫荊遮住。

達金先生回轉過身，走過克羅頓．李的房間，進入自己的房間。他的房間有另一道門，通往這排房間後面的通道，而且距離樓梯口只有幾呎遠。達金先生將門打開，條別人注意不到的細縫，接著開始他的警戒任務。

約莫四小時後，一葉原始小舟從底格里斯河上游悄然而下，在蒂歐旅館下頭的泥灘邊靠了岸。片刻後，一個瘦削的身影抓住繩索，在紫荊叢中蜷縮著身子，攀緣而上。

13

維多莉亞原本打算上床就寢，把所有問題留待隔天早上再想。可是由於先前睡了幾乎整個下午，所以現在她躺在床上異常清醒，無法入眠。

終於，她扭開燈光，看完一篇在飛機上就開始閱讀的雜誌故事，再補好一雙褲襪，試穿了新的尼龍褲襪，寫了幾份措辭不同的求職函（明天她可以問問該往何處投遞），寫了三、四封給漢米頓．克利普太太的信以備必要時寄出，每封信中都編了不同的巧妙說辭，聲稱由於始料未及的原因，她在巴格達「陷入困境」；擬了兩份電報草稿打算向她唯一在世的親戚求援，這親戚住在英格蘭北部，是個脾氣執拗、不討喜的老男人，一輩子沒有幫助過人；又梳了一種新髮式。終於，她突然打了個哈欠，覺得睏頓已極，決定上床睡覺去。

就在這時候，有人突然推開她的房門，一個男人溜進來，隨手把門鎖上，急急地對她說：「看在上帝的份上，把我藏起來，快……」

維多莉亞的反應一向敏捷。就這麼一瞬間，她已經注意到那人呼吸急促，聲音微弱，一手緊抓著胸前一條裹成一團的針織紅圍巾。她立即起身下床，準備應付這場冒險。

房間可藏身的地方不多。一座衣櫃、一個五斗櫃、一張桌子，還有一個外表華麗的梳妝台。床倒是很大……幾乎像張雙人床，幼年時期捉迷藏的記憶讓維多莉亞立即做出決定。

「快。」她說。

她把枕頭掃下床，掀起床單和毯子，要那男人橫臥在床頭，接著把床單毯子覆在他身上，再擺上枕頭，隨後自己往床邊一坐。

幾乎就在同時，門外傳來輕而不斷的敲門聲。

維多莉亞以含糊而受驚的聲音喊道：「是誰？」

「請開門，」是個男人的聲音。「請開門，我們是警察。」

維多莉亞向房門走去，一面披上晨衣。這時她注意到那人的紅圍巾掉在地上，她趕忙拾起，塞入一個抽屜，這才轉動鑰匙，打開一條門縫，帶著驚慌的神情向外望。

門外站著一個黑髮的年輕人，一身紫紅色細條西裝，後面那人則身著警官制服。

「什麼事？」維多莉亞問，聲音帶著顫抖。

年輕人滿面堆笑，操著不算蹩腳的英語說：「小姐，這個時候打擾你實在抱歉，有個罪犯脫逃了，他跑進這家飯店來，我們必須搜索所有的房間。這人非常危險。」

「噢，老天！」維多莉亞一面退後，一面把門敞開。「快請進來，而且盡量搜。太可怕了。請好好看看浴室，噢，還有這個衣櫃……對了，麻煩你們幫我看看床底好嗎？說不定他在那裡躲了一整夜。」

他們搜查的速度極快。

「沒有，他不在這裡。」

「你確定他沒有躲在床底下？噢，看我多傻，他怎麼躲得進來？我上床的時候就把門鎖上了。」

「謝謝你，小姐，再見。」

年輕人一躬身，跟他穿著制服的助手一同離去。

維多莉亞跟著他們走到門口，口中說道：「我最好把門鎖好，對吧？這樣安全些。」

「對，鎖上當然最好。謝謝你。」

維多莉亞把門鎖上，在門邊站了幾分鐘。她聽到那兩個警察去敲對面的門，門開，雙方說了幾句，卡狄尤．特倫奇太太粗啞的聲音聽來十分生氣，接著門就關上了。幾分鐘後，她聽見門再度開啟，兩人的腳步聲移向走廊那頭。他們再敲門時，離維多莉亞的房間已經很遠。

維多莉亞轉過身，走向臥床。她想到，自己說不定愚蠢至極。由於自己浪漫的性格，又因為進來的男人說的是英語，她很可能本能地幫助了一個非常危險的罪犯。站在被緝捕的逃犯那一邊對抗追捕者，有時候會帶來令人不快的後果。唉，維多莉亞想，反正我現在已經陷進去了。
她站在床邊，以簡慢的口氣說：「起來。」
沒有動靜。維多莉亞口吻變得嚴厲，不過並沒有提高嗓門。
「他們走了。你可以起來了。」
可是那微微隆起的枕頭下面依然毫無動靜。維多莉亞不耐煩地把枕頭、床單和毯子掃開。
那個年輕人的臥姿就像先前一樣，可是他現在的臉色變成了一種怪異的青灰色，眼睛也閉著。
維多莉亞突然呼吸一緊，因為她注意到了別的東西——毛毯上透出一灘鮮紅。
「噢，拜託不要，」維多莉亞說，語氣近乎懇求。「噢，拜託，不要！」
受傷的男人似乎意識到了她的懇求，他睜開眼注視著她，彷彿是從遠處看著一樣東西卻看不清楚似的。
他張開嘴……聲音非常之低，維多莉亞根本就聽不見。
她彎下腰去。
「你說什麼？」
這一回她聽到了。那年輕人費盡力氣吐出了幾個字。維多莉亞不知道自己聽得對不對，因為那幾個字聽來像是胡言亂語，毫無意義。他說的是：「魔鬼……巴斯拉……」

他的眼瞼垂下，在那雙大眼睛上閃動了幾下，接著又說出幾個字，是個人名。然後他的頭向後一歪，整個身子便靜止了。

維多莉亞呆呆站著，心跳得異常厲害。此時此刻她心頭充滿了強烈的同情和氣憤。她不知道下一步該怎麼辦。她非得找個人……非找個人來不可。自己孤身一人，房間還有個死人，警察遲早會要她把事情交代清楚。

腦中正迅速思索著對策，她突然聽到輕微的聲響，驀然轉過身去。房門鑰匙已經掉到地上。她望著那把鑰匙，又聽到門鎖轉動的聲音。房門開了，達金先生走進來，隨手把房門小心地關上。

他一面朝維多莉亞走過來，一面輕聲說道：「幹得好，親愛的。你的反應非常敏捷。他還好嗎？」

維多莉亞說，口氣帶著結巴。

「我想，他……他死了。」

她看到達金臉色一變，臉上閃過一絲極度的憤怒，隨即又變回她前一天看到的模樣，只是那股猶豫不決、優柔寡斷不見了，取而代之的是一種截然不同的神情。

他彎下身，輕輕鬆開青年的破舊上衣。

「正好刺中心臟，」達金一面直起腰，一面說道，「他是個勇敢的青年，也很聰明。」

維多莉亞的聲音恢復了正常流暢。

「警察來過，說他是個罪犯。他是罪犯嗎？」
「不，他不是罪犯。」
「他們是……他們是警察嗎？」
「我不知道，」達金說，「可能是。是不是都一樣。」
接著他問維多莉亞：「他有沒有說什麼……在臨死之前？」
「有。」
「他說了什麼？」
「他說魔鬼，然後又說巴斯拉。片刻後他又說了一個名字，聽起來像個法國名字，不過也可能是我沒聽清楚。」
「你覺得像個什麼名字？」
「我覺得是萊法奇。」
「萊法奇。」達金若有所思。
「這到底是怎麼回事？」維多莉亞說，接著沮喪地問上一句：「還有，我該怎麼辦？」
「我們一定會盡量幫你解圍，」達金說，「至於這是怎麼一回事，我回頭再告訴你。現在，首要之務是找到馬庫斯。這是他的旅館，而且他很有頭腦，雖然大家跟他說話的時候不見得體會得到。我這就去找他。他還不會睡，現在才一點半；他很少在兩點以前上床。我去找他的時候，你順便梳洗一下。馬庫斯對落難的美人是很敏感的。」

他步出房門。維多莉亞像作夢一般走到梳妝台前，把頭髮往後梳攏，又在臉上抹些香粉，顯出恰如其分的蒼白顏色，接著就癱坐在椅子上。她聽到腳步聲走近，達金沒敲門就走了進來，身後跟著馬庫斯·蒂歐那肥大的身軀。

這回馬庫斯很嚴肅。他臉上慣常的笑容不見了。

「馬庫斯，」達金先生說，「這件事你得盡全力處理。這個可憐的女孩嚇壞了。這傢伙闖進來，倒在地上……維多莉亞是個好心人，她把他藏起來，躲過了警察。現在這人死了。維多莉亞或許不該這麼做，不過女孩子都是心腸軟。」

「她當然不喜歡警察，」馬庫斯說，「沒有人喜歡警察。我就不喜歡警察。可是我經營旅館，就得和他們把關係弄好。你要我拿錢給他們，好把這件事擺平？」

「我們只要悄悄把屍體弄出去就好。」

「太好了，親愛的。我也不希望我的旅館裡有具屍體。不過一如你所說，這不大容易，對吧？」

「我認為這可以做得到，」達金說，「你的親戚當中有個醫生，對吧？」

「對，我妹夫保羅是醫生。他人很好，可是我不希望他惹上麻煩。」

「不會的，」達金說，「聽我說，馬庫斯。我們先把屍體搬到對門我的房間去，這樣就讓維多莉亞脫離了關係。然後我會用你的電話，十分鐘後，一個年輕人會從街上搖搖晃晃地走進旅館。他喝得醉醺醺的，一手用力撫著胸，大聲嚷著要見我。他跌跌撞撞地走進我房間，然後便摔倒在地。這時候我就出來叫你去找醫生，你就建議找你妹夫來。你妹夫叫來救護車，把我那個醉酒的朋友送到醫院去。可是他還沒到醫院就死了。原來他被人刺傷了。這和你沒有關係，他是在進旅館之前在街上被人刺傷的。」

「我妹夫把屍體帶走，而裝成醉漢的那個年輕人早上會悄悄溜走，對吧？」

「就是這樣。」

「所以，我的旅館裡不會有任何屍體？而且瓊斯小姐完全不會受到干擾？老天，這個主意好極了。」

「那好。現在，你到外邊把風，等到沒人的時候，我就把屍體抬到我房間去。你那些僕人半夜常在走廊上閒晃。你馬上回到房間大肆嚷嚷，把他們全都差遣去拿東西。」

馬庫斯點點頭，隨即離開了房間。

「維多莉亞，你身體挺好，」達金說，「能不能幫我把他抬到對面我的房間？」

維多莉亞點了點頭。於是他們抬起那具已無生氣的屍體，穿過無人的走廊（遠處傳來馬庫斯憤怒的叫嚷），把屍體放到達金的床上。

達金說：「你有剪刀嗎？把你毛毯上沾血的地方剪掉。我想血並沒有透到床墊上。大部分的血都吸附在他的外衣上。大約一個鐘頭後，我會到你房間去。等一下，我這個瓶子裡有酒，你喝一點。」

維多莉亞照做了。

「乖女孩，」達金說，「現在，你回到房間去，把燈關上。我剛說過，一個鐘頭後我會過來。」

「然後你會把事情原原本本告訴我？」

達金先生帶著奇怪的眼神深深看著她，可是沒有回答她的問題。

14

維多莉亞關了燈，躺在床上豎起耳朵仔細聆聽。她聽到一個醉漢大聲叫嚷，那個聲音說：「我覺得我非來找你不可，老兄；我剛在外頭和一個傢伙吵了起來。」接著鈴聲響起，很多人在說話，後是一陣喧鬧。接下來，除了遠處某個房間的留聲機播放的阿拉伯音樂，周遭似乎整個安靜下來。她感覺過了好幾個小時，這才聽到房門輕輕開啟，她立刻在床上坐直，扭開床頭燈。

「這就對了。」達金說，語氣帶著讚許。

他搬了一張椅子到床邊，坐了下來。他細細地注視著維多莉亞，猶如醫生在為病人做診斷。

「你要把事情的來龍去脈告訴我？」維多莉亞問。

「不如，」達金說，「你先把自己的來龍去脈告訴我。你在這裡做什麼？為什麼到巴格達來？」

究竟是受了當晚事件的影響，還是因為達金本人的個性（事後，維多莉亞認為是後者的緣故），這一回維多莉亞並沒有把自己出現在巴格達的緣由編造出一個活靈活現的故事。她簡單明瞭、直截了當地把事情原原本本告訴了達金：如何遇到愛德華，如何決心到巴格達來，如何奇蹟般遇到漢米頓．克利普太太，最後還坦白道出了自己經濟上的困窘。

「原來如此。」達金聽完，說了這麼一句。

他靜默片刻，才又再度開口。

「但願你沒有扯進這件事情來……我也不知道我是不是真的這麼希望。不過，問題是，你已經脫離不了關係了。無論我願不願意，你已經身陷其中。而既然你已經身陷其中，那你乾脆為我工作吧。」

「你有工作給我做？」維多莉亞在床上坐得筆直，雙頰興奮得泛起紅暈。

「說不定有。不過，不是你想像的那種工作。維多莉亞，我要你做的工作很嚴肅，而且很危險。」

「噢，那沒關係，」維多莉亞開心地說完，接著又帶著疑惑的口氣問：「不會是什麼不正當的事吧？雖然我知道我扯了不少謊，可是我真的不願意做不正當的勾當。」

達金微微一笑。

「說也奇怪，你能隨口編出一段令人信服的謊話，這種能力反而是讓你勝任這份工作的條件。我當然不會要你去做不正當的事。恰恰相反，你是從事一個維護法律和秩序的事業。我會把情況告訴你……只是一個梗概，不過會讓你充分明白你的任務和工作的危險。看來你是個頭腦清楚的女孩，我想你對國際政治大概了解不多，因為國際政治一如哈姆雷特的名言：『世間本無善惡，全憑各人想法而定。』」

「我知道大家都說，另一場戰爭遲早會爆發。」維多莉亞說。

「完全正確，」達金先生說，「可是為什麼大家都這麼說呢，維多莉亞？」

她蹙起眉頭。

「噢，是因為蘇俄、共產黨、美國……」她沒再說下去。

「你看，」達金說，「這並不是你的看法，也不是你的話，是你從報紙、閒談、廣播裡看來聽來的。世界上有兩種背道而馳的觀點主宰著不同的地區，這是千真萬確的事實。在大家心目中，這兩種觀點大致由『蘇俄共產黨』和『美國』分別作為代表。維多莉亞，未來唯一的希望繫於和平、生產和建設性的活動，而非破壞活動。因此，一切都要看抱持這兩種背道而馳觀點的人而定。雙方必須同意保留各自的觀點，也滿足於各自範圍內的活動，否則就得找到一個一致的共同基礎，至少要能彼此容忍。但目前的發展恰恰相反。有人不斷進行擴大分歧的破壞活動，企圖使這兩個彼此猜疑的團體愈行愈遠。由於某些事件的發生，有幾個人相信這種破壞活動來自第三種勢力，或者說來自第三個集團。這個集團祕密進行活動，而且還沒有受到世人的懷疑。每當協定達成有望或是有機會消弭誤會的時候，就會有事發生，不是讓甲方對乙方產生懷疑，就是讓乙方對甲方心生歇斯底里的恐懼。維多莉亞，這些事件不是偶然發生的意外，它們都是為了達到預期效果而蓄意製造的。」

「可是你們為什麼會這麼想？又是什麼人在做這種事呢？」

「我們之所以這麼想，一個原因是錢。這些錢並非循正常途徑而來。維多莉亞，要知道世界上發生什麼事，錢一向是個重要線索。一如醫生摸人的脈搏是為了了解病人的健康；錢也一樣，是維持一切活動或志業的血脈。沒有錢，志業不可能有進展。此時此地，有大筆的錢在流動，雖然都經過非常巧妙的偽裝，可是這些錢的來源和去向絕對有問題。在歐洲一些經濟開始復甦的國家中，發生了多起私自策畫的罷工，政府受到了種種威脅。這些都是共黨分子和激進的工人為了他們的志業而策動造成的。可是，這些活動的資金卻不是來自共產黨國家。經過追查，我們發現這些資金來自非常奇怪而匪夷所思的源頭。同樣的，在美國和其他一些國家，一種愈來愈懼怕共產主義、幾近歇斯底里的恐慌思潮正方興未艾，而且資金也不是從正常管道而來……那些錢不是來自資本主義國家，雖然它會經過資本家的手。第三點，有極大筆的金錢似乎完全停止了流通。這就像是……簡單打個比方，你每個星期拿到薪水就去買東西，手鐲、桌子、椅子等等，可是後來這些東西都不見了，要不就是斷絕供應、失去了蹤影。現在，有人在全球各地大量蒐購鑽石和寶石。這些鑽石和寶石經過十次、二十次換手，最後就無影無蹤了，而且無從追查。

「當然，這只是一個大概的輪廓。重點是，在某個地方有個第三種勢力浮現，這些人的目的我們還不清楚，而他們為了達到目的，不斷挑撥離間、製造誤會，利用巧妙的偽裝進行金錢和珠寶交易。我們有理由相信，這個勢力在各個國家都有代表，有些在多年前就扎下了深根。其中一些人地位崇高，備受尊重，有些則扮演低微的角色，可是個個都在為一個目前尚不可知的目的而工作。從實質上看，他們從事的活動活像是上回大戰初期第五縱隊的模式，不同的是，這一次的範圍遍及全世界。」

「不過，他們是什麼人呢？」維多莉亞問。

「我們認為，這些人並非屬於同一國籍。他們的目的是改善這個世界，而這正是我害怕的。他們企圖透過武力把所謂的太平盛世強加到人類身上，這是有史以來最危險的一種幻想。那些只想中飽私囊的人不會造成太大的危害，光是他們的貪婪就足以妨礙他們達成目的。但相信人類當中有所謂的優良人種，相信這些優等人種應該統治其他墮落的世人，維多莉亞，這才是最最邪惡的信仰。因為當你說『我跟別人不一樣』的時候，你已經失去了人類一直努力要獲得的兩種珍貴特質：謙卑和兄弟之情。」

他咳嗽一聲。

「噢，我不能再說教了。我還是告訴你我們目前知道的狀況吧。他們有好幾個活動中心。阿根廷有一個，加拿大有一個，美國起碼有一個以上，而且雖然我們並不確定，我可以想像得到，俄國也有一個。所以，我們面對了一個十分耐人尋味的情況。

「在過去兩年內，二十八個不同國籍、前途似錦的青年科學家神不知鬼不覺地失蹤了。

還有不少工程師、飛行員、技師和其他很多技術專業的人，也接二連三失蹤。這些失蹤的人有幾個共同特點：年輕、有雄心抱負，而且都沒有直系親屬。除了我們知道的名單，一定還有更多人失蹤，所以我們開始猜到一點邊，猜到他們究竟想做什麼。」

維多莉亞一邊聽，一邊鎖起眉頭。

「你可能會說，如果你想在某個國家做什麼勾當卻不被其他國家知悉，這在現代是不可能的。當然，我不是指祕密活動；祕密活動到處都有。我指的是，大規模的現代生產活動。話說回來，世界上仍然有不少不為人知的地方，它們遠離交通要道、被山脈和沙漠隔絕，那裡的人仍然有權禁止陌生人入境，並且除了孤身而身分特殊的旅行者外，誰都不曾去過或聽說過。那些勾當可以在那種地方進行，但消息絕不會洩漏到外界，即使洩漏出來，也只是模模糊糊、令人失笑的謠傳。

「我不想把這個地方的名字說出來。這地方經由中國可以到達，可是中國內部發生的事情誰也不知道。這地方也可以借道喜馬拉雅山區抵達，可是路程艱苦，必須長途跋涉。全球各國都曾派遣過人員，也採取過多種途徑去尋找，但總也找不到它真正的位置。至於曾經採取過的種種措施，我就不細說了。

「可是，有個人很有興趣，願意循著某條路徑去進行偵察。這人很了不起，他在東方到處有朋友和人脈。他出生於喀什市，會說二、三十種當地方言和土話。他對這件事起了疑竇，因此循著那條路徑深入追查。他在那裡聽到的事簡直匪夷所思，所以等他回到文明世界，把他所聽所聞道出來後，沒有半個人肯相信。他只好承認發過高燒，結果被人當成是妄想症病患。

「只有兩個人相信他。一個就是我。對於聽來絕無可能的事，我向來都會相信……那種事往往都是真的。而另一個人……」他猶豫著沒說下去。

「是誰？」維多莉亞問。

「另一個人，就是魯珀特．克羅頓．李爵士。他是個偉大的旅行家，曾經去過那個偏遠地區，所以他了解一些內情，認為那人所言有可能是事實。

「整件事情的重點是，卡麥柯──我一個手下──決定親自去找這個地方。旅程非常艱險而且危機重重，可是他做好了一切準備，決心追查到底。那是九個月以前的事了。他啟程後，一直沒有音信。幾個星期前我們才得到消息。他還活著，而且拿到了他想要的東西──確鑿的證據。

「可是，對方盯上了他。對他們來說，無論如何也不能讓他把證據帶回來。而且我們有充分的證據顯示，他們的間諜遍布在我們的組織當中。即使是我負責的部門也有漏洞。而且有些漏洞竟然出現在高層。

「他們在所有的邊界都布置了眼線。有些無辜的人被錯殺……人命對他們來說無關緊要。可是他還是設法安全逃過了……直到今天晚上。」

「所以，那個人是……就是他？」

「就是他，親愛的。他是個非常勇敢、意志堅定的年輕人。」

「可是他帶回來的證據呢？他們拿走了嗎？」

達金疲倦的臉上緩緩透出一絲微笑。

「我想他們沒有拿走。不會的，我了解卡麥柯。我很確定，他們沒有拿走。可是他死了，沒來得及告訴我們證據在什麼地方、如何拿取。我想，他臨死之際可能想說點什麼，為我們提供線索。」他慢慢將那些名詞重複了一次。「『魔鬼，巴斯拉，萊法奇』。他曾經去過巴斯拉，想去領事館報告，差點被人用槍打死。他可能把證據留在巴斯拉某處。維多莉亞，我要你做的，就是去巴斯拉，設法查個水落石出。」

「我？」

「是的。你沒有經驗，不知道要去找什麼。可是你聽到卡麥柯臨死前說的那幾個字，等你到了巴斯拉，說不定會迸發出什麼靈感。誰知道呢？你可能有生手的運氣。」

「我很願意去巴斯拉。」維多莉亞熱切地說。

達金臉上露出笑容。

「正中你下懷，因為你的男朋友在那裡，對吧？沒關係，再說，這是很好的煙幕。一對真心相愛的年輕人，比任何偽裝都好。你到巴斯拉去，要事事留心，注意周遭的動靜。至於你該如何著手，我不能給你任何指示……事實上，我最好也別給你指示。你看來是個很有創意的女孩。如果你沒聽錯，魔鬼和萊法奇這幾個字究竟是什麼意思呢？我不知道。我同意你的看法，萊法奇一定是個人名。你要留心打聽這個名字。」

「可是我要怎麼去巴斯拉呢？」維多莉亞問，一副公事公辦的口吻。「還有，我的經費呢？」

達金從衣袋中掏出皮夾，取出一疊紙鈔遞給她。

「這就是你的經費。至於你怎麼去巴斯拉，明天早上你可以和卡狄尤・特倫奇太太那個老太婆談談。你不是假裝要去參加挖掘工作嗎？你就說你在出發前想去巴斯拉看看，問她住哪個旅館比較合適。她會立刻告訴你，一定要到領事館去住，而且她會打電報給克萊頓夫人，通知她你要去巴斯拉。說不定你會在那裡看到你的愛德華。克萊頓夫婦十分好客，路過巴斯拉的人都會到他們家小住。除此之外，我只有一個勸告……萬一，呃，發生了什麼不愉快的事，譬如他們問你你知道了多少、是誰要你這麼做的時候，不必逞強充英雄，立刻告訴他們就好。」

「非常謝謝你，」維多莉亞感激地說，「我是個懦夫，非常怕痛。如果有人拷打我，恐怕我是挺不住的。」

「他們不會費事去拷打你，」達金先生說，「除非他們想殘酷地汙辱你。上刑拷打早就過時了。現在只要用針扎一下，你就會一一照實回答，根本意識不到自己在做什麼。畢竟我們生活在科學時代。這也就是為什麼我不希望你知道很多機密。你能告訴他們的事情，全都是他們已經知道的。今晚發生了這種事，他們會盯上我……一定會緊緊盯上。對魯珀特・克羅頓·李也是。」
「愛德華呢？我可以告訴他嗎？」
「這由你決定。理論上，你的所作所為對任何人都應該守口如瓶，可是事實上，這是做不到的！」他揚了揚眉毛。「再說，你可能會讓他也陷入險境。不過，據我所知，他當年在空軍服役的紀錄相當出色。我想他應該不會懼怕危險。兩個腦袋往往比一個強。他認為那個『橄欖枝協會』有些可疑，對吧？有意思，很有意思。」
「為什麼？」
「因為我們也這麼認為。」達金說。
接著他又說道：「兩則臨別贈言送給你。第一，如果你不介意，別再編造太多前後不一的謊言。那樣很難記住，也很難自圓其說。我知道在這方面你是能手，不過還是保持簡單的好，這是我的忠告。」
「我會記住的，」維多莉亞帶著恰如其分的謙遜說道，「第二則呢？」
「要特別留心，注意有沒有人提到一個名叫安娜·謝勒的年輕女人。」
「她是什麼人？」
「我們對她所知不多。我們也希望能對她多些了解。」

15

「你當然得住在領事館裡，」卡狄尤·特倫奇太太說，「別胡說，親愛的，你不能住在機場旅館。克萊頓夫婦一定會很高興。我們相識多年了。我會打個電報給他們，你今晚就搭火車去。他們和龐希富·瓊斯博士很熟。」

維多莉亞畢竟懂得慚愧，她臉紅了。別名蘭古奧的蘭格主教是一回事，宣稱是龐希富·瓊斯博士貨真價實的血親則是另一回事。

「我想，」維多莉亞心虛地想，「說不定我會因此被送進監獄……因為編造謊話之類的罪名。」

接著她想到，唯有企圖利用謊言去騙取金錢的時候，嚴酷的法律才會加以懲辦，於是她又開懷了。維多莉亞其實並不清楚是否真是如此，因為她和絕大多數的凡夫俗子一樣，對法律一無所知，不過這樣的思緒至少令人感到寬慰。

這趟火車旅程，雖然因為全然新奇而令她非常著迷，可是對維多莉亞來說，這列快車實在無法稱為快車。她慢慢意識到，自己那股西方人的不耐情緒已經開始顯露了。

領事館的公務車在車站迎接她，將她載到了領事館。汽車穿過大鐵門，進入一座賞心悅目的花園，接著在一段台階前停下。由台階拾級而上，可通往一個環屋而建的圓形露台。笑容可掬、精神飽滿的克萊頓夫人推開旋轉紗門，走出來迎接她。

「見到你真高興，」她說，「這是巴斯拉一年當中最漂亮的季節，沒來巴斯拉看看，你當然不能離開伊拉克。幸好目前領事館沒有別人暫住——有時候我們簡直不知道該如何安頓那麼多人——不過現在沒人住，只有拉思彭博士一個很討人喜歡的年輕助手。對了，理查·貝克才剛離開。你們正好錯過了。」

維多莉亞並不知道理查·貝克是何許人，不過他的離開對她來說似乎是很幸運的。

「他要南下科威特好幾天，」克萊頓夫人接著又說，「現在，有個地方你一定得去看看——趁著它被毀了之前。我敢說它不久就會毀了，任何地方遲早都會煙消雲散。你想先做什麼？洗澡還是來杯咖啡？」

「我想先洗個澡。」維多莉亞感激地說。

「卡狄尤·特倫奇太太好嗎？這是你的房間，浴室在那頭。她是你的老朋友？」

「噢，不是的，」維多莉亞照實回答。「我們剛認識。」

「我想，你們見面才十五分鐘，她已經把你的祖宗八代都打聽清楚了，對吧？她這個人最喜歡東家長西家短，我想你也看得出來。她有個怪癖，不管是什麼人，她都想摸得一清二楚。不過她是個很好的伴侶，而且是一流的橋牌高手。你真的不想先來點咖啡或者吃點什麼？」

「真的不用。」

「那好。那麼，我們回頭見。你的東西都帶齊了嗎？」

克萊頓夫人像一隻快樂的蜜蜂嗡嗡嗡走遠了。維多莉亞洗了澡，又細細地化了妝、整理頭髮。她覺得自己就像一個馬上要和心上人團聚的少女。

如果可能，維多莉亞希望能和愛德華單獨會面。她想，愛德華不會說出不得體的話來，因為幸好他知道她姓瓊斯，那和龐希富這個名字連在一起應該不會讓他意外。會讓他感到意外的是，她居然來到了伊拉克。關於這一點也不難。維多莉亞希望有機會和他獨處，一兩分鐘就能解釋清楚。

主意既定，維多莉亞穿上一襲夏裝（對她來說，巴斯拉的氣候近似倫敦的六月），輕輕推開紗門走到戶外，在露台上選了個位置，以便愛德華不論從哪裡歸來（她相信他和海關人員纏鬥去了），都可以截住他。

第一個走進來的是個又高又瘦的男人，臉上帶著一副沉思的表情。維多莉亞看見他走上台階，便往露台的角落裡躲，這時正好看到愛德華從花園面向河灣的大門走了進來。

維多莉亞趴在露台欄杆上，發出長長細細的「嘶」聲。這是當年茱麗葉的動作。愛德華

（她覺得他比以前更迷人了）立刻回過頭來，四處張望。

「噓！這裡，上面。」維多莉亞小聲叫道。

愛德華抬起頭，臉上的驚訝表露無遺。

「老天，」他大叫出聲。「我的小天使！」

「別嚷嚷！在那裡等我。我馬上下去。」

維多莉亞快步走過露台，跑下台階，彎過屋角，來到愛德華面前。愛德華老老實實地站在那裡，一臉的茫然不解。

「時候這麼早，我不可能喝醉，」愛德華說，「真的是你？」

「沒錯，是我。」維多莉亞快樂地說。

「可是，你在這裡做什麼？你怎麼來的？我還以為這輩子再也見不到你了。」

「我本來也這麼想。」

「真像奇蹟一般。你到底是怎麼來的？」

「我搭飛機來的。」

「你當然是搭飛機來，否則你不可能這麼快就趕到這裡。我的意思是：是什麼樣的天賜良機把你帶到巴斯拉來的？」

「是火車。」維多莉亞說。

「你故意跟我搗亂，小壞蛋。老天，我真高興見到你。可是，說真的，你到底是怎麼來的？」

「我陪一個叫作克利普太太的美國女人來的，她摔斷了手臂。遇到你的第二天，他們就替我介紹了這個工作。再說，你對我提到巴格達，我對倫敦也有點厭倦了，所以我想，何不出來看看世界？」

「你實在太富有冒險精神，維多莉亞。克利普太太人呢？她也在這裡？」

「她不在。她住到基庫克的女兒家去了。我的工作只負責從倫敦陪她到巴格達。」

「那你現在在做什麼？」

「我還在看這個世界，」維多莉亞說，「不過這牽涉到我的一些託辭。所以，我想在我們於公開場合見面之前，先跟你說一聲。我的意思是，我不希望你冒冒失失說出一些話來，讓大家知道我們上回見面的時候，我是個剛失業的速記打字員。」

「對我來說，你說你是什麼人，你就是什麼人。我準備好聽你的自我介紹了。」

「重點是，」維多莉亞說，「我是維多莉亞．瓊斯小姐。我叔叔是個著名的考古學家，正在這裡某個荒涼的地帶從事挖掘工作，而我不久就要去找他。」

「而這些話沒有一句是真的？」

「當然。不過聽起來很像一回事。」

「沒錯，是很逼真。可是等你和普茲富．瓊斯見了面，那怎麼辦？」

「不是普茲富，是龐希富。我想我們不太可能見面。據我所知，考古學家一旦開始挖掘，就會瘋也似地挖下去，完全停不下來。」

「聽起來很像獵犬。嗯，你說得很有道理。那他是不是真有個姪女呢？」

「這我怎麼知道？」維多莉亞說。

「噢，這麼說，你不是冒充一個真真實實的人。這樣比較容易。」

「沒錯，一個人畢竟可以有很多姪女。或者在緊要關頭，我可以說我是他的表親，只是向來稱他為叔叔。」

「你什麼都想到了，」愛德華說，口氣充滿佩服。「維多莉亞，你真了不起。我從來沒見過像你這樣的女孩。我原本以為我再也見不到你了，而就算多年後見面，你也早把我忘了。而現在，你竟然出現在這裡。」

愛德華凝望著她的眼神充滿愛慕和謙遜，令維多莉亞快慰無比。如果她是一隻貓，她一定會心滿意足地喵喵叫起來。

「不過，你需要找個工作，對吧？」愛德華說，「我的意思是，你並沒有發財或是突然得到一大筆錢吧？」

「確實沒有！」維多莉亞緩緩地說，「我是需要工作。事實上，我去過你們那個橄欖枝協會，見到了拉思彭博士，請他找個工作給我做，可是他並不熱中……我的意思是，他不熱中找個有薪酬的工作給我。」

「那個老傢伙把錢看得很緊，」愛德華說，「他以為，大家替他效命都是出於對工作的熱愛。」

「你認為他是個騙子嗎，愛德華？」

「不是……應該不是吧。我也不知道我對他的看法如何。我看不出他有不誠實——他搞這些活動，一分錢也賺不到。在我看來，他那股巨大的熱情一定是真的。話說回來，我也不覺得他有那麼傻。」

「我們最好進屋子去，」維多莉亞說，「稍後再談。」

§

「我不知道你跟愛德華以前就認識。」克萊頓夫人嚷道。

「噢，我們是老朋友，」維多莉亞笑著說，「只是我們失去了聯絡。我不知道愛德華在伊拉克。」

克萊頓先生就是先前維多莉亞看到帶著沉思表情步上台階的男人。這時他問：「愛德華，今天上午怎麼樣了？有沒有進展？」

「事情看來很不容易，先生。一箱一箱的書都到了，也都正確無誤，可是待辦的手續似乎沒完沒了。」

克萊頓露出微笑。

「你對東方國家的拖延習性還是新手。」

「我要找的那個負責官員好像總是不在，」愛德華抱怨道，「每個人都是和顏悅色，也很願意幫忙，但就是什麼進展也沒有。」

大家都笑了。克萊頓夫人安慰他。

「事情總會辦妥的。拉思彭博士派人親自過來處理確實很聰明。要不然那些東西很可能會在海關擺上好幾個月。」

「自從巴勒斯坦事件發生後，他們就疑心有人會在物品裡夾帶炸彈和顛覆性的印刷品。他們什麼都懷疑。」

「希望拉思彭博士不至於把炸彈偽裝成書運到這裡。」克萊頓夫人笑著說。

維多莉亞覺得愛德華的眼睛好像突然一亮，彷彿克萊頓夫人的話為他開啟了一條新思維。

克萊頓先生說，話中似有一絲責備，「親愛的，拉思彭博士是個有學問、有名氣的人。他是許多重要研究學會的成員，在歐洲享有盛名，也備受敬重。」

「那他走私炸彈不就更容易了。」克萊頓夫人依然興致勃勃。

維多莉亞看得出來，傑拉德．克萊頓並不喜歡這種漫不經心的玩笑話。

他對妻子蹙起眉頭。

中午時分，海關業務全部停擺，愛德華和維多莉亞因此在午膳後雙雙出外走走，看看巴斯拉的風光。維多莉亞很喜歡岸邊植滿椰棗樹的阿拉伯河。她也喜歡繫在市區運河邊那些船頭高翹的阿拉伯小舟，很有威尼斯的味道。接著他們信步走進市集，細看了科威特出產的新娘嫁妝箱，箱子上鑲著各種花樣的黃銅飾釘，又看了其他引人注目的商品。

他們彎過街角，向領事館的方向走去。愛德華準備再到海關去交涉，這時維多莉亞突然說道：「愛德華，你叫什麼名字？」

愛德華瞪著她。

「你這是什麼意思，維多莉亞？」

「我是問你姓什麼。你難道沒發現我並不知道你的姓氏？」

「你不知道？噢，我想你是不知道。我姓戈林。」

「愛德華．戈林。你不知道我去橄欖枝協會找你的時候感覺自己有多蠢，只知道你叫愛德華，其他一概不知。」

「那邊是不是有個皮膚黑黑的女孩子，留著很長的鬈髮？」

「有。」

「她叫凱瑟琳，非常好的人。只要你提起我的名字，她立刻就會知道。」

「我敢說她立刻就會知道。」維多莉亞語帶保留地說。

「她人非常非常好。你不覺得嗎？」

「噢，大概吧。」

「她其實並不漂亮……事實上，她的五官毫無可觀之處，不過她非常富有同情心。」

「是嗎？」

維多莉亞的聲音變得十分冷淡。可是愛德華顯然一點也沒察覺。

「要是沒有她，我真不知道如何是好。她幫我了解情況，在我就快出醜之際拉我一把，替我解圍。我相信你們一定會成為好朋友。」

「我想我們不會有機會成為好朋友。」

「噢，有的，你們會有機會的。我會在協會裡替你找份工作。」

「你打算怎麼進行呢？」

「我不知道，不過我一定想得出辦法來。我可以對拉思彭那個老頭說，你是個很出色的打字員。」

「他很快就會發現我不是。」維多莉亞說。

「不管怎麼說，我會設法讓你進入橄欖枝協會。我不能看著你一個人到處闖蕩過日子。再過幾天，說不定你又想跑到緬甸或是黑暗大陸去了。不行，我的小姐，我得緊緊地把你放在我眼皮底下。我不能讓你離開我，我不要冒這個險。我一點也不信任你。你太喜歡看世界了。」

你這個嘴甜的白癡，維多莉亞心想，你難道不知道，即使用幾匹野馬也不能把我從巴格達拉走！

但她嘴裡卻大聲說道：「好吧，在橄欖枝協會找個工作可能也滿有樂趣。」

「我不會把這種工作形容為樂趣。那裡嚴肅得要命，而且讓人覺得非常蠢。」

「你是不是還是覺得這個協會有點不對勁？」

「噢，我只是胡思亂想。」

「不是，」維多莉亞若有所思地說，「我覺得那不是胡思亂想。是真的。」

愛德華立刻轉身看著她，口中問道：「你為什麼這麼說？」

「我聽到一些事……聽一個朋友說的。」

「是誰說的？」

「只是個朋友。」

「你這樣的女孩朋友太多了，」愛德華像是發牢騷。「你是魔鬼，維多莉亞。我瘋狂地愛上你，可是你完全無動於衷。」

「噢，我並非無動於衷，」維多莉亞說，「我有一點點感動。」她掩飾起自己開心又滿意的情緒，接著問道：「愛德華，和橄欖枝這類協會有關係的人當中，有沒有一個叫作萊法奇的人？」

「萊法奇？」愛德華似乎一臉茫然。「沒有吧，我不知道。他是什麼人？」

維多莉亞繼續問：「或是有個叫作安娜．謝勒的？」

這一回愛德華的反應迥然不同。他陡地轉身望著她，還抓住她一隻手臂。

「關於安娜・謝勒，你知道多少？」
「噢，愛德華，放手！我對她一無所知。我只是想知道你知不知道。」
「是誰告訴你這個人的？是克利普太太？」
「不是，不是克利普太太，至少我記得不是；不過她總是滔滔不絕，說話又快，簡直無人不提，無事不談，所以我實在記不起來她有沒有提到過安娜・謝勒。」
「可是，你怎麼會想到安娜・謝勒和橄欖枝協會有關聯？」
「這兩者之間有關聯嗎？」
愛德華支支吾吾說道：「我不知道。一切都很……很模糊。」
兩人已經來到領事館的花園門外。愛德華瞄了瞄手錶。
「我得去辦事了，」他說，「要是我懂一點阿拉伯語就好了。我們一定得再聚聚，維多莉亞。我有很多事情想問你。」
「而我有好多事情想告訴你。」維多莉亞說。
如果是另一個更溫柔、處於更多愁善感年齡的女人，可能會想辦法讓自己的男友避開危險。可是，維多莉亞不是那種女人。在她看來，男人天生就該承受風險，這就像自然規律一樣確鑿。如果她讓愛德華避開危險，愛德華不會感激她。再者，回想起和達金先生的那席話，她很確定達金並沒有不讓她把事情原委告訴愛德華的意思。

§

當天日落時分，愛德華和維多莉亞一同在領事館的花園裡散步。由於克萊頓夫人的堅持，維多莉亞在她的夏裝外面罩上了一件毛外套。夕陽美極了，但這兩個年輕人誰也沒注意。他們在討論更重要的事。

「事情的開始很簡單，」維多莉亞說，「一個人走進我在蒂歐旅館的房間，他被人刺傷了。」

對多數人來說，這樣的開場可能並不尋常。愛德華目不轉睛地瞪著她，口中問道：「他被人怎麼了？」

「被人刺傷了，」維多莉亞說，「至少我認為是刺傷。也可能是被人用槍射傷的，不過我想不是，因為若是槍傷，我會聽到槍聲。反正，」她接著說：「他死了。」

「他死了怎麼進你的房間？」

「噢，愛德華，別傻了。」

維多莉亞於是時而平鋪直敘時而含糊其詞地把經過說了一遍。出於某種莫名所以的原因，維多莉亞在敘述真實情況時從來就不能繪聲繪色地說個清楚。她的敘述時斷時續、七零八落，就像在臨時捏造一個可信的故事。

所以，待她說完，愛德華滿腹狐疑地望著她，口中問：「維多莉亞，你還好嗎？沒有不舒服吧？我的意思是，你該不會是被太陽曬昏頭或是作夢之類的？」

「當然不是。」

「我這麼問是因為，呃，我的意思是，這種事聽起來真是匪夷所思。」

「噢，可是它確實發生了。」維多莉亞說，口氣帶著怒意。

「世界上還有幾股勢力，像西藏或俾路支[5]，有祕密基地這類的荒謬說法。我的意思是，這些根本就不可能是真的。這種事不可能會發生。」

「事情發生之前，大家總是說不可能發生。」

「小天使，你對上帝說真話……這些都是你編的吧？」

「才不是！」維多莉亞氣惱得大叫。

「你千里迢迢從巴格達到這裡來，就是要找一個叫作萊法奇的人，還有一個叫安娜·謝勒的……」

「你聽過這人的事，」維多莉亞打斷他。「你聽說過她，對吧？」

「我是聽過這個名字……沒錯。」

「你是怎麼聽說的？在哪裡聽到的？在橄欖枝協會？」

愛德華沉默半晌，這才說道：「我不知道這意味著什麼。是有點……奇怪。」

「繼續說。告訴我怎麼回事。」

「維多莉亞，你知道，我和你很不一樣。我不像你那麼精明。我只是覺得怪怪的，感覺事情有些不對勁，但我不知道我為什麼會這麼想。你能夠邊走邊發現問題，還能從中推斷出一些結論。我沒有你聰明，做不了這樣的事。我只是隱隱約約覺得事情……呃，不對勁，可是又不知道為什麼。」

「有時候我也會有這種感覺，」維多莉亞說，「例如對坐在蒂歐旅館露台上的魯珀特爵士。」

「魯珀特爵士是什麼人？」

「他的全名是魯珀特·克羅頓·李爵士，和我搭同一班飛機過來。一個心高氣傲、自負浮誇的人。還是個重要人物，你懂我的意思吧。可是當我看見他坐在蒂歐旅館露台上的陽光下，我心裡也有你剛說的那種奇怪感覺，好像事情不大對勁，但又不知道為什麼。」

「據我所知，拉思彭博士有請他到橄欖枝協會演講，可是他趕不來。我相信他昨天上午就飛回開羅或大馬士革還是哪裡去了。」

「好吧，你繼續談安娜·謝勒吧。」

「噢，安娜·謝勒。其實也沒什麼。只是一個女孩說了一些話。」

「是凱瑟琳說的？」維多莉亞立刻追問。

5 俾路支（Baluchistan），西巴基斯坦西部一省分。

「現在想起來，我想是凱瑟琳說的。」
「一定是凱瑟琳說的，所以你才不願意告訴我。」
「胡說，多麼荒謬的想法。」
「喂，她說了什麼？」
「凱瑟琳對另外一個女孩說：『等到安娜·謝勒來，我們就有進展了。到時候我們就要聽命於她……而且只聽命於她。』」
「愛德華，這句話太重要了。」
「別忘了，我還不確定我聽到的是不是這個名字。」愛德華警告她。
「你當時不覺得奇怪？」
「不，我當然不覺得。當時我以為她只是個從國內來的女主管，就像女王蜂一樣。維多莉亞，你確定這一切不是你想像出來的？」
在他那位年輕女友的瞪視下，他立即退讓。
「好了，好了。」他急急說道，「不過，你得承認你這個故事聽起來確實很怪。多像驚悚小說……一個年輕人走進房間，嘴裡擠出幾個毫無意義的字，接著就死了。聽起來實在不像真的。」
「你沒看見那些血。」維多莉亞說，身體微微一顫。
「你一定嚇壞了。」愛德華同情地說。

「確實，」維多莉亞說，「而最糟的是，你還問是不是我編出來的。」

「對不起。可是你實在很會編故事。例如蘭格主教還有其他那些話！」

「噢，那只是女孩子生活中的樂趣，」維多莉亞說，「可是這件事很嚴肅，愛德華，非常嚴肅。」

「那個叫達金的男人……是這個名字吧？你認為他所說的一切能夠相信嗎？」

「是的，他很有說服力。喂，愛德華，你怎麼會知道……」

從平台上傳來一聲呼喊，打斷了她的話。

「進來吧，你們二位。飲料已經準備好了。」

「我們就來。」維多莉亞回她。

克萊頓夫人看著他們走向台階，對身旁的丈夫說：「看來有事情要發生了！好一對璧人……大概他們兩個誰也沒有什麼頭腦。你要不要聽我怎麼想，傑拉德？」

「當然，親愛的。我一向樂於傾聽你的看法。」

「我看，那個女孩從國內跑來參加她叔叔的挖掘工作，完全是為了那個年輕人。」

「羅莎，我不這麼認為。他們見面的時候很意外呢。」

「呸！」克萊頓夫人說，「才怪。我敢說，只有那個年輕人感到意外。」

傑拉德．克萊頓對她搖搖頭，露出微笑。

「她不像是考古的人，」克萊頓夫人說，「喜歡考古的女孩子通常戴著眼鏡，個性認真，而且手上往往沾泥帶土。」

「親愛的，你不能以偏概全。」

「而且那些女孩很有知識。這個女孩則是個溫溫和和的小傻瓜，儘管一肚子常識。她和她們大不相同。那個年輕人是個好孩子。可惜，被綁在那個無聊的橄欖枝協會……我想工作確實不好找。他們應該想辦法替這些年輕人找工作。」

「親愛的，沒那麼容易。他們不是沒想辦法。不過你也知道，年輕人缺乏訓練又沒經驗，而且往往沒有專心工作的習慣。」

維多莉亞上床就寢的時候，心中千頭萬緒，五味雜陳。

她的目的達到了，她找到了愛德華。她對自己無可避免的反應不寒而慄，一種高潮過後的感覺揮之不去。

一方面是因為愛德華不相信她，這陣子發生的種種宛如戲劇，很不真實。她，維多莉亞·瓊斯，倫敦一個小打字員，來到巴格達，眼見一個男人在自己面前遭人殺害，戲劇化地成了間諜或情報員，而且終於在頭頂飄著椰香、可能離伊甸園未遠的熱帶花園裡，見到了自己的心上人。

她的腦海閃過一段童謠：

到巴比倫去有多少哩？

三個二十再加十，
我能不能乘著燭光去？
可以，你也可以乘著燭光回。

而她還沒有回去，她還在巴比倫。

說不定她永遠回不去了。她和愛德華都會留在巴比倫。

剛才在花園裡，她本來要問愛德華一件事情。伊甸園，她和愛德華……她正待問愛德華，可是因為克萊頓夫人的叫喚，她記不得要問他什麼了。但她非想起來不可，因為那問題很重要。這沒有道理。椰林。花園。愛德華。伊斯蘭教女孩。安娜・謝勒・魯珀特・克羅頓・李。這一切都有點不對勁……要是她能記得當時想問他什麼就好了。

一個女人沿著旅館走道朝她走來。是個身穿訂做套裝的女人……是她自己。可是等那女人走近，她卻發現那張臉是凱瑟琳。愛德華和凱瑟琳……荒謬！「跟我來，」她對愛德華說，「我們會找到萊法奇。」她突然發現萊法奇就站在眼前，蓄著一小撮山羊鬍，手上戴著一副小山羊皮手套。

愛德華不見了，只剩下她一個人。她必須在蠟燭燒完前離開巴比倫，回到英國。

我們贊成黑暗。

是誰說的？暴力。恐怖。邪惡。破卡其外套上的斑斑血跡。她在奔跑，沿著旅館走道奔跑。他們在身後緊緊追趕。

維多莉亞喘著大氣，從夢中驚醒。

§

「來杯咖啡？」克萊頓夫人問，「要吃什麼樣的蛋？炒蛋好嗎？」

「太好了。」

「你看來精神很差。沒有不舒服吧？」

「沒有，只是昨晚睡得不太好。不知道為什麼。那張床睡起來很舒服的。」

「傑拉德，請把收音機打開好嗎？新聞時間到了。」

愛德華走了進來，收音機裡正發出訊號。

「在昨晚舉行的眾議院會議上，英國首相詳細解釋了最近美元進口減少的問題。」

「一則來自開羅的報導：魯珀特・克羅頓・李爵士的屍體已在尼羅河中找到（維多莉亞立刻放下咖啡杯，克萊頓夫人發出一聲尖叫）。魯珀特爵士自巴格達搭乘飛機抵達開羅後就離開旅館，當晚並未返回。他的屍體在他失蹤二十四個小時後被尋獲。爵士是心臟遭利刃所刺而斃命，並非溺水而亡。魯珀特爵士是知名的旅行家，因周遊中國和俾路支等地而聞名於世，生前撰有多本著作。」

「遭人殺害！」克萊頓夫人叫道，「現在開羅在我心目中比任何地方都可怕。傑拉德，這件事你有沒有聽說過？」

「我知道他失蹤，」克萊頓先生說，「聽說他收到一封專人送來的短箋後就匆匆步行離開旅館，沒有交代要去什麼地方。」

「你看，」早餐後，維多莉亞趁著和愛德華獨處的時候說，「這一切都是真的。先是那個卡麥柯，現在是魯珀特．克羅頓．李爵士。我曾經說他自負浮誇，真是對不起他，這樣說他太不厚道。所有知道或是對這件怪事起過疑心的人都被除掉了。愛德華，你想下一個會不會輪到我？」

「維多莉亞，看在老天的份上，你別那麼沾沾自喜好不好？你的腦袋未免太戲劇化了。我不認為你會被除掉，因為你其實什麼也不知道。不過，你千萬要小心，拜託拜託。」

「我們兩個都得小心。我已經把你拖下水了。」

「噢，那沒關係，好過你一個人獨自擔心。」

「話是沒錯，不過你自己還是要多加小心。」她突然全身發顫。

「好可怕。本來生龍活虎的一個人……我是指克羅頓．李爵士，可是他也死了。可怕，太可怕了。」

16

「找到你的男人了？」達金先生問。

維多莉亞點點頭。

「有沒有其他發現？」

維多莉亞沮喪地搖搖頭。

「喂，開心點，」達金先生說，「記住，幹我們這一行，有成果的少之又少，說不定你已經聽到了一些線索，誰知道？不過，我原本就沒有抱太大希望。」

「我可以繼續嘗試嗎？」

「你願意嗎？」

「是的，我願意。愛德華認為他可以在橄欖枝協會替我找個工作。如果我耳聽八方、事事留意，或許會發現一些內幕，對吧？他們知道安娜·謝勒的事。」

「是嗎？有意思。維多莉亞，你怎麼知道？」

維多莉亞把愛德華對她說的話敘述了一遍：凱瑟琳說，等安娜．謝勒來了，她們就要聽命於她。

「這話很耐人尋味。」達金先生說。

「安娜．謝勒究竟是什麼人？」維多莉亞問，「我的意思是，你對她勢必有所了解。還是安娜．謝勒只是一個代號？」

「她不只是個代號。她是一個美國銀行家的機要祕書。這個銀行家是一家國際銀行財團的首腦。十天前她離開紐約去了倫敦，之後就失去了蹤影。」

「失去蹤影？她不會是死了吧？」

「就算死了，也沒找到屍體。」

「可是，她有可能已經死了吧？」

「沒錯，是有這個可能。」

「她原本打算到巴格達來？」

「我不知道。從凱瑟琳那女孩的話聽來，似乎是這樣。我們不妨這麼說，到目前為止，我們沒有理由相信她已經死了。」

「我也許可以在橄欖枝協會打聽到更多內情。」

「也許吧。不過，我得再次提醒你，維多莉亞，你一定要非常小心。你現在對抗的是個殘酷無情的集團。我不願意在底格里斯河上發現你的屍體。」

維多莉亞一陣寒顫，喃喃說道：「就像魯珀特・克羅頓・李爵士。你知道，那天早上他在旅館裡，我就覺得他有點怪怪的……有件事情讓我感到意外。要是我能記起是什麼事就好了。」

「你說他有點怪，是指哪一方面？」

「呃，好像有點不一樣。」看到達金先生詢問的眼神，她煩惱地搖搖頭。「也許我會想起來。話說回來，我想這其實並不重要。」

「任何事都可能事關緊要。」

「如果愛德華替我找到工作，他認為我應該和其他女孩一樣住到宿舍去，要不就是分租個房間，不能住在這裡了。」

「這樣是可以讓人少點猜疑。在巴格達住旅館是很貴的。你那位年輕人頭腦似乎很清楚。」

「你想見他嗎？」

達金斷然搖頭。

「不想。你告訴他，離我愈遠愈好。你比較不幸，那天晚上卡麥柯遭人殺害的時候你被捲了進去，勢必會沾染上嫌疑。而愛德華和那件事或和我完全沒關係……這點非常重要。」

「我一直想問你，」維多莉亞說，「到底是誰刺殺了卡麥柯？是跟蹤他的人嗎？」

「不是，」達金緩緩回答，「不可能。」

「不可能？」

「他是坐本地的小舟來的，而且沒有人跟蹤他。這一點我很清楚，因為我們有派人監視河面。」

「這麼說，是旅館裡面的人？」

「是的。更確切地說，是身在旅館這一側的人，因為當時我親自監視樓梯，沒有人從那裡上來。」

他看著維多莉亞大惑不解的臉，靜靜說道：「這樣算來，那一側沒有多少人。你、我、卡狄尤．特倫奇太太、馬庫斯和他的姐妹。幾個在這裡已工作多年的老僕人。一個從基庫克來，名叫哈里遜的男人，我們對他一無所知。一個在猶太人醫院工作的護士。這些人都有嫌疑。可是，就一個十分明顯的理由來看，他們都不可能是凶手。」

「什麼理由？」

「卡麥柯當時非常警覺。他知道他這趟任務的關鍵時刻就要到來。他這人對危險非常敏感，所以怎麼會失去警覺呢？」

「那幾個警察……」維多莉亞才開口。

「啊，他們是後來從街上過來的。我相信他們是得到了信號。不過，刺死卡麥柯的不是他們。殺死卡麥柯的人一定是他非常熟悉而且信任的人。要不就是一個卡麥柯認為無足輕重、不需防範的人。要是我知道那人是誰就好了……」

§

目的達成後，往往會令人悵然若失。來到巴格達，尋找愛德華，到橄欖枝協會探祕，當初這一切似乎在在令人心馳神往。現在，目的達到了，維多莉亞卻不禁自問（這在她是絕少的事）：自己究竟在做什麼！和愛德華團聚的狂喜已經過去。她愛愛德華，愛德華也愛她。這些天來，他們等於在同一個屋簷下工作。可是，平心靜氣想想，他們到底在做什麼？

不知愛德華用了什麼方法，也許是拜他高度的決心或是精妙的說服能力之賜，橄欖枝協會終究為維多莉亞安排了一個薪資微薄的有薪工作，他在這件事上當然是功臣。她平時總是待在一個陰暗的小房間裡，電燈整天亮著，用一台極其蹩腳的打字機打著各種通知、信件和橄欖枝協會淡而無味的活動通告。愛德華曾經說過，他覺得橄欖枝協會有點不對勁。達金先生似乎也這麼想。她到這裡來的目的，是盡她所能把事情查清楚，可是就她目前看來，這裡根本無事可查！橄欖枝協會舉辦的活動，全都帶著國際和平的蜜汁。他們常舉辦各種集會，會中群眾喝著橘子汁，吃著令人失望的點心。這些場合的參與者來自多種不同國籍，他們往往懷著敵意的眼神互相盯視，狼吞虎嚥地吃著點心，而維多莉亞儼然就像女主人，周旋在這些人當中，介紹大家認識，增進彼此的好感。

就維多莉亞所知，這裡沒有暗潮洶湧，沒有陰謀活動，也沒有暗藏的間諜網。一切都光明正大，溫和如水，乏味已極。有不少皮膚黝黑的年輕人向她示愛，也有人借書給她，而那些書她翻閱後，總覺得無味之至。她現在已經搬出蒂歐旅館，和同在協會工作的幾個其他國籍的女孩一起住在底格里斯河西岸的一棟房子裡。凱瑟琳是其中之一。維多莉亞感覺凱瑟琳總是用狐疑的眼光觀察著她。這是因為凱瑟琳懷疑她是刺探橄欖枝協會活動的間諜，還是出於愛德華感情歸向的這個微妙原因，維多莉亞不得而知。不過，她認為後者的成分居多。大家都知道她這份工作是愛德華為她謀得的，所以好幾對嫉妒的黑眼珠常會帶著不悅的眼神望著她。

維多莉亞怏怏地想，愛德華太有魅力了。這些女孩個個為他傾倒，而愛德華無論跟誰都親切友善，這對事情根本沒有裨益。她和愛德華說好，兩人在眾人面前切莫流露出特別親密的跡象。如果他們想打探值得留意的線索，就不能讓別人懷疑兩人是聯手合作。愛德華對待她就像對待其他女孩，甚至還多了一層冷淡。

雖然橄欖枝協會看來甚是平常，不過維多莉亞明顯感覺到，該協會的主持人兼創始人不是個平常人物。有一兩回，她察覺到拉思彭博士深思的的黑眼眸停駐在自己身上。雖然她以小貓般天真已極的目光迎向他的眼神，心裡卻是怵然而驚。

有一次，她被召到博士面前（為了解釋一個打字上的錯誤），博士的眼神並不僅僅是注視著她。

「我希望，你在我們這裡工作很愉快？」他問。

「噢，是的，博士，確實很愉快，」維多莉亞說，接著又補上一句：「很抱歉我犯了這麼多錯。」

「我們不介意犯錯。一台沒有靈魂的機器對我們毫無用處。我們需要的是熱情洋溢、目光遠大的年輕人。」

維多莉亞立刻裝出熱切渴望、精神飽滿的模樣。

「你必須熱愛工作，熱愛你工作的目標，憧憬光輝的未來。親愛的孩子，這些你真的都有所感受嗎？」

「對我來說，這些都是新的事物，」維多莉亞說，「我想我還沒有完全感受到。」

「齊聚一堂，團結一致，各地的年輕人一定要群聚在一起。這是最重要的。你喜歡晚上的自由討論會和大夥之間的同志情誼嗎？」

「噢，我喜歡。」維多莉亞說。

事實上她很厭惡。

「有共識，沒有歧異。有兄弟情誼，沒有仇恨。這些感情已經在慢慢增長，你感覺到了吧？」

維多莉亞想到那些人之間永無止境的爭吵、無謂的嫉妒、強烈的憎恨、傷人的刻薄話，還有爭吵後硬要對方道歉的固執。她簡直不知該如何作答。

「有時候，」她說得很保守。「人是很難相處的。」

「我知道，」拉思彭博士嘆息一聲。他高聳的高貴額頭上出現幾條困惑的皺紋。「我聽說邁克・雷庫尼安把艾薩克・納弘打了一頓，還割破了他的嘴唇。這是怎麼回事？」

「他們只是有點小爭吵。」維多莉亞說。

拉思彭博士兀自鬱鬱地深思著。

「耐心和信心，」他喃喃自語，「要有耐心和信心。」

維多莉亞小聲地應了一聲，算是善盡責任，轉身離開。她想起打字稿忘在桌上，隨即又轉身走了回去。拉思彭博士看她的眼神讓她心頭一驚。那是一種強烈的狐疑。她不安地想，不知自己受到了多麼嚴密的監視，也不知道拉思彭博士對她到底看法如何。

達金先生給她的指示非常明確。如果她有事需要通報，只要遵照接頭聯繫的規定即可。達金給了她一條褪了色的粉紅手帕，如果她有事相告，可以在薄暮時分一如往常，在住處附近沿著河邊散步。這排房子前面有一條長約四分之一哩的窄道，路上有一處長長的台階通到水邊，經常有小船繫在那裡。台階頂端一根木頭柱上，釘著一根生鏽的鐵釘。維多莉亞如果要跟達金聯繫，只需把那條粉紅手帕剪下一塊，綁在釘子上即可。她苦惱地想，到目前為止，她根本沒有必要聯絡他。她只是敷衍地做著一份薪酬微薄的工作。她極少見到愛德華，因為拉思彭博士總是派他去遠地。日前他才剛從波斯歸來。在他出差期間，維多莉亞和達金有過一次時間短暫、結果也不令人滿意的會面。達金要她先去蒂歐旅館，問有沒有一件毛衣留在旅館忘了拿。旅館人員回說沒有，這時馬庫斯走出來，立刻把她拉到河邊喝一杯。達金正好步履蹣跚地從街上回來，馬庫斯便招呼他過來共飲。達金啜著檸檬汁，有人喚走了馬庫斯，留下二人在一張漆皮小桌旁相對而坐。

維多莉亞憂心忡忡地承認，她毫無進展可言，達金反而一再安慰她。

「親愛的孩子，你並不知道你要找什麼，甚至連有沒有東西可尋都不知道。大體說來，你對橄欖枝協會的看法是什麼？」

「它非常低調。」維多莉亞緩緩回答。

「非常低調，確實。不過，它並不是個掛羊頭賣狗肉的地方？」

「我不知道，」維多莉亞一邊想一邊說，「一談到文化，大家就深信不疑，你懂我的意思吧？」

「你的意思是，如果是慈善事業或財政機關，大家會仔細檢驗它是否名副其實，可是只要和文化沾上一點邊，就不會有人這麼做，對吧？一點也沒錯。你在那裡一定可以找到真正熱血沸騰的人，這點我不懷疑，可是，有沒有人在利用這個組織呢？」

「我想，裡面有很多共產主義的信徒在活動，」維多莉亞的語氣並不確定。「愛德華也這麼認為……他要我看卡爾．馬克思的書，然後靜待反應。」

達金點點頭。

「有意思。目前為止，有任何反應嗎？」

「沒有。還沒有。」

「拉思彭這個人怎麼樣？他是不是個冒牌貨？」

「坦白說，我覺得他是……」維多莉亞的語氣似乎很猶豫。

「你知道，我擔心的是他，」達金說，「因為他是個重要人物。如果共黨份子真的在策畫陰謀……學生和年輕的激進份子是沒有機會接觸總統的。警察會採取嚴密措施，阻止他們從街上扔炸彈。但拉思彭不一樣。他的地位崇高，素來以大力推展公益事業而享有盛名。他可以和來參觀的顯要人物有直接接觸，而他很可能會這麼做。我很希望對他有更多了解。」

確實，維多莉亞自忖，拉思彭是一切的核心。幾星期前和愛德華在倫敦初次見面，他就暗示這裡有些「不對勁」，根源就在於他的雇主。維多莉亞突然想到，愛德華的不安一定是受到某個事物的觸動。一定有事情發生過，或是他聽過什麼話，因為維多莉亞相信，心智的運作就是這樣。如果你感到似有若無的懷疑或不信任，那絕對不只是預感，一定是其來有自。如果她能讓愛德華好好思索、好好回憶一番就好了。他們兩人一起推敲，或許可以讓愛德華憶起那樁勾起他疑竇的事。同樣的，維多莉亞想，她也得極力回憶，想想當初她走到蒂歐旅館的露台看到魯珀特．克羅頓．李爵士坐在陽光下，她為什麼那麼吃驚。沒錯，她本以為魯珀特爵士會住在大使館而非蒂歐旅館，不過這並不足以解釋她當時的強烈反應，認為他出現在蒂歐旅館有如天方夜譚！她必須把那天上午發生的事反覆地回想，也得要愛德華把他以前和拉思彭博士互動的情況照樣回想好幾遍。下回和他單獨會面時，她一定要這麼告訴他。可是，和他獨處並不容易。第一，他才從波斯回來，而在橄欖枝協會，個別交談有如緣木求魚……如果是二次世界大戰期間，「敵人處處，隔牆有耳」的口號在這裡說不定已經掛得滿牆滿屋。她賃居的那棟亞美尼亞人住宅也一樣，私下交談絕無可能。真是的，維多莉亞想，雖然她能見到愛德華，但處境簡直和她待在倫敦時沒有兩樣！

不過，這個念頭很快就被證明並不正確。

愛德華拿著幾張手稿來找她，他說：「維多莉亞，拉思彭博士請你立刻把這些文件打出來。尤其第二頁要特別小心，上頭有一些很容易搞混的阿拉伯人名。」

維多莉亞嘆了口氣，拿起一張紙夾進打字機，一如往常急急敲起鍵來。拉思彭博士的筆跡並不難認，維多莉亞慶幸自己這回出錯不多。她把打完的第一頁稿紙放在一邊，開始打第二頁，立刻領悟到愛德華為什麼要她特別注意第二頁。第二頁上頭以迴紋針附著一張小字條，是愛德華的筆跡。

明天上午十一點左右，沿著底格里斯河散步。到拜特·梅勒特·阿里王宮處。

隔天是星期五，是公定的週休日。維多莉亞的情緒有如溫度計的水銀直線上升。她打算穿上那件碧色的套頭毛衣，還想洗洗頭。她的寓所裡有太多繁文縟節要遵守，很難自己洗頭髮。

「頭髮真的該洗了。」她喃喃自語，聲音大了點。

「你說什麼？」

坐在隔桌正埋首於一疊通知函和信封的凱瑟琳抬起頭來問道。她的表情充滿狐疑。

維多莉亞忙把手上握著的字條揉成一團，輕聲說：「我的頭髮該洗了。這裡的美容院大都髒得要命，我不知道該去哪裡洗頭才好。」

「沒錯，不但髒，而且很貴。不過我認識一個女孩子，頭髮洗得好，毛巾也乾淨。我可以帶你去。」

「你真好，凱瑟琳。」維多莉亞說。

「我們明天去。明天放假。」

「明天不行。」維多莉亞說。

「為什麼不行？」

凱瑟琳懷疑的目光瞪視著她。維多莉亞感到自己對凱瑟琳的厭惡和不喜更強烈了。

「我寧可去散步，呼吸新鮮空氣。人在這裡像關禁閉似的。」

「你可以去哪裡散步？巴格達沒有地方可以散步。」

「我會找到地方的。」維多莉亞說。

「去看電影比散步好。要不，明天有場演講，挺有趣的。」

「我不想去。我想出去走走。我們英國人喜歡散步。」

「因為你是英國人，所以你驕傲自大，眼高於頂。英國人有什麼了不起？一文不值。我們這裡都朝英國人吐口水。」

「如果你對我吐口水，你一定會吃不了兜著走。」維多莉亞說。

她也覺得奇怪，為什麼自己在橄欖枝協會那麼容易動肝火。

「你想怎麼樣？」

「試試看就知道。」

「你為什麼要讀卡爾．馬克思的書？你根本看不懂。你太笨了。你以為他們會吸收你入黨嗎？你的政治修為差太遠了。」

「我為什麼不能看？那些書就是寫給我們勞工看的。」

「你不是勞工，你是資產階級。你連字都打不好。看看你打錯多少字。」

「有些聰明絕頂的人連拼音都不會，」維多莉亞義正辭嚴地說，「而且你老是找我說話，我要怎麼工作？」

她以驚人的速度胡亂敲了一行字，這才帶點懊惱地發現，由於無意中按了大寫鍵，她打出來的是一整行驚嘆號、數字和括弧。她把那張紙取下，換上新紙，認認真真地把草稿打完，送到拉思彭博士面前。

拉思彭博士一面翻閱，一面低聲說道：「設拉茲在伊朗，不在伊拉克；而且，伊拉克這個字當中並沒有k……是瓦絲特，不是烏澤爾……呃，謝謝你，維多莉亞。」

維多莉亞正要離開，拉思彭博士叫住她。

「維多莉亞，你在這裡快樂嗎？」

「噢，很快樂，拉思彭博士。」

他兩道濃眉下的黑眼珠好像要鑽進她心裡。維多莉亞愈來愈不安。

「很抱歉，給你的薪水太低。」

「那沒關係，」維多莉亞說，「我喜歡工作。」

「真的嗎？」

「噢，真的，」維多莉亞說，「我認為，」她補上一句：「這種工作真的很有意義。」

她天真的眼神迎著博士銳利如鑽的黑眼珠，絲毫不畏縮。

「你的生活……還過得去吧？」

「噢，沒問題。我跟幾個亞美尼亞人住在一起，房租很便宜。我很好。」

「目前巴格達很缺速記打字員，」拉思彭博士說，「我想，我可以替你另外找一份工作，比這裡好得多。」

「可是我不想到別處工作。」

「你到別處工作比較明智。」

「明智？」維多莉亞的聲音有點顫抖。

「你沒聽錯。我只是提醒你，給你忠告。」

他的語氣隱約帶著幾絲威脅。

維多莉亞眼睛睜得更圓了。

「我真的不懂你的意思，拉思彭博士。」她說。

「有時候，不涉入自己並不了解的事才是明智之舉。」

這一回，她清楚感覺到他話中的威脅。可是她依然圓睜著眼，表現出小貓一樣的天真。

「你為什麼到這裡來工作，維多莉亞？是因為愛德華？」

維多莉亞氣得雙頰泛紅。

「當然不是因為他。」她憤憤地說，心裡很不高興。

拉思彭博士點點頭。

「愛德華有很長的路要走。他要等到很多年後，才會爬到一個對你有幫助的地位。如果我是你，我會放棄愛德華。更何況，一如我剛才所說，你現在可以找到很好的工作，薪水高又有前途，而且你會結識一些和你同類的人。」

維多莉亞知道，他還在觀察自己，而且是密切觀察。這是一場考驗嗎？她帶著熱切而誠懇的表情說道：「可是，我確實很喜歡橄欖枝協會，拉思彭博士。」

他聳聳肩膀，於是維多莉亞轉身離開，但她能感受到博士的目光始終盯在她的背後。

這次談話讓她心神不定。他之所以心生疑竇，是不是因為發生了什麼事？難道他已經猜到她是間諜，進入橄欖枝協會是為了刺探它的祕密？想起他說話的聲音和神態，她不禁不寒而慄。他以為自己到橄欖枝協會來是為了接近愛德華。當時她怒火中燒，斷然否認，而她現在意識到，讓拉思彭博士以為她是為了愛德華而來，要比讓他隱約覺得是達金先生安排的要安全得多。不管怎麼說，還好她當時像白癡般雙頰泛起紅暈，拉思彭博士或許真以為她確實是為了愛德華而來……果真如此，這樣的進展是再好不過了。

儘管如此，當她上床就寢時，她的心頭還是有一股令人不安的恐懼攫著她不放。

17

第二天上午，維多莉亞隨意找了幾個理由就順利獨自外出，事情顯得輕鬆容易。她事先打聽過拜特．梅勒特．阿里王宮的位置，知道那是一棟坐落在河邊的大宅邸，就在沿河西岸不遠處。

維多莉亞一直沒有時間到附近走走，因而在走到這條窄街的盡頭時，她驚喜地發現自己已然來到河邊。她轉向右方，緩緩沿著岸邊而行。路上有幾處艱險……被河水侵蝕的堤岸並沒有完全修好或重建。一棟房子前頭有台階通往水邊，在漆黑的夜晚往前多邁一步就會陷身河中。維多莉亞望望足下的河水，慢慢轉身打算繞道而行。接著的一段路寬闊而平坦，右邊的住宅神祕得恰到好處，從外觀完全看不出屋主的身分。偶或有幾棟住屋大門洞開，維多莉亞探頭一望，發現門裡門外有如天壤之別，她不禁為之著迷。有一棟屋宅，門內是個寬敞的院落，中間的噴泉噴灑著水，周圍有軟墊椅和摺疊躺椅，椰子樹高聳入雲，再加上遠處的花園，猶如舞台背景一般。而和它隔鄰的房子從外表看是大同小異，門裡卻是一片狼藉和幽暗，五、六個衣衫襤褸的髒小孩在嬉戲。再往前走，是一大片茂密的椰林。她往左一望，自己已走過了那幾級通往水邊、高低不平的台階。一個阿拉伯船夫坐在一葉簡陋的小舟裡，他又是手勢又是叫喚，顯然在問她要不要搭船去對岸。

維多莉亞暗自判斷，雖然從這裡很難辨認出對岸的建築，而且各個旅館看來大致相仿，不過蒂歐旅館應該就在對面。她踏上一條穿越椰林的小路，經過兩棟帶有露台的大屋宅後，一座緊鄰河岸而建的高大建築赫然出現眼前。這棟建築附有花園，四周欄杆環繞，沿河小路就在院落當中穿過。想必這就是阿里王宮。

幾分鐘後，維多莉亞已經邁入大門，來到一處更加汙穢的地方。她看不到河水，以生鏽的鐵絲網圍起的椰林阻斷了她的視線。往右看，土坯堆成的院牆內有幾間傾塌的屋子和幾個簡陋小棚，孩子們在泥地裡玩耍嬉戲，成群的蒼蠅烏雲一般，在垃圾堆上嗡嗡作響。一條從河邊通過來的路上停著一輛車——又破又舊的老爺車，愛德華正候在車旁。

「好極了，」愛德華說，「你來了。上車吧。」

「我們要去哪裡？」

維多莉亞一面問，一面帶著欣喜登上那輛破車。她那位穿戴得像一堆破布的司機轉過身來，開心地對她咧嘴而笑。

「去巴比倫，」愛德華說，「我們該出外好好玩一天了。」

汽車劇烈一震後發動了，在崎嶇不平的石子路上狂顛而去。

「去巴比倫？」維多莉亞叫道，「聽起來好棒。我們真的要去巴比倫？」

汽車向左一彎，隨即奔馳在一條平坦寬闊的馬路上。

「沒錯，不過別抱太大希望。巴比倫和以往不大一樣……如果你懂我的意思。」

維多莉亞哼起歌來：

到巴比倫去有多少哩？

三個二十再加十，

我能不能乘著燭光去？

可以，你也可以乘著燭光回。

「我小時候常唱這首歌，每次都好嚮往。而現在，我們真的要去巴比倫了！」

「而且我們還會乘著燭光歸來。或者說，我們應該乘著燭光回來。事實上，在這個國家裡，什麼都有可能。」

「這輛車看起來隨時會拋錨。」

「很可能。每個零件都有可能出問題。不過，伊拉克人很有本事，他們用繩子把汽車捆好，說一聲真主保佑，車就又能開了。」

「他們總把真主保佑掛在嘴邊，對吧？」

「沒錯，什麼責任都推給萬能的真主，真是再容易不過了。」

「這路不好走，對吧？」維多莉亞一邊在座位上顛簸，一邊喘著大氣問。

馬路看似寬闊平坦，其實不然。這一段路雖然還是很寬，路面上卻佈滿了坑坑洞洞的車轍。

「前面的路更糟。」愛德華喊道。

兩個人又顛又簸，卻是快樂無比。周圍塵土飛揚，滿載著阿拉伯人的大卡車飛馳在路中央，而且不論怎麼按喇叭，那些卡車就是充耳不聞。

他們駛過帶有圍牆的花園，駛過成群結隊的婦女兒童和驢群。對維多莉亞來說，這一切既新鮮又迷人，當然，和愛德華並肩驅車前往巴比倫是令她心醉的原因之一。

兩個小時後，他們渾身瘀青地來到巴比倫，骨頭有如散了一般。望著堆積得毫無意義的廢墟泥土和一堵堵燒毀了的磚牆，維多莉亞有點失望。她原本期望看到許多圓柱和拱門，一如她看過的巴勒貝克的相片。

然而，隨著導遊登上一個個土堆和磚牆後，她的失望一點一滴地消失了。她漫不經心地聽著導遊詳盡的解說，而在他們沿著大道走向愛神之門，看著高聳牆壁上那些模糊的動物浮雕時，她突然意識到這裡曾經有過的輝煌歷史，一股欲望油然而生，很想知道這座現在已歸於死寂、無人聞問的驕傲大城的歷史。未久，他們參觀完古蹟，便雙雙坐在巴比倫石獅下，吃起愛德華帶來的午餐。導遊走開了，臨走前他帶著寬容的微笑，堅決地告訴他們等下一定要去看博物館。

「一定要去嗎？」維多莉亞帶著夢幻般的表情問。「博物館裡每樣東西都貼著標籤，又都裝在櫃子裡，怎麼看都不像是真的。我去過大英博物館，可怕極了，而且腳痠得要命。」

「過去的東西總是無趣的，」愛德華說，「未來重要得多。」

「可是這裡並不無趣，」維多莉亞一面拿著三明治對著眼前那堆斷垣殘壁指指點點，口中一面說道：「這裡讓人感到……感到偉大。不是有首詩這麼說：『你是巴比倫國王，而我是基督徒的奴隸』？說不定我們就是。我的意思是，你和我都是。」

「我想，基督教興起的時候，世界上早就沒有巴比倫國王了，」愛德華說，「我想，巴比倫在西元前五、六世紀就不存在了。考古學家往往會針對這些主題做演講，不過我從來就記不住日期……我的意思是，我從來就記不住古希臘和羅馬以前的年代。」

「假如你是那個時代的人，你願意當個巴比倫國王嗎，愛德華？」

愛德華深吸了一口氣。

「我願意。」

「那我們就說你當年就是一個吧。現在的你已經輪迴到另一個人世。」

「在那種年代，那些人深諳為王之道！」愛德華說，「所以他們才能一統世界，讓整個世界走上正軌。」

「我不知道我願不願意當個奴隸，」維多莉亞若有所思地說。「不管我是不是基督徒。」

「密爾頓[6]，說得對，」愛德華說，「寧可在地獄裡稱王，也好過在天堂裡為奴。我一直都很羨慕他筆下的撒旦。」

「我從來沒讀過密爾頓的東西，」維多莉亞道歉似地說，「不過，我在劇院看過《考瑪斯》[7]。這齣戲瑪格特．芳登跳起舞來有如天女下凡。」

「維多莉亞，如果你是奴隸，」愛德華說，「我會解放你，把你放進我的後宮……就在那邊。」他一面說，一面信手指著眼前的廢墟。

維多莉亞眼眸中有道光閃了閃。

「說到後宮……」她開口說道。

「你現在和凱瑟琳處得如何？」愛德華急忙問道。

「你怎麼知道我正要提到凱瑟琳？」

「你正要提到她？真的？薇西，坦白說，我真的希望你和凱瑟琳成為朋友。」

「不要叫我薇西。」

「好吧，小天使。我希望你和凱瑟琳是朋友。」

6　密爾頓（John Milton, 1608-1674），英國大詩人。

7　《考瑪斯》（*Comus*）是密爾頓寫於一六三四年的作品。

「男人真蠢！老是希望他們的女朋友互相喜歡。」

以雙手為枕躺在地上的愛德華驀然坐直。

「小天使，你完全誤會了。不管怎麼說，你剛才說的後宮云云都是傻話……」

「不，不是傻話。那些女孩老是目不轉睛地看著你，她們為你傾倒的模樣，看得我都快瘋了。」

「好極了，」愛德華說，「我喜歡你生氣。不過，我們且回頭談談凱瑟琳。我要你和凱瑟琳交朋友，是因為我很確定，如果我們想探知一些祕密，她是最佳的途徑。她知道一些內幕。」

「你真的這麼認為？」

「別忘了，我聽過她提到安娜．謝勒。」

「我還真忘了。」

「卡爾．馬克思的書看得怎麼樣了？有沒有什麼反應？」

「沒有人和我聯繫，邀我去參加他們的活動。事實上，凱瑟琳昨天還對我說，共產黨不可能要我入黨，因為我的政治修為不夠。再說，要讀那一大堆令人望而生畏的書，坦白說，愛德華，我的腦袋裝不下。」

「她說你的政治修為很差，是嗎？」愛德華大笑。「可憐的小天使。唉，凱瑟琳儘管腦袋靈光、感情強烈、政治修為好，卻可能激動得像瘋子。而我的愛人只是個打字員，是個小倫敦佬，連三個音節的單字都不會拼。」

維多莉亞突然眉頭一皺。愛德華的話令她想起她和拉思彭博士那一席怪異的對話。她告訴了愛德華。他似乎十分生氣，遠遠出乎她的意料。

「這件事很嚴重，維多莉亞，非常嚴重。你仔細想想，把他的話一字不漏地告訴我。」

維多莉亞努力回想，把拉思彭博士對她說的話一五一十複述了一遍。

「不過，我不知道你為什麼這麼生氣。」

「呃？」愛德華好像心不在焉。「難道你看不出來……親愛的，難道你沒有意識到，這表示他們已經對你起疑了？他們是在警告你，要你住手。維多莉亞，這件事有問題，大有問題。」

他頓了頓，沉重地說道：「你知道，共產黨是很殘酷無情的。他們的信條之一，就是肆無忌憚。親愛的，我不想看到你被人敲昏後扔到底格里斯河裡去。」

維多莉亞心想，坐在巴比倫的廢墟裡為不久的未來她會不會被人敲昏拋到底格里斯河而辯論，這是多麼奇怪的事。她半閉著眼，恍恍惚惚想道：「我很快就會醒來，發現自己身在倫敦，只是做了一個關於危險的巴比倫、戲劇般的美夢。說不定，」她一面想，一面把眼睛閉攏。「我現在就在倫敦。鬧鐘就要響了，然後我會起床，到葛林賀先生的辦公室去上班。那裡可沒有愛德華……」

一想到這裡，她趕緊睜開眼，看看愛德華是不是真的在面前（在巴斯拉的時候，我本來要問他一件事，可是他們打斷了我，我就忘了。那是什麼事呢？）。這不是夢。這裡的陽光燦爛奪目，與倫敦大不相同，而陽光下的巴比倫廢墟襯著背後深鬱的椰林，顯得蒼白黯淡。愛德華就坐在那裡，身子微傾向她。他長及頸部的頭髮帶著鬈曲，非常好看，而且他的脖子真好看——被太陽曬成紅褐色，沒有半點瑕疵——許多男人在衣領廝磨的地方都長有膿包或青春痘，魯珀特爵士就是一個，他有一個初發的大癤瘡。

她突然低呼一聲，陡地坐得筆直。那些白日夢已經無影無蹤，此時此刻的她激動莫名。

愛德華轉過身來，好奇地望著她。

「怎麼了，小天使？」

「我想起來了，」維多莉亞說，「是魯珀特．克羅頓．李爵士。」

愛德華依然以莫名所以的茫然眼神望著她。她於是開始解釋。老實說，她解釋得並不清楚。

「是個癤瘡，」她說，「在脖子上。」

「脖子上有癤瘡？」愛德華一頭霧水。

「沒錯。你知道，在飛機上他就坐在我前頭，他把斗篷帽拉下的時候我看見了，有個癤瘡。」

「他為什麼不能長癤瘡？那是很痛，不過好多人都長。」

「對，好多人都長癤瘡。問題是，那天早上他在陽台上時，脖子上並沒有。」

「沒有什麼？」

「沒有癤瘡。愛德華，努力想想吧。在飛機上他有癤瘡，可是在蒂歐旅館的陽台上，他的癤瘡不見了。他的脖子很光滑，連個疤都沒有，就跟你一樣。」

「呃，我想那個癤瘡可能消掉了。」

「噢，不會，愛德華，它不可能消掉。才過了一天，而且那個癤瘡才要開始發。它不可能消失，至少不可能消失得不留一點痕跡。所以，你該明白這意味著什麼了……沒錯，一定是這樣；住在蒂歐旅館的那個男人根本不是魯珀特爵士。」

她興奮地直點頭。愛德華瞪著她。

「你瘋了，維多莉亞。那人一定是魯珀特爵士，因為你並沒有發現其他的不同。」

「可是，愛德華，我從來沒有好好看過他的長相，我只看見他的……呃，不妨說他大致的外貌。他的帽子、斗篷，還有不可一世的派頭，要假冒他太容易了。」

「可是，領事館的人應該知道……」

「他不是不住在領事館嗎？他跑到蒂歐旅館去了。去機場接他的是使館的一個小祕書。大使當時人在英國。再說，他四處旅行，有很長一段時間不在國內。」

「可是為什麼……」

「他當然是為了卡麥柯而來。卡麥柯來巴格達就是為了見他，將自己的發現告訴他。可是他們以前沒見過面。所以，卡麥柯不知道和他見面的並不是真正的魯珀特爵士，因而沒有防備。一定是，是魯珀特・克羅頓・李（那個冒名頂替者）刺殺了卡麥柯！噢，愛德華，一定沒錯，就是這麼回事。」

「我一個字也不信。這太瘋狂了。你別忘了，魯珀特爵士是事後才在開羅被人暗殺的。」

「事情就是發生在開羅。我現在明白了。噢，愛德華，好可怕。我親眼目睹了事情的經過。」

「你親眼目睹？維多莉亞，你是不是發瘋了？」

「不，我從來沒有這麼正常過。聽我說，愛德華。有人敲我的房門，在開羅的旅館裡，至少當時我覺得有人敲我的門，於是我開門向外一望。但那人其實不是敲我的門，是敲我隔壁的門，也就是魯珀特・克羅頓・李爵士的房間。敲門的是飛機上的一位空服員或空中小姐，隨你怎麼稱呼。她問魯珀特爵士能不能到英國海外航空公司的辦事處去一趟，還說辦事處就在走廊那頭。沒多久，我從房間出來，經過一個房間，門上掛著英國海外航空公司的招牌。門正好打開，魯珀特爵士走了出來。他走路的模樣和先前大不相同，當時我還以為他可能得知了什麼消息，令他走路都變了樣。你懂我的意思嗎，愛德華？那是圈套。頂替者早就等在那個房間裡，魯珀特爵士一進去，他們就往他頭上一敲，接著頂替者就走出門來冒充他。我認為，他們把魯珀特爵士藏在開羅某個地方，說不定就藏在旅館裡，他被下了藥而動彈不得，等那個頂替的人回到開羅，這才將他殺害。」

「你的故事可真是驚險動人，」愛德華說，「不過坦白說，維多莉亞，這都是你編出來的。你什麼證據也沒有。」

「那個癟瘡……」

「噢，去他的癟瘡！」

「還有一兩件事。」

「什麼事？」

「房門上那塊英國海外航空公司辦事處的招牌。後來那塊招牌不見了。我記得後來發現英國海外航空公司辦事處其實是在入口大廳另外一頭時，還迷惑了一陣。這是一樁，還有另一樁。那個空服員，也就是敲魯珀特爵士房門的那個，我後來又見到她，就在巴格達……而更可怕的是，就在橄欖枝協會裡。那是我第一次去協會的時候。她走進來和凱瑟琳說話。我那時候就想，我以前見過她。」

沉默片刻後，維多莉亞又說：「所以，愛德華，你必須承認這一切並不是我憑空臆造出來的。」

愛德華緩緩說道：「一切都指向橄欖枝協會……和凱瑟琳。維多莉亞，說真的，你一定要接近凱瑟琳。奉承她，巴結她，跟她說話的時候要張口閉口布爾喬亞那一套。不管用什麼辦法，你要和她混熟，這樣才知道她有哪些朋友、平常去什麼地方、除了橄欖枝協會還有和什麼人接觸。」

「這不容易，」維多莉亞說，「不過我會試試。達金先生怎麼辦？我是不是應該告訴他？」

「當然，你應該告訴他。不過再等一兩天吧。說不定我們會有別的發現，」愛德華嘆口氣。「過一兩天，我打算晚上帶凱瑟琳去劇院看歌舞表演。」

這一次，維多莉亞沒有受到嫉妒的折磨。愛德華說話的神情既嚴肅又堅決，完全排除了他在執行這項任務時感到快樂的可能。

§

發現了這些祕密後，維多莉亞興奮異常，隔天懷著友善和凱瑟琳打招呼也就輕而易舉。她說，她很感激凱瑟琳告訴她有個地方可以洗髮，因為她亟需洗髮（此話無可置疑。維多莉亞從巴比倫回來後，一頭黑髮因為沾染了沙土而成了鋪紅色）。

「沒錯，你的頭髮真夠難看，」凱瑟琳一邊說，一邊帶著邪惡的快感看著她的頭髮。「昨天下午風沙那麼大，你還是出去玩了？」

「我租了一部車去了巴比倫，」維多莉亞說，「很有意思的地方。不過歸途中起了風沙，差點沒把我嗆死，弄瞎眼睛。」

「巴比倫確實很有意思，」凱瑟琳說，「不過，你應該找個了解它的歷史的人一塊去，讓他好好解釋給你聽。至於你的頭髮，今晚我帶你去找那個亞美尼亞女孩。她會用乳霜洗髮精替你洗頭。那是最好的洗髮精。」

「我不知道你的頭髮怎麼保養得這麼好看。」

維多莉亞一邊說，一邊用羨慕的眼神看著凱瑟琳香腸般油膩膩的大團鬈髮。

凱瑟琳一向擺著晚娘面孔的臉上露出一抹微笑。維多莉亞想，愛德華要自己奉承她，這話說得真對。

那天晚上這兩個女孩走出橄欖枝協會的時候，已是水乳交融。凱瑟琳帶著維多莉亞在大街小巷中穿梭，終於在一扇並不顯眼的小門上輕輕敲了敲。門內似乎沒有營業的動靜，不過一個相貌平凡但顯得精明能幹的年輕女孩開門將她們納入。她慢慢說著字斟句酌的英語，將維多莉亞引到一個一塵不染的水盆前。水盆上有著閃閃發亮的水龍頭，周圍擺著各式各樣的瓶瓶罐罐和洗劑。凱瑟琳先行離去，維多莉亞將一頭亂髮交由安考邁小姐那雙巧手處置。沒多久，她的頭髮變成了一堆奶油狀的泡沫。

「現在，請你……」

維多莉亞把頭低向水盆。水流沖著她的頭髮，汩汩流入排水管。

突然間，她嗅到一股氣味，一股似乎醫院才聞得到的甜膩而令人難受的味道。一塊浸透了的溼布墊緊緊蒙住了她的口鼻。她用力掙扎，身子又搖又扭，可是那雙鐵鉗般的手緊緊壓住了布墊。她開始喘不過氣來，感到天旋地轉，耳際轟鳴……

接著是一片黑暗，無邊無際的深淵。

18

待維多莉亞甦醒過來，彷彿已經過了許久許久。混亂的記憶在她腦海中翻騰。汽車中的顛簸。人們以阿拉伯語閒聊和爭吵。有人用手電筒照射她的眼睛。一陣噁心欲吐的感覺襲上心頭。她模模糊糊想起自己躺在床上，有人舉起她的臂膀扎了一針，令她痛徹肺腑。然後是更混亂的夢和黑暗，而夢和黑暗的背後是一股愈來愈強烈的焦灼……

終於，她慢慢恢復了神智……維多莉亞．瓊斯……有事發生在維多莉亞．瓊斯身上，是很久以前——幾個月前，說不定是好幾年前——也可能只是幾天前。

巴比倫。陽光。塵土。頭髮。凱瑟琳。凱瑟琳，對，就是她，面帶微笑，香腸般的鬈髮下閃動著狡黠的眼睛。凱瑟琳帶她去洗頭，然後……然後發生了什麼事？那股令人作嘔的可怕氣味，她依然記憶猶新，三氯甲烷，對，一點也沒錯。他們用三氯甲烷麻醉了她，然後把她帶到……帶到什麼地方來了？

維多莉亞小心撐住自己，試著坐起來。她似乎是躺在一張床上，一張很硬的床。她頭痛、暈眩，仍然昏昏欲睡、昏昏沉沉……就是那一針，他們替她注射了針藥，他們一直在替她注射麻藥。她依然處於半麻醉狀態。

不過，他們並沒有殺她（為什麼？）。所以，情況還算好。現在，依然處於半麻醉狀態的維多莉亞想，最好還是睡覺。她很快又墜入夢鄉。

等她再度醒來，覺得腦袋清醒多了。現在是白天，她可以看得清楚些，看自己身在何方。

她置身的房間很小，不過屋頂甚高。淺灰帶藍的牆壁看來很不搭調，令人很不舒服。地是結實的泥土地。房間內僅有的幾樣家具，除了她現在躺著的床和她身上覆蓋的破毛毯外，就是一張搖搖欲倒的破桌。桌上擺了個裂了口的陶瓷臉盆，桌下一個鋅桶。房間裡只有一扇窗，外頭鑲著木頭格子。帶著強烈的頭痛和怪異的感覺，維多莉亞小心翼翼地爬下床，慢慢走到窗邊。透過木格她看得很清楚，外面是座花園，花園外是一片椰林。這座花園顯然會被英國郊區的屋主嗤之以鼻，不過以東方標準衡量，不失為漂亮宜人。花園種著大片橘色的金盞花，幾株灰撲撲的尤加利樹，還有弱不禁風的檉柳。

一個小男孩正蹦蹦跳跳玩著球，他臉上有藍色刺青，手腳戴著大堆鐲子，正用鼻音高聲哼著歌，宛如遠處傳來的風笛聲。

維多莉亞轉過身來看著房門。那扇門又大又重。她走向房門，伸出手去拉門，心裡並沒有存著太大希望。門上了鎖。她走回來，在床沿坐下。

她現在在什麼地方？不在巴格達，這點毫無疑問。接下來她該怎麼辦呢？

過了一兩分鐘，她才猛然意識到，最後那個問題根本不必想。重要的是，別人準備對她怎麼辦？她惴惴不安地想起達金先生對她的告誡：把她知道的一切全盤托出。不過，他們說不定早已借助藥物把她的祕密全掏走了。

話說回來，她還活著，想到這一點，維多莉亞深深感到慶幸。如果她能撐到愛德華找到她的那一刻——愛德華發現她失蹤，會採取什麼行動呢？他會去找達金先生嗎？他會自己單獨行動嗎？他會脅迫凱瑟琳，逼她說出真相嗎？而他會不會懷疑凱瑟琳呢？維多莉亞愈是希望想像出愛德華確實採取行動的畫面，愛德華的影像就愈是模糊，最後甚至變成一個沒頭沒臉的幻影。愛德華究竟有多聰明？這個問題非常重要。愛德華討人喜歡，愛德華深具魅力，可是，愛德華有頭腦嗎？因為以她目前身處的危境來看，顯然最需要的就是頭腦。

達金先生當然有這樣的頭腦。但他是不是有這樣的打算呢？他會不會把她的名字從他腦中的名冊上畫掉，記上自己輸了一分，然後在這一欄後面寫上「願你安息」？對達金先生而言，她畢竟只是他大批下屬中的一個。他們那種人喜歡賭運氣，萬一運氣不好也就認了。不會，她想達金先生不會想辦法救她脫險。不管怎麼說，他曾經警告過她。

拉思彭博士也警告過她（警告她，還是威脅她？）。而既然她對他的威脅置之不理，他們於是毫不耽誤，立刻將威脅付諸實行……

可是，我還活著，維多莉亞又一次想道。她下定決心，要看事情的光明面。

外頭傳來的腳步聲由遠而近。一把特大號鑰匙在生鏽的鎖孔裡轉動。房門顫巍巍地響了幾聲，接著倏然洞開。門口出現一個阿拉伯人，手中托著一個錫製的舊托盤，上頭擺著幾個碟子。

那人似乎心情很好。他咧嘴而笑，說了幾句她聽不懂的阿拉伯話，這才放下托盤，把嘴張開指指喉嚨，接著轉身走出房間，隨手鎖上了門。

維多莉亞帶著好奇走到托盤前。一大碗米飯，一碟像是捲起來的包心菜葉，一大片阿拉伯麵包，還有一罐水，一個杯子。

維多莉亞先喝了一大杯水，接著進攻米飯、麵包和帶有特殊紅燒肉味道的包心菜捲。等她把托盤上的東西一掃而空後，覺得心情好多了。

她努力回想，要把事情的前因後果想清楚。她遭人以三氯甲烷麻醉，被綁架到此。那是多久以前？關於這點，她只有非常模糊的記憶。從自己數度昏睡又數度甦醒來判斷，她被綁架應該是幾天前的事。她被人帶出巴格達……去到何處？關於這一點，她更是無從得知。她不懂阿拉伯語，連發問都不可能。她無法辨識任何地點、名字和日期。

幾小時過去，她感到煩躁異常。

晚上那個看守又來了，又端來一盤食物。這一回有兩個婦女同來。她們穿著褪色的黑衣，以面紗遮面。她們沒有進房間，只是站在門口。其中一個懷中抱著一個嬰兒。她們就這麼站著，咯咯咯笑個不停。維多莉亞覺得，她們那對在薄面紗後頭的眼眸正打量著自己。一個歐洲女人被關在這裡，對她們來說是極興奮又有趣的事。

維多莉亞對她們說英語，接著又說法語，而她們只是咯咯咯地笑。她想，同為女人，她竟然無法和她們溝通，這可真是奇怪。她緩慢而吃力地吐出幾個剛學到的阿拉伯字：「真主保佑。」

話一出口，立刻換來一大串快樂的阿拉伯話。兩個女人一邊滔滔不絕，一邊用力點頭。維多莉亞趨近她們，可是那個阿拉伯僕人（或者不管他是什麼身分）立刻退後數步，擋住她的去路。他對那兩個婦女示意，要她們回去，隨即自己也走出房間，再度把門關上鎖起。出門前，他對維多莉亞說了一個阿拉伯字，還反覆說了好幾次。

「布克拉，布克拉……」

維多莉亞聽過這個字。它的意思是明天。

她再度在床上坐下，陷入思考。明天？明天有人會來，或是明天會發生什麼事。到了明天，她的監禁歲月就要終結（還是不會終結？），也說不定監禁終結就代表她的生命終結。左思右想之後，維多莉亞並不喜歡明天。她的直覺告訴她，如果明天她身在別處，處境會好得多。

可是，這有可能嗎？這是她第一次全心思考這個問題。她首先走到房門處，仔細察看一番。這扇門毫無辦法可想。這不是那種用髮夾就可以撥開的鎖。更何況，就算能用髮夾撥開，她也懷疑自己有沒有這個能耐。

只剩那個窗戶了。她很快就發現，從窗戶逃脫倒是有希望得多。窗外的木頭格子已經腐朽不堪。話說回來，就算她折斷幾根朽爛的木條擠到外頭，也不可能不發出很大的噪音而不引起他人注意。再者，監禁她的房間是在二樓，要從窗戶逃到外頭得做一條繩索，否則就得往下跳，這麼一來，她很可能會扭傷腳踝或摔傷。維多莉亞想，在書上常看到有人把床單撕成一條條的做成繩索。她以懷疑的眼光看著那床厚棉被和那條千瘡百孔的毛毯。沒有一樣適合做成繩子。她沒有工具把棉被剪開。雖然她可以用手把毛毯撕裂，可是憑它破爛的程度，不可能指望它能承受她的重量。

「該死！」維多莉亞大聲咒罵。

她愈來愈急著思索逃脫之道。她判斷，那些看守都是些頭腦簡單的人。對他們來說，只要把她鎖在房裡，就算完工大吉。他們沒想到她會逃走，只因為一個簡單的理由：她是囚犯，而囚犯是不能逃走的。為她注射麻藥後把她帶到這裡的人，無論是誰，現在一定不在，這點她很確定。那人（可能是男的，可能是女的，也可能不只一人）預定明天到達。他們把她放在一個偏遠的地方，找一些頭腦簡單的當地人看管她。這些人會遵照指示，不過不懂得玩花招。照理說，他們對於一個面臨死亡威脅的年輕歐洲女子的發明天賦應該是一無所知。

「不管怎麼樣，我一定要逃出去。」維多莉亞對自己說。

她走到桌前，吃起新送來的食物。她得保持體力。晚餐又是米飯和幾顆橘子，還有幾小塊肉片，上頭澆著鮮豔的橘子醬。

維多莉亞把食物吃得精光，還喝了一杯水。她把水罐放到桌上時，桌子微微一傾，濺出一些水到地上，那一小塊泥地立刻變成一個小泥潭。看到這個小泥潭，維多莉亞．瓊斯小姐一向創造力豐沛的腦袋瓜立刻有了主意。

問題是，鑰匙是不是還插在鎖孔裡沒有帶走。

太陽逐漸西沉，天很快就會黑下來。維多莉亞走到門邊，屈膝跪在地上，從那個巨大的鎖孔裡向外窺望。她看不到光亮。現在，她需要一個能戳動鑰匙的東西，鉛筆或鋼筆套都可以。可恨，她的手提包被他們拿走了。她皺著眉頭在房間裡四處翻找。桌上唯一的食具是一根湯匙。這個湯匙目前毫無用處，不過稍後可能用得著。維多莉亞坐下來，苦苦思考。突然間，她叫喊一聲，立刻脫下一隻鞋，用力扒下裡頭的皮墊，緊緊捲成一條。還算硬。她再度走到門邊，蹲下身子，將它用力插入鎖孔。幸運的是，那把巨大的鑰匙只是鬆鬆地嵌在鎖孔裡。三、四分鐘後，她的努力有了代價，鑰匙落在門外地上。因為是泥土地，沒有發出多大的聲響。

現在，維多莉亞想，趁著天色還沒全黑，我得快點動手。她把水罐端過來，小心地倒了點水在門框下的一塊地上。據她判斷，那一小塊地方距離鑰匙的落點最近。接著，她湯匙和手並用，在那一小片溼地上又挖又扒。她不斷往地上倒點水，慢慢地，終於在門框下挖出一個淺溝。她趴在地上努力向外看，可是幾乎看不到任何東西。她捲起袖子，發現門框下容得下她伸出一隻手和半截手臂。她的手指像探寶似的到處摸，指尖終於碰到一個金屬物件。她摸到鑰匙了，但手臂無法再伸長把鑰匙搆近些。她的下一步，是取下別在斷裂肩帶上的別針，彎成鉤狀。接下來，她將它插入阿拉伯麵包的楔頭中，再度趴下，開始釣魚。她急得快哭出來了，這時候，鉤狀別針套住了鑰匙，把它拉到她手指能及之處。終於，她把鑰匙經由小泥溝勾進了門內。

維多莉亞坐在地上，對自己的創意深深佩服。她以沾滿泥土的手抓起鑰匙，插進鎖孔。她靜待片刻，等到附近的野狗狺狺而吠的剎那，這才轉動鑰匙。她輕輕一推，門開了一條細縫。維多莉亞小心翼翼地從縫隙中向外觀望。門外是另一個小房間，盡頭處有一扇門，是開的。維多莉亞等了等，這才躡手躡腳地走了過去。房間頂上到處是大洞，地上也有一兩個坑。盡頭處的房門外是一段用粗土磚塊砌起的樓梯，通到屋外的花園。

維多莉亞想看的就是這些。她又躡手躡腳地走回囚室。今天晚上應該不會再有人來找她。她要靜心等到天黑，等這個小村落或市鎮大致安靜下來、等人們進入夢鄉再離開。

她還注意到一樣東西。外屋的房門附近有一團破舊不堪的黑布，她認為是一件斗篷，可以披在她那身西式服裝外面。

她不知道自己等了多久，感覺上彷彿永無止境。終於，附近人家發出的各種嘈雜聲沉寂了，遠處一架留聲機播放的阿拉伯歌曲停止了，扯著喉嚨的喊叫和吐痰聲沒有了，遠處女人的尖聲大笑、孩子們的啼哭也已停息。

最後，她聽到遠處一聲嚎叫，像是豺狼。此外，便是時斷時續的狗吠。她知道，這些吠叫聲整夜都不會停歇。

「好，開始行動！」維多莉亞一面說，一面站起身。

慎重考慮片刻後，她從外頭把囚室的房門鎖上，把鑰匙留在鎖孔裡，接著摸索著走出外屋，撿起那團黑布，來到泥磚樓梯的最上一階。月亮已經升起，不過還在低空。藉著月光，看得見路。她悄悄溜下樓梯，在差四級就到達地面之際停下了腳步。她目前的位置和花園的泥土圍牆一樣高。如果她繼續走下去，就得沿著房子的邊牆走過去。她聽到樓下房間傳出鼾聲。如果沿著牆頂行走，或許會好些。圍牆很厚，走在上面沒有問題。

選定第二條路線後，她以敏捷但帶點搖晃的身手在圍牆上走起來。沒多久，她已走到圍牆呈直角狀的轉彎處。從這裡遠望，外頭好像是片椰林。圍牆有一段已經崩塌。維多莉亞決定就走到這裡，於是半跳半滑地下了圍牆。片刻後，她已經身在椰林中間的小徑上，朝著外圈圍牆的一個缺口走去。她來到一條非常原始的狹窄小道，這條路窄得無法通行汽車，供驢子行走倒是合宜。小道兩側都是土坯磚牆。維多莉亞沿著小道，以最快的速度疾行。

狗開始狂吠。兩隻淺褐色的野狗從一個門內竄出，對著她大肆咆哮。維多莉亞從地上撿起一把石頭和磚塊，對準牠們丟了一塊。兩隻狗大叫一聲，跑了。維多莉亞繼續急急前行。她轉了一個彎，來到大街上。街道很窄，車轍縱深，直直穿過村莊中央。村子淨是土屋，月光下望去，只見一片灰白。覆在屋牆上的椰樹鬼影幢幢，狗隻狂吠不已。維多莉亞深吸一口氣，開始奔跑。狗叫個不停，可是沒有半個人有興趣，即使這表示可能有劫案發生。未久，她來到一片曠野，這裡有條泥水混濁的小溪，溪上搭著一座破爛的拱形小橋。再往前看，這條路（或者說這條小徑）似乎通往無邊無際的遠方。維多莉亞繼續跑，一直跑得上氣不接下氣。

村莊遠遠被她拋在後頭。月亮高掛天際。她的左邊、右邊、前面淨是寸草不生的石礫地，沒有人居的跡象。地勢看來平坦，其實只看得到模糊的輪廓。維多莉亞視野所及看不到任何路標。她不知道這條小徑通向何處。她對星斗了解不多，連自己正朝著東南西北哪個方向都不知道。如此巨大又杳無人煙的曠原，不免令人心底發毛。可是她不能回頭。她只能向前，別無他途。

她停下腳步，等喘過氣來立刻回頭眺望，以確定沒人發現她已逃之夭夭。這時候她才沉穩地踏著時速三哩半的步伐走向未知。

天終於破曉了。維多莉亞困頓不堪，雙腿痠痛，幾乎就要崩潰。她憑著天上出現的亮光，斷定自己大致正走向西南方。可是她既不知身在何處，即使辨出方向也毫無用處。

前頭不遠的路邊，有個堅實的小山坡——稱之為小圓丘也未嘗不可。維多莉亞離開小徑，開始往山丘上爬。她沿著陡峭的山坡，爬到了山頂。

站在山頂上，周圍的環境一覽無遺。她感到自己的脫逃似乎毫無意義，恐慌再度襲上心頭。這裡一片空盪，什麼都沒有。晨曦下的景色很美，大地和遠處的地平線散發出朦朧而柔和的杏黃、奶油和粉紅的光芒，映襯出各式各樣的圖案。景色雖美，可是令人害怕。「現在我懂了，」維多莉亞想，「所謂在世上形單影隻是什麼意思了。」

地上處處是一簇簇的矮草叢，還有些乾枯的荊棘。除此之外，毫無文明的跡象，甚至沒有生命的跡象。這裡只有維多莉亞．瓊斯。

從這裡也看不到她逃離的村莊。顯而易見，她一夜逃來的那條路是通向一望無際的荒野。維多莉亞覺得自己真是不可思議，竟然走了這麼遠，連村莊都看不見了。有那麼一剎那她感到恐慌，真想跑回村莊去。再怎麼說，在那裡她至少可以接觸到人類……

但旋即恢復了理性。她執意要逃跑，而且已經逃脫。現在她從逃離的虎口僅有數哩之遙，就這一點來說，她的麻煩要結束還早著呢。敵人只要有車，不論多舊多破，很快就會追上她。一旦他們發現她逃走，就會出來搜捕她。可是，她究竟能到何處躲藏？這裡根本沒有藏身之處。她手上還揣著那件隨手抓起的破爛黑斗篷。現在，她姑且把它裹在身上，拉低遮住面孔。她不知道自己是個什麼模樣，因為身邊沒有鏡子。如果把西式皮鞋和褲襪脫下，赤足蹣跚而行，說不定可以躲過別人的懷疑。她知道，一個用面紗遮住面孔的阿拉伯女人，不論多窮、衣著多破爛，幾乎是全面的免疫。如果男人向她打招呼，都是極失禮的行為。不過如果驅車出來搜捕她的是西方人，這樣的偽裝能騙過他們的眼睛嗎？無論如何，這是她唯一的機會。

維多莉亞實在累得走不動了。而且她口乾舌燥，但毫無辦法可想。她決定，自己最好靠在山丘邊上躺躺。這樣一來，如果有車開來，她可以聽到。山丘邊上由於風吹日曬，已經蝕成一條小溝。只要她平躺在小溝內，大概看得到車裡是什麼人。

她也可以繞到山丘後頭躲藏，讓路上的人看不到她。

話說回來，她目前最需要的是回到文明世界，而據她所知，要達到目的唯一的辦法就是攔住一部歐洲人開的車，要求搭個便車。

可是，她必須確定車上的歐洲人是她可以請求幫助的人。而她如何做出正確的判斷呢？

維多莉亞不斷地左思右想。一夜的長途跋涉和心情焦灼，令她精疲力竭，她意外地睡著了。

待她醒來，太陽正在當頭。她好熱，渾身僵硬、頭暈目眩，而且渴得難以忍受。她呻吟一聲。可是她乾澀疼痛的嘴唇剛發出這聲呻吟，便突然屏住呼吸，側耳細聽起來。她聽到汽車的聲音，雖然微弱，但十分清楚。她小心翼翼地抬起頭來。那輛車不是從她逃離的村莊開來的，而是朝著村莊開去。這表示那輛車不是出來搜捕她的。車子距她尚遠，看來有如路上的一個小黑點。維多莉亞依然躺著躲好，眼看著汽車由遠而近。她多麼希望手邊有副望遠鏡。

汽車在一個低窪處消失了幾分鐘，接著再度出現在不遠的地方，現在正在爬坡。司機是阿拉伯人，身旁坐著一個身著西裝的男人。

「現在，」維多莉亞想，「我非下定決心不可了。」

這是她的機會嗎？她該不該跑到路邊，揮手要車子停下來？她正打算爬起身，一陣惶惑阻止了她。假設，只是假設，那是敵人怎麼辦？可是，她怎麼可能知道？這條路真的是人跡罕至。到目前為止，沒有其他的車經過。沒有卡車，連一列驢子都沒有。說不定，開過來的這輛車正要開到她昨晚逃離的村莊去。她該怎麼辦呢？她得在瞬間做出這個可怕的決定。如果車內是敵人，那就完了。但如果車內不是敵人，這可能是她逃生的唯一希望。因為如果再這樣漫無目的地走下去，她很可能會死於饑渴和日曬。她該怎麼辦呢？

正當她蜷縮著身子因為猶豫不決而動彈不得之際，不斷趨近的車子有了變化。那輛車子先是減低了速度，接著一轉彎離開小路，穿過石礫地，向她蹲著的小山丘直直駛來。

他們看到她了！他們在搜捕她！

維多莉亞從小溝中滑下，爬到小丘背面，想躲開那輛愈開愈近的車。她聽到汽車停下，接著車門砰然一聲關上，像是有人下了車。

接下來，有人用阿拉伯語說了什麼，之後就沒有任何動靜。突然間，一個男人毫無預警地出現在她眼前。他繞著山丘，已經走到了半山坡，雙眼緊盯著地面，不時彎下腰去撿拾東西。不管他在找什麼，看來不像在找一個名叫維多莉亞·瓊斯的女孩。而且，毫無疑問，這人是個英國人。

維多莉亞如釋重負地放出一聲喊叫，掙扎著站起身子，朝那人走去。那人抬起頭，吃驚地瞪著她。

「噢，對不起，」維多莉亞說，「我好高興你把車開過來。」

他依然瞪著她。

「你到底是什麼人？」他說，「你是英國人？可是……」

維多莉亞突然放聲大笑，把裹在身上的斗篷甩在地上。

「我當然是英國人，」她說，「請問，你能不能把我帶回巴格達？」

「我不去巴格達。我剛從那裡來。不過，你一個人在這片大沙漠裡做什麼？」

「我遭人綁架了，」維多莉亞說，上氣不接下氣。「我去洗頭髮，結果他們用三氯甲烷麻醉了我。等我醒來，發現自己身在一個阿拉伯住家當中，就在那邊的村莊。」

她指著地平線那頭。

「你是說曼達利？」

「我不知道那個村莊的名字。我昨晚逃了出來，走了一整夜，然後藏身在這個小山丘後面。我怕你是敵人。」

她的救命恩人望著她，臉上的表情非常奇怪。這人年約三十五，金黃頭髮，臉上帶著一股目空一切的神情。說起話來有如學者，而且簡明扼要。他戴著一副夾鼻眼鏡，透過鏡片目不轉睛地打量她，眼裡充滿了嫌惡。維多莉亞知道，這人對她說的話一個字也不信。

她頓時怒火中燒。

「我說的都是真的，」她說，「半個字都不假。」

那個陌生人好像更不相信了。

「真精采。」他冷冷地說。

維多莉亞感到絕望。多不公平，她一向能把謊言說得頭頭是道，令人信服，而現在儘管說的是句句實言，卻無法令人相信。她實在不善於敘述事實，一點說服力都沒有。

「如果你車上沒有喝的東西，那我會渴死，」她說，「如果你不把我帶走，我一定會渴死在這裡。」

「我當然不會這麼做，」那個陌生人愣愣地說，「一個英國女孩在一片荒野裡漫遊，非常不妥。老天，你的嘴唇乾裂得很……阿布達。」

「什麼事，主人？」

司機的頭從山丘另一端露出來。

那人用阿拉伯語對他吩咐了一句，他朝汽車跑去，不久又跑回來，手裡拿著一個大暖水瓶，和一個膠木杯。

維多莉亞貪婪地喝起來。

「噢！」維多莉亞說，「好多了。」

「我叫理查·貝克。」那個英國人說。

維多莉亞回覆他。

「我叫維多莉亞・瓊斯。」她說。

為了挽回適才的不利局面，也為了消弭對方眼神中的不信任，她又說：「我叔叔是龐希富・瓊斯。我要去找我叔叔龐希富・瓊斯博士，參加他的挖掘工作。」

「多麼不尋常的巧合，」貝克一面說，一面帶著訝異望著她。「我正好要去工地。到那裡還有十五哩路。我實在是解救你的最恰當人選，你說是不是？」

如果說此時此刻維多莉亞嚇了一大跳，未免太過言輕。她簡直是呆若木雞，驚得什麼話也說不出來。她溫順地、靜默地跟著理查走到車旁，踏入車門。

「我想，你就是我們等候的那位人類學家了，」理查一面移開行李，讓她坐在後座，一面對她說，「我早聽說你要來，不過沒想到你會來得這麼早。」

他站在那裡，從衣袋中掏出許多陶器碎片，一片片地分門別類。維多莉亞這才明白，他在山丘上撿拾的是這些碎片。

「看來像是個古代遺跡的人造土丘，」他指著那個山丘說，「不過，就我所見，並無特殊之處。主要是亞述人後期的遺物。一小部分是巴底亞[8]時期，還有一些是卡賽特時期堅實的摔角競技場地。」他又笑著說：「我很高興看到，你雖然麻煩在身，可是考古學家的本能

8 巴底亞（Parthia）是西亞一古國，位於今伊朗的東北。

還是讓你忍不住去考察這個古代遺跡的人造土丘。」

維多莉亞開口想說話，隨即又閉上。司機離合器一放，車子開動了。

她到底能說什麼呢？一到考察隊的營地，她的假面具立刻會被揭穿……不過，在那裡被識破、承認自己說謊而表示悔意，還是遠比在這片鳥不生蛋的地方向理查·貝克先生懺悔好得太多。到了那裡，最壞的結果不過是把她送回巴格達。但維多莉亞依然一如以往不知悔改地想，在到達考察隊的營地前，或許我還會想出其他點子。她的想像力忙著運轉。說自己得了失憶症？說她本來是和另一個女孩一起出來的，那個女孩子要她……不行。真是的，她想，她非得把事實全盤托出不可了。然而不管龐希富·瓊斯博士是什麼樣的人，她寧可一五一十地向他吐露實情，也不願意對理查·貝克先生坦白。因為他總是目中無人似地揚著眉毛，還有，他對自己剛才告訴他的事實顯然不信。

「我們不會進入曼達利，」貝克先生從前排座位上轉過頭對她說，「往前走約一哩後，我們就要從這條路上岔開，往沙漠走。這裡沒有路標，有時候很難找到確切的轉彎地點。」

不久，他對阿布達說了什麼，汽車一個急轉彎，徑直駛向沙漠。維多莉亞看得出來，雖然沒有路標，貝克先生還是能夠辨認方向。他以手勢指揮著阿布達：現在向右，現在向左。過了一會兒，理查滿意地喊了一聲。

「我們找到路了。」他說。

維多莉亞根本看不到哪裡有路。不過，沒多久她確實看到地上不時出現模糊的輪胎轍痕。

汽車剛穿過一條轍痕比較明顯的小路，理查叫喊一聲，命令阿布達停車。

「讓你看個很有意思的東西，」他對維多莉亞說，「你來伊拉克不久，以前一定沒見過。」

兩個男人沿著那條轍痕朝車子走來。一人背著一張木頭做的矮長椅，另一個背後則是一個巨大的木頭物件，大小有如直立的鋼琴。

理查向他們揚揚手，他們也異常開心地向他問好。理查遞去香菸，歡樂友好的氣氛似乎愈來愈濃。

接著，理查轉向維多莉亞。

「喜歡看電影嗎？你馬上可以看到。」

他對那兩個男人說了些話，他們露出開心的笑容。那兩人放下長椅，示意要維多莉亞和理查坐下，接著把那個圓圓的東西放在一個架子上。那東西上有兩個視孔。維多莉亞一看，便叫出聲來。

「碼頭遊藝場也有這樣的東西。很像是男管家偷看女主人的門洞。」

「沒錯，」理查說，「那就是這東西的原型。」

維多莉亞把眼睛湊到鑲著玻璃的視孔上。那兩個阿拉伯人，一個慢慢轉動一個曲柄，另一個開始唱起一首單調如誦經的歌。

「他在說什麼？」維多莉亞問。

那人一面唱，理查一面為她翻譯。

「靠近點，你會看到很多奇妙的東西。你會看到古董下的奇蹟。」

一幅油彩粗糙的黑人割麥圖映入維多莉亞眼簾。

「美國的農業工人。」理查翻譯道。

接著是「西方世界一個王后的照片」，尤金妮王后一面癡笑，一面用手撫著自己長長的鬈髮；一張位於蒙特內哥羅的王宮照片；還有一張盛大的展覽會畫片。各式各樣奇怪的畫片一張接一張，不但互相毫無關聯，有時候那兩人解釋的辭彙更是匪夷所思。

最後幾張圖片是王夫狄斯雷里、挪威的峽灣和瑞士的溜冰運動員。這一場舊日歲月的回顧就此告終。

演出者在結束時說道：「我們呈現給您的是遙遠國度中絕妙而神奇的古物。望您慷慨解囊，以和您所見的奇蹟相稱，因為這一切都是真的。」

演出全部結束。維多莉亞開懷地笑了。

「太棒了！」她說，「沒看到我還真的不相信。」

流動劇院的兩個主人露出自豪的笑容。維多莉亞從長椅上站起身，坐在另一端的理查立刻四腳朝天跌坐在地，模樣頗為狼狽。維多莉亞連忙道歉，但並不覺得自己做了錯事。理查付了錢，接著雙方彬彬有禮地告別、互道珍重，又祝願真主保佑彼此，這才高高興興地分了手。理查和維多莉亞上了車，那兩個阿拉伯人則蹣跚走向沙漠。

「他們要去哪裡？」維多莉亞問。

「他們到處跑。我第一次遇到他們，是在伊拉克和約旦的邊境。當時他們正在死海到安曼的路上，正要往內地走。現在他們要去卡巴拉，走的當然不是大家常走的路線，這樣才能演出給偏遠的小村莊看。」

「會不會有人讓他們搭便車？」

理查笑了。

「他們大概不會搭便車。有一回，一個老人要從巴斯拉步行到巴格達，我就說我可以讓他搭便車。我問他步行要多少時間，他說要兩個月。我要他上車，告訴他當晚就能到達巴格達，可是他說謝謝，拒絕了我。早到兩個月對他來說沒有差別。在這裡，時間毫無意義。一旦你有了這個觀念，你會感到一種奇異的滿足。」

「沒錯，我想像得到。」

「阿拉伯人覺得我們西方人做事總是急於做完，他們對於這一點很難理解。而我們談話習慣開門見山，在他們看來是無禮之至。他們認為你應該坐在那裡，不著邊際地扯上一個鐘頭……或者如果你願意，就那麼坐著一語不發也好。」

「如果你在倫敦的辦公室裡這麼做，那是很奇怪的，會浪費很多時間。」

「沒錯，不過，這要回歸到剛才那個問題：時間是什麼？什麼又叫浪費？」

維多莉亞默默思索著這兩個問題。汽車似乎還在漫無目標地前行，司機看起來卻是胸有成竹。

「這地方是哪裡？」維多莉亞終於問道。

「你是說艾斯沃士丘嗎？遠在沙漠的中心。你很快就會看見古廟塔[9]。現在，你看左邊。看到沒？我手指的那邊。」

「那是雲嗎？」維多莉亞問。「不可能是山。」

「就是山，那是喀德斯坦的雪山。只有天氣晴朗的時候才看得見。」

一股夢幻般的滿足充塞在維多莉亞心間。要是車子能永遠這麼開下去多好！要是她不是一個落難的說謊者多好！但是不久她就會受到譴責。一想到那令人不快的前景，她不由得像小孩子般突然縮起身子。龐希富·瓊斯博士是什麼模樣呢？身材高大，蓄著長長的白鬍子，總是緊皺著眉頭？算了，不管他會多生氣都無所謂。她不是也曾和凱瑟琳、橄欖枝協會、拉思彭博士交鋒過嗎？

「就要到了。」理查說。

他指向前方。維多莉亞看到遠方的地平線上出現一個小小的黑點。

「好像還很遠。」

「不遠，只剩幾哩路了。等一下你就知道了。」

果然，那個小點以驚人的速度變大，先是一小團，接著成了一個小丘，最後變成一個壯觀的大土丘。旁邊是一個長長的土磚屋。

「這就是考察隊的營地。」理查說。

汽車大剌剌地在一片狗叫聲中開到了土磚屋前。好幾個身著白袍的僕人滿面笑容地跑上前來迎接。

雙方寒暄完畢，理查說：「顯然他們沒想到你這麼早就到了。不過，你的床位很快就會準備好。他們馬上就替你送熱水去。我想，你應該想先梳洗、休息一番吧？龐希富．瓊斯博士人在土丘上，我會上去找他。伊拔欣會照顧你。」

他離開後，維多莉亞隨著滿面笑容的伊拔欣走進屋子。剛從室外陽光下進來，她覺得裡頭很暗。他們穿過一間客廳，裡頭有幾張大桌和幾把破舊的扶手椅。接著他們繞過院子，來到一個只有一扇小窗的小房間。房內有一張床、一個做工甚粗的五斗櫃、一張桌子和一張椅子，桌上放著水罐和臉盆各一。伊拔欣又笑又點頭的，接著為她提來一罐混濁的熱水和一條質地粗糙的毛巾。他回頭又帶來一面小鏡子，帶著抱歉的微笑將它小心翼翼地掛在牆壁的釘子上，這才走出房間。

9 古廟塔（Ziggurat），古代亞述人和巴比倫人建造的多層廟塔，狀似金字塔。

能有熱水梳洗一番，維多莉亞感恩不盡。她現在才想到，自己是多麼的狼狽和疲倦，又是多麼的灰頭土臉。

「我想，我現在的樣子一定很可怕。」她一面自言自語，一面走向鏡子。

她瞪著鏡子裡的自己半晌，如墮五里霧中。

這不是她……這不是維多莉亞・瓊斯。

接著她才恍然大悟。雖然這副面孔還是維多莉亞・瓊斯小巧細緻的五官，頭髮卻是白金般的淡黃色！

19

理查到達挖掘場，看到龐希富・瓊斯博士正蹲在工頭身邊，手中拿著小耙子在一截斷牆上輕輕敲打。

龐希富・瓊斯博士隨意和理查打了招呼。

「喂，理查，你回來了。我還以為你星期二才會到，不知道竟這麼早。」

「今天就是星期二。」理查說。

「真的？」龐希富・瓊斯博士說，語氣嗅不出絲毫在意。「你下來看看，告訴我你怎麼想。我們才挖了三呎深，幾截完整的牆就露出來了。我覺得上頭還有油漆的痕跡。你過來看看，說說你的想法。我看是大有可為。」

理查跳進溝裡。整整十五分鐘，兩個考古學家大談專業問題而樂在其中。

「對了，」理查說，「我帶了一個女孩過來。」

「噢，是嗎？她是做什麼的？」

「她說她是你的姪女。」

「我的姪女？」龐希富・瓊斯博士經過一番努力，才把心神從那幾堵泥磚牆上拉回來。

「我好像沒有姪女。」他說，但語氣並不確定，彷彿認為自己或許有姪女，只是自己把她給忘了。

「我想，她是來參與你的挖掘工作的。」

「噢！」龐希富・瓊斯博士臉上的疑竇一掃而空。「對，對，一定是維蘿妮卡。」

「我記得她說她叫維多莉亞。」

「沒錯，沒錯，是維多莉亞。艾默森從劍橋大學寫信給我，信上有提到她。據我所知，她是一個很能幹的女孩，是人類學家。我想不通，為什麼有人會喜歡當人類學家。你想得通嗎？」

「我是聽你說過，有個女的人類學家要來。」

「目前為止，我們的工作和她的專業並無關聯。當然，我們才剛開始。事實上，我記得她說她要過半個月才會來。不過，她那封信我沒細看，後來又弄丟了，所以我其實不記得她信裡到底是怎麼說的。我太太下個星期會到……還是再下個星期？咦，她的信我放到哪裡去了？我一直以為維蘿妮卡會和她一起來。不過，說不定我全搞錯了。好吧，我相信我們一定用得上她。不久會有不少陶器出土。」

「她這人沒什麼古怪的地方吧？」

「古怪？」龐希富・瓊斯博士瞥他一眼。「你是指哪一方面？」

「噢，她沒得過神經錯亂之類的毛病吧？」

「我記得艾默森是說過她前一陣子很辛苦，好像是為了畢業考還是學位之類的。不過，我想他沒說過她有神經錯亂。你為什麼這麼問？」

「噢，我是在半路上碰到她的。當時她正一個人在那裡晃蕩。事實上，就在離我們開車到轉彎處一哩左右的那個小土丘上……」

「我記得，」龐希富・瓊斯博士說，「有一回我在那個土丘上撿到一塊努祖時期的陶器碎片。在那麼南方的地區找到這樣的東西，真不尋常。」

理查不希望他把話題岔到考古上去，硬是自顧自地繼續說：「她告訴我一個匪夷所思的故事。她說她去洗頭髮，有人用三氯甲烷把她麻昏過去，接著把她綁架到曼達利，關在一個人家裡，後來她半夜逃了出來……真是聞所未聞的荒唐故事。」

龐希富・瓊斯博士搖搖頭。

「絕無可能，」他說，「伊拉克平靜得很，治安也好。這個國家從來沒有這麼安全過。」

「一點也沒錯。這些顯然是她編造出來的。所以我才問你，她是不是得過神經錯亂。她一定是那種會說教堂牧師愛上她或是醫生強暴她的神經質女孩。她會給我們帶來不少麻煩。」

「噢，我想她會平靜下來的，」龐希富・瓊斯博士樂觀地說，「她人在哪裡？」

「我要她先梳洗一下，」說到這裡，他猶豫片刻。「她什麼行李也沒有。」

「是嗎？這倒是個難題。你想她該不會希望我把睡衣借給她吧？我只帶了兩套睡衣，其中一套已經破得很厲害。」

「在下週我們的卡車進城之前，她得想辦法將就。我真不懂，她一個人孤零零地在荒郊野外做什麼？」

「現在的女孩都很令人不解，」龐希富．瓊斯博士語焉不詳地說，「在什麼地方都會出現。每當你希望事情有所進展，她們就跑來礙手礙腳。你還以為這個地方夠偏遠了，不會有訪客，可是你會很驚訝地發現，在你最不需要的時候，車子和客人簡直絡繹不絕而來。老天，工人都收工了。一定是午餐時間到了，我們回去吧。」

§

心裡七上八下等待著的維多莉亞發現，龐希富．瓊斯博士和她的想像迥然不同。他矮矮胖胖，頭頂半禿，眼睛炯炯有神。他一面朝著維多莉亞走過來，一面伸出雙手，令她大為意外。

「噢，維妮夏……我是說維多莉亞，」他說，「真是驚喜。我還以為你下個月才會到。不過，你來了我很高興。艾默森最近如何？氣喘不嚴重吧？」

維多莉亞趕緊把走失的魂魄收回來，小心翼翼地回答，艾默森的氣喘不算嚴重。

「艾默森把脖子包太緊了，」龐希富．瓊斯博士說，「這是個大錯誤。我早告訴過他。這些待在大學裡大門不出的學者，老是對自己的健康過於關心。別去想它，這才是健康之道。噢，希望你好好住下來，我太太下星期會到……還是再下個星期？你知道，她最近有點不舒服。我非把她那封信找到不可。理查告訴我，你的行李不見了。那你怎麼辦呢？下星期才會有卡車去巴格達！」

「我想我能應付到下個星期，」維多莉亞說，「事實上，也只好這樣。」

龐希富．瓊斯博士咯咯咯笑起來。

「我和理查沒有多少東西借給你。牙刷倒是沒問題，倉庫裡有一打；如果你需要，還有脫脂棉和——呃，讓我想想——還有爽身粉。另外，還有幾雙短襪和手帕。其他的恐怕就沒了。」

「沒問題。」維多莉亞說，露出開心的笑容。

「我們發掘出來的，並沒有你感興趣的古墓，」龐希富．瓊斯博士提示她。「出土的只有幾截完整的牆，遠處的溝裡也發現了大量的陶器碎片。說不定我們也會挖到幾塊腿骨。無論如何，我們會讓你忙得很。我忘了問，你會拍照嗎？」

「會一點。」維多莉亞小心地說，心頭一陣寬慰。還好龐希富．瓊斯博士提到的攝影她確實有工作經驗。

「那好。你會沖洗底片嗎？我還是老辦法，用感光板沖洗。我們的暗房很簡陋。你們年輕人習慣用新設備，常會覺得簡陋的設備不夠好。」

「我不會介意。」維多莉亞說。

維多莉亞到考察隊的倉庫裡挑了一支牙刷、一管牙膏、一塊海綿和一些爽身粉。

而她的腦袋依然旋風似地轉著，努力釐清自己目前的立場到底如何。她顯然被錯認為一個名為維妮夏的女孩。那女孩是個人類學家，即將到來加入挖掘工作。維多莉亞連人類學家是什麼都不知道。如果附近有字典，她一定會去查查。那女孩至少還要一星期才會到。還有一星期，好吧……在她到達之前，或是在汽車或卡車開進巴格達之前，自己就是維妮夏．薩維爾，而且要盡可能保持抬頭挺胸。她不怕似乎糊塗得令人發噱的龐希富．瓊斯博士，可是對理查．貝克難以放心。她不喜歡理查望著她的沉思眼神。她覺得自己只要一個不慎，貝克立刻就會看穿自己的偽裝。幸運的是，她曾在倫敦的考古研究所當過短時間的打字祕書，當時零零落落學到的一點考古學詞彙，現在可派上用場了。但她必須非常小心，不能露出一點馬腳。不過，維多莉亞又想，還好男人一向瞧不起女人，所以即使她出了差錯也不會受到懷疑，至多只是一個證據，證明女人實在蠢得可笑！

她覺得這段時間正是她亟需的，有如暫緩執行了她的死刑。因為從橄欖枝協會的角度來看，她的突然失蹤會讓他們倉皇失措。她雖然從囚獄中逃了出來，可是之後發生了什麼事她無從得知。理查的汽車沒有經過曼達利，所以誰也想不到她現在身在艾斯沃土丘。確實，在他們看來，維多莉亞就像是憑空消失在空氣中。他們可能會認為（非常可能）維多莉亞已經死了。她走進沙漠，迷了路，最後精疲力竭而死。

好，就讓他們這樣想。當然，遺憾的是，愛德華也會這麼想！唉，只好讓愛德華受這個罪了。反正他不會受太久的罪。她會在他因為要自己和凱瑟琳交好而懊悔傷心之際，突然出現在他面前……起死回生，只不過原來黑髮的維多莉亞成了一個金髮女郎。

想到這裡，她又開始思索，他們（不管他們是什麼人）為什麼要把她的頭髮染成這樣？維多莉亞想，這麼做一定有原因，只是她想破頭也想不出來。而且，她的頭髮不久就會長長，到時候露出黑色的髮根，看來一定怪得很。頭髮被染成白金色，還不能搽粉和塗口紅！落魄到這種地步，哪個女孩比她更倒楣？算了，維多莉亞想，我還活著，不是嗎？而且我想不出任何理由不該快快樂樂過日子。不管怎麼說，總有一個星期可以開心度口！能夠進入考古隊伍看看他們做些什麼，實在是樁有趣的事。只要她保持警覺，把戲演好，別露出馬腳就行了。

她發現，這個角色演來並不容易。只要涉及人名、出版品、建築風格和陶器種類，在在都得小心以對。幸好，好的傾聽者一向受人歡迎。對於龐希富．瓊斯博士和理查這兩個男人，只要他們一開口，她就是絕佳的聽眾，而且聽著聽著，輕易就學到了不少考古術語。

每當她獨自在房間裡，就偷偷摸摸地拚命看書。考察隊營地有一大堆考古學的書籍和雜誌。她很快就學到這門學科的點點滴滴。意外的是，她發現這裡的生活令她著迷。每天清晨，有人為她送來茶點，吃完後就上挖掘現場。她為理查攝影；把陶器集攏，貼上標籤；站在一旁看人工作，欣賞他們的技術和細心；快樂地看著那些跑來跑去、提著框籃把土倒入土堆、一面又唱又笑的小孩。

她摸熟了歷史時期的分際，能夠辨識出土遺物的等級，也知悉了前一期挖掘工作的內容。她唯一害怕的，是哪天真的挖出古墓來。她讀的書刊雜誌裡，絲毫沒有提及被當成人類學家的她應該有些什麼樣的舉動。「要是哪天真的挖出骨頭或古墓來，」維多莉亞對自己說，「我非得重感冒……不，是嚴重的膽疾發作，還臥床不起。」

可是，他們一直沒有挖出墳墓來，倒是慢慢挖掘出一座宮殿的牆壁。維多莉亞為之心馳神迷，而且那完全沒有表現才能或特殊技巧的必要。

有時候，理查．貝克望著她的眼神依然帶著疑問，而且她覺得其中透著批評，雖然他沒說出口。不過他的態度倒是和善親切，而且對她的熱情打心底讚許。

「你從英國初次到這裡來，一切都覺得新鮮，」有一天理查對她說，「我還記得我第一次參與挖掘工作的時候，心裡也是興奮莫名。」

「那是什麼時候？」

他露出微笑。

「很久了。十五年……不，十六年前了。」

「那你對伊拉克一定很了解。」

「噢，我不光是在伊拉克工作。還有敘利亞和波斯。」
「你的阿拉伯語說得很好，沒錯吧？你如果穿上阿拉伯服裝，能不能以阿拉伯人身分騙過別人？」
他搖搖頭。
「噢，不行。沒有那麼簡單。我想沒有半個英國人能夠裝扮成阿拉伯人矇騙過關，不論偽裝多久。」
「勞倫斯[10]可以嗎？」
「我不認為勞倫斯可以裝扮成阿拉伯人而不被識破。據我所知，只有一個人可以。他的偽裝和本地人幾乎毫無差別。這人在本地出生，他父親擔任過駐喀什市等幾個偏遠地區的領事，從小就會說各種稀奇古怪的方言，而且我相信，他一直都沒忘記。」
「他後來怎麼了？」
「畢業後我和他就失去了聯絡。我們以前是同學。大家都叫他行者，因為他可以打坐入定，動也不動。我不知道他現在在做什麼。不過，我可以猜個八九不離十。」

10 勞倫斯（Thomas Edward Lawrence, 1888-1935），英國軍人及作家，第一次世界大戰期間成功地在阿拉伯人中從事間諜活動，世稱「阿拉伯的勞倫斯」。

「你畢業後就沒見過他？」

「說也奇怪，幾天前我竟然和他不期而遇……在巴斯拉。這件事想來頗為離奇。」

「離奇？」

「沒錯。一開始我沒認出他來。他打扮成一個阿拉伯人，裹著頭巾，身穿條紋長袍，外罩一件舊軍衣。他戴著一串阿拉伯人有時會戴著的琥珀念珠手環，指頭不停撥弄著珠子……只是，你知道，他其實是在用軍事密碼發送訊號，也就是摩爾電碼。而且竟然是發訊號給我。」

「訊號怎麼說？」

「說了我的名字……噢，其實是我的綽號，還有他的綽號，接著他要我準備行動，表示可能會有麻煩發生。」

「結果真的有麻煩發生嗎？」

「沒錯。他站起身正打算往外走，一個外表不起眼、安安靜靜像是從事商旅的人掏出一把左輪槍來。我把他的手臂架住，卡麥柯就逃走了。」

「卡麥柯？」

他聽到維多莉亞的口氣，立刻把頭轉過來。

「那是他的真名。你怎麼會……你認識他？」

維多莉亞心想，如果我說「他死在我床上」，這話聽來多麼怪。

「是的，」她緩緩說道，「我認識他。」

「你認識他？怎麼會？難道他……」

維多莉亞點點頭。

「是的，」她說，「他已經死了。」

「什麼時候？」

「在巴格達，蒂歐旅館，」她隨即又說，「這件事被壓下來，沒人知道。」

理查緩緩點點頭。

「原來如此。是那種行業。可是，你……」他看著維多莉亞。「你怎麼會知道？」

「我被捲了進去……完全是個意外。」

他若有所思地盯著維多莉亞看了半晌。

維多莉亞突然問：「你在學校的時候綽號叫魔鬼，是不是？」

理查似乎很驚訝。

「魔鬼？不是。他們叫我貓頭鷹，因為我總是戴著閃閃發光的眼鏡。」

「你在巴斯拉認識的人當中，有沒有一個叫作魔鬼的？」

理查搖搖頭。

「魔鬼，黎明女神之子，墮落的天使。」他又說，「或是一種舊式的塗蠟火柴。如果我沒記錯，這種火柴的優點是在風中也不會熄滅。」

他一面說，一面仔細端詳維多莉亞，但維多莉亞還是緊鎖著眉頭。

「我希望，」她說，「你把在巴斯拉發生的事一五一十地告訴我。」

「我已經告訴你了。」

「沒有。我的意思是，事情發生的時候你在什麼地方？」

「噢，我懂了。是在領事館的接待室裡。我在等著會見領事克萊頓。」

「接待室裡還有什麼人？有那個從事商旅的人及卡麥柯。還有別人嗎？」

「還有好幾個。一個又瘦又黑的法國人，也可能是個敘利亞人；還有個老頭，我相信他是波斯人。」

「那個從事商旅的人掏出左輪槍，你架住了他的手臂，卡麥柯就逃出去了……他是怎麼出去的？」

「他先是朝領事辦公室走去。辦公室在走道的另一端，近旁有個花園……」

她打斷了他。

「我知道。我在領事館住過一兩天。事實上，我到的時候你剛離開。」

「是嗎？」

他又仔細端詳維多莉亞，只是維多莉亞毫無所覺。她腦中正想著領事館那條長長的走道，不過門在另一端，開向蔥綠的樹林和陽光。

「噢，我剛說過，卡麥柯先是朝那邊走，接著他突然一個轉身，往反方向疾奔，跑進大街。後來我就沒再見過他了。」
「那個從事商旅的人後來怎麼了？」
理查聳聳肩。
「我記得他當時胡謅了一大套，說他前一天晚上遭人搶劫，結果把領事館的那個阿拉伯人錯認為強盜。後來如何我就不得而知了，因為我隨後就搭飛機到科威特去了。」
「當時有哪些人住在領事館裡？」
「一個叫克羅比的，在石油公司做事。其他就沒了。噢，對了，我相信還有一個從巴格達來的人，不過我沒見到。我不記得他叫什麼名字。」
「克羅比。」維多莉亞暗忖。
她憶起了克羅比上尉，想起他的五短身材和有一句沒一句的無厘頭對話。一個很普通的人。為人正派，沒什麼心眼。而且，卡麥柯到達蒂歐旅館的那天晚上，克羅比已經身在巴格達。卡麥柯之所以放棄了去總領事辦公室的念頭，突然轉身逃到大街上，可不可能是因為看見走道盡頭克羅比在陽光下的側影呢？
她反覆思索，彷彿忘了神。等她抬起頭來，發現理查．貝克正細細地看著自己，不由得又吃驚又心虛。
「你為什麼要知道這件事的所有細節？」他問。
「我只是好奇。」

「還有問題嗎？」

維多莉亞問：「你認不認識一個叫作萊法奇的人？」

「不認識。我不記得有這麼一個人。男的還是女的？」

「我也不知道。」

她又想起克羅比。克羅比？魔鬼？

難道魔鬼就是克羅比？

§

那天晚上，維多莉亞對龐希富．瓊斯博士和理查道晚安就寢後，理查對博士說：「我可不可以看看艾默森寫的那封信？我想知道他到底是怎麼說這個女孩的。」

「當然可以，親愛的，當然可以。我就放在這附近什麼地方。我記得我還在信封背面記了點筆記。如果我沒記錯，他對維蘿妮卡的評價甚高。他說她非常精明能幹。在我看來，這女孩挺可愛的，其實是非常可愛。行李丟了她也隨遇而安，很有種。要是別的女孩，多半都會堅持第二天就搭車去巴格達買一套新行頭。我覺得這女孩很上道。對了，她到底是怎麼把行李弄丟的？」

「她被人用三氯甲烷麻醉後遭到綁架，監禁在一個本地人家裡。」理查冷淡地說。

「噢，老天，沒錯，你告訴過我。我想起來了。真是難以思議。這讓我想起……咦，讓我想起什麼？啊！對了，想起伊麗莎白．坎寧，那還用說。你記得吧，她失蹤了兩個星期，後來再度露面的時候，也說了一個難以置信的故事。說辭前後矛盾，非常有意思。如果我沒記錯，她編的是吉普賽人的故事。不過她長相平庸得很，應該不會有男人牽連在內。而我們這位小維多莉亞——維蘿妮卡——我老是叫錯她的名字，可是個漂亮出眾的小東西。這其中很可能涉及一個男人。」

「她如果不染頭髮會更好看。」理查說，口氣帶著嘲諷。

「她有染頭髮？沒錯。這方面你懂得還真不少。」

「先生，關於艾默森的信……」

「當然，當然，我不曉得放到哪裡去了。不過如果你願意，儘管到處找。我也急著找這封信，因為我在它後頭做了筆記，還替那串念珠畫了一張素描。」

20

第二天下午，龐希富．瓊斯博士隱約聽到有車趨近的聲音，不覺厭惡地叫出聲。沒多久，他看到那輛車曲曲折折穿過沙漠，朝土丘開來。

「訪客，」他說，語氣滿懷敵意。「總是在最不恰當的時候出現。東北角那個油漆的玫瑰花型構造正在用醋酸纖維素進行處理，我得去看著。一定是從巴格達來的白癡，嘴巴淨說些應酬話，還希望我們帶他們到處參觀。」

「這種事維多莉亞最在行，」理查說，「你聽見了嗎，維多莉亞？這事就交給你了。你當他們的私人嚮導，帶他們去逛逛。」

「說不定我介紹的都不對，」維多莉亞說，「你知道，我的經驗真的不多。」

「我覺得你學得挺好的，」理查和氣地說，「早上你提到凸透型平磚的時候，那段話好像是從迪隆格茲的著作裡整段搬下來的。」

維多莉亞的臉微微一紅，決定以後在表達自己的博學之際要更加謹慎。有時候，理查厚鏡片後面那對狐疑的眼光讓她很不自在。

「我盡量。」她柔柔地說。

「我們把雜事都推給你了。」理查說。

維多莉亞笑笑。

確實，過去五天她做的事情連她自己都驚訝。沖洗底片時，她必須用脫脂棉蘸著水，唯一的光線來自一個簡陋的燈籠，裡頭的蠟燭老是在關鍵時刻熄滅。暗房的桌子其實是個包裝箱，工作時她得縮著身子或跪著——那間暗房一如理查先前所說，是這個中世紀知名的東方古國的現代原型。龐希富．瓊斯博士向她保證，以後物質條件一定會改善，不過目前為了支付工錢，一毛錢都得省著花。

一籃籃的陶器碎片，一開始讓她又吃驚又好笑（雖然她一直很小心，不讓這種感覺顯露出來）。這一大堆粗糙器皿的碎片，究竟有什麼用？

後來她發現，這些碎片可以拼黏起來，安放在盛著細沙的箱子裡，她慢慢有了興趣。她學著辨識器皿的形狀和種類。最後，她開始在自己心裡琢磨，三千多年前這些器皿的用途和使用方法。在這塊小小的地方，挖出了幾個品質甚差的私人屋宅，維多莉亞便想像這些住宅當初坐落在這裡的情景、住在裡面的人有哪些生活必需品和財產、他們的職業、他們的希望和恐懼。維多莉亞的想像力本就豐富，要想像這樣的畫面輕鬆容易。有一天，　個土罐在一堵斷壁中被發現，裡頭有六枚金耳環，她著迷極了。當時理查邊笑邊說，這很可能是某個人家為女兒準備的嫁妝。

盛著穀物的盤子、當嫁妝之用的金耳環、骨頭做的針、手推的磨盤和臼缽、小小的塑像和護身符。這些東西反映的是一群無足輕重的市井小民的日常生活、他們的憂慮和希望。

「我迷的就是這些東西，」維多莉亞對理查說，「你知道，我以前一直以為考古學只會研究帝王的墳墓和宮殿，像是巴比倫時代的國王。」她又說，嘴角露出一絲奇異的笑容。「可是現在，我非常喜歡這些東西，因為它其實事關一般的尋常百姓，就像我一樣。我如果丟掉什麼東西，在聖安東尼商店就能買到。有一次，我買到一個瓷做的幸運豬，還有一個好漂亮的攪拌碗，裡層是藍色，外面是白色，我常用它來做蛋糕。後來那個碗破了，我又買了一個新的，可是完全不一樣了。我可以理解為什麼古代的人要把他們喜歡的碗盤用瀝青仔細地黏起來。事實上，不管古代或現代，生活並沒有什麼差別，你說對不對？」

她一面看著訪客攀上土丘的一邊，一面思索著這些事情。理查走上前去迎接他們，維多莉亞跟隨在後。

來參觀的是兩個法國人，他們對考古學有興趣，正在敘利亞和伊拉克旅遊。經過寒暄，維多莉亞帶著他們參觀挖掘現場，鸚鵡學舌般地對他們解釋這裡的工作進展，不過，維多莉亞畢竟是維多莉亞，還是加油添醋地補充了不少自己的看法。照她自己的解釋，她說這樣來介紹會更生動。

她注意到後頭那個人的臉色不好。他沒有多大興趣，只是勉強跟著走。不久，他說如果小姐不介意，他想回營地休息一下。他從清晨開始就很不舒服，烈日更讓他雪上加霜。

他朝考察隊營地走去。另外那個法國人用恰如其分的語調低聲解釋，說那人很不幸，胃病又犯了。當地人稱之為巴格達腹瀉，是吧？他今天根本不該出門。

參觀結束，法國人還在和維多莉亞談話。最後，他們派人去把菲多斯（那個生病的法國人）請來。龐希富．瓊斯認真地殷殷建議，請客人用過茶點再走。

可是法國人婉謝了。他說他們不能再耽擱，否則天一黑他們就認不得路了。理查立刻接口，說他說得對。這時候生病的法國人從營房出來了。兩人上車後，以最高速度離去。

「我想，這才是剛開始，」龐希富．瓊斯博士嘟囔道，「以後每天都會有人來參觀。」

他拿起一大片阿拉伯麵包，抹上一層厚厚的杏子醬。

用過茶點，理查回到自己房間。他有幾封信要回，還有一些文件要寫，為隔天去巴格達辦事做準備。

突然他皺起眉頭。雖然從外表看來，他不是個特別愛整潔的人，不過他放置衣物和文件的方式從來不變。他恍然發現，每個抽屜都被翻過。不是僕人翻的，這點他很肯定。一定是那個生病的客人。他找了個藉口回到營房，不動聲色地把他所有的東西徹底搜了一遍。他可以確定，什麼東西也沒丟。他的錢原封未動。那麼，他們在找什麼？想到種種可能性，他的臉色變得凝重。

他走到古物收藏室，拉開桌子的抽屜，查看放在裡頭的印鑑和印鑑紙樣。他勉強擠出笑容……東西沒動過，也沒少。他走進客廳。龐希富．瓊斯博士正在庭院和工頭說話，只有維多莉亞在客廳。她正縮著身子，手上拿著一本書。

理查開門見山說道：「有人搜過我的房間。」

維多莉亞吃驚地抬起頭來。

「為什麼？是什麼人？」

「難道不是你？」

「我？」維多莉亞怒火填膺。「當然不是我！我為什麼要偷翻你的東西？」

理查定定地看著她說：「一定是那個可惡的法國人。就是裝病回來的那個。」

「他有沒有偷走什麼東西？」

「沒有，」理查說，「他什麼也沒拿走。」

「可是，為什麼會有人……」

理查打斷了她說：「我還以為你可能知道。」

「我？」

「呃，從你自己說的故事來看，你曾經有過一些非常奇怪的遭遇。」

「噢，你是說那個。沒錯，」維多莉亞似乎很吃驚。好一陣子她才說：「可是我不懂，他們為什麼要搜你的房間。你和它毫無牽連……」

「和什麼毫無牽連？」

維多莉亞半晌沒答話，似乎陷入了沉思。

「很抱歉，」她終於開口。「你剛才說什麼？我沒在聽。」

理查並沒有把他的問題重說一遍，反而又問：「你在看什麼書？」

「你們這裡沒有太多輕鬆的小說可選。只有《雙城記》、《傲慢與偏見》、《費洛斯河上的磨坊》。我在看《雙城記》。」

「你以前沒看過？」

「沒有。以前我總覺得狄更斯的書很悶。」

「怎麼會！」

「我現在發現，這本書挺刺激的。」

「你看到哪裡？」理查從她肩後看去，唸出聲來，「『編織的女人開始數一。』」

「我覺得她好可怕，」維多莉亞說。

「你是說迪法奇夫人？沒錯，好一個人物。雖然我一向認為，一個人把一大串名字織進毛衣裡去似乎不大可能。不過，當然，我不會織毛衣。」

「噢，我想其實是可能的，」維多莉亞邊說邊想，「正針、倒針，還有花針——偶爾織錯針，或是漏掉幾針。沒錯，這其實可以辦到。當然是假裝的，看來像是你織毛衣的技術很差，常常出錯……」

突然間，她的腦袋將兩樣事情湊在一起，有如五雷轟頂一般，讓她震動不已。一個名字……她記憶猶新，如在眼前。那人手中緊抓著一條紅色的手織破圍巾……她匆忙拾起，塞進了抽屜裡。當時他吐出一個名字。是迪法奇，不是萊法奇。是迪法奇，迪法奇夫人。

她回過神來。理查正對著她說話，口氣很客氣。

「你是不是不舒服？」

「沒有，沒有。我剛想到一件事。」

「噢。」理查揚起眉毛，又露出那副目中無人的傲慢模樣。

維多莉亞想，明天，他們要一起去巴格達。明天，她的緩刑就要結束。這一個多星期以來，她的生活安全又平靜，還有時間來恢復理智。她很享受這段時光，非常享受。或許，維多莉亞想，我究竟是個懦夫。以前一談起冒險她就興高采烈，但當真正的冒險機會到來，她其實並不喜歡。她討厭被三氯甲烷麻醉後的掙扎，討厭慢慢窒息的滋味。當她被關在阿拉伯人的住家樓上，那個一身破爛的阿拉伯人對自己說「明天」的時候，她很害怕，非常害怕。

現在，她非回去面對這一切不可了。因為她受雇於達金先生，而達金先生既然付了薪津，她不能白拿。她得克盡職責，表現得勇敢些！說不定她還得回橄欖枝協會去。一想起拉思彭博士那對搜尋似的黑眼珠，她不由得打了個寒顫。他曾經警告過她……

不過，說不定她不必回去。達金先生可能會說，既然他們知道了她的身分，她還是別回去的好。但她非回到住處把東西拿出來不可，因為她隨手塞進衣箱的不是別的，正是那條紅色的手織圍巾。她在動身前往巴斯拉之前，把所有東西一股腦塞進了衣箱。只要把那條紅圍巾交到達金先生手裡，她的職責可能就算盡了。說不定他會像電影裡一樣對她說：「噢！幹得好，維多莉亞。」

她抬起頭，發現理查．貝克在看她。

「對了，」他說，「你明天拿得到護照嗎？」

「我的護照？」

維多莉亞想了想自己的處境。她到現在還沒決定自己對考察隊打算採取什麼行動，這點不失她的一貫特色。既然真的維蘿妮卡（還是維妮夏）不久就要從倫敦來，現在從容撤退是必要的。可是究竟要一走了之，還是向他們做適當的懺悔，承認自己欺騙了他們呢？到現在她還沒想過究竟要怎樣做。維多莉亞是個樂天派，一向秉持船到橋頭自然直的態度。

「噢，」她模稜兩可地說，「我不確定。」

「你知道，護照必須交給此地的警察看過，」理查解釋，「他們會把護照號碼、名字、年齡特徵等等登記下來。既然你沒有護照，我想我們總該把你的姓名及長相特徵告訴他們。對了，你姓什麼？我一直叫你『維多莉亞』。」

維多莉亞精神一振。

「少來，」她回答，「我姓什麼，你跟我一樣清楚。」

「不見得，」理查說。他嘴角上彎，那抹微笑帶有一絲刻毒。「我確實知道你姓什麼。

而我認為，是你不知道自己姓什麼。」

那對眼睛透過厚鏡片注視著她。

「我當然知道自己的名字。」維多莉亞也發火了。

「那我要你告訴我——現在就告訴我。」

他的口氣突然變得冷酷粗魯。

「說謊沒有好處，」他說，「戲該收場了。你這些天倒是十分聰明。你熟讀專業資料，故意表現點點滴滴的知識，但這種偽裝不可能一直保持下去。我設下圈套，你果然上了當。我引用一些胡說八道的東西，你竟然全盤接受，」他頓了頓。「你不是維妮夏·薩維爾。你是什麼人？」

「我第一次見到你就告訴你我是誰了，」維多莉亞說，「我是維多莉亞·瓊斯。」

「龐希富·瓊斯博士的姪女？」

「我不是他的姪女。不過瓊斯確實是我的姓。」

「你還告訴我不少其他事情。」

「沒錯，我是告訴過你。那些事情都是千真萬確！可是我看得出來，你並不相信我。這讓我很生氣，因為我雖然偶爾會說謊——事實上我常常說謊——但我當時告訴你的並不是謊言。所以，為了取信於你，我就說我是龐希富·瓊斯的姪女。自從我到伊拉克以後就一直這麼說，而且一直都很順利。我怎麼知道你要到這裡來？」

「當時你一定有點吃驚吧，」理查說，口氣甚是陰沉。「可是你若無其事地應付了過去，冷靜得要命。」

「我心裡可不冷靜，」維多莉亞說，「我簡直是渾身發抖。可是我想，等我來到這裡再解釋比較好……至少我會很安全。」

「安全？」他思索著這兩個字。「聽好，維多莉亞。你告訴我你被人用三氯甲烷麻醉。那一大串匪夷所思的胡言亂語，難道是真的？」

「當然是真的！你難道看不出來，我要是真想編謊話，可以編得更好，而且表達得更好！」

「我現在對你了解多了一點，看得出你說謊的功力。可是你必須承認，你說的那些事乍聽之下根本難以置信。」

「可是你現在認為它有可能是真的。為什麼？」

「因為，如果你說你被捲入了卡麥柯的死，呃，那就可能是真的。」

「事情就是這麼開始的。」維多莉亞說。

「你最好把原委告訴我。」

維多莉亞緊緊盯著他。

「我不知道，」她說，「我能不能信任你。」

「這話該由我來說吧？難道你不知道，我一直懷疑你是冒名頂替混進這裡，企圖從我身上套取情報？說不定你真的就是這樣。」

「這表示你知道卡麥柯一些事情，而他們也很想知道？」

「你說的他們到底是誰？」

「看來我得把來龍去脈告訴你，」維多莉亞說，「別無辦法了。反正，如果你是他們當中的一個，那你早知道了。所以，告訴你也沒關係。」

她告訴理查那天晚上卡麥柯如何被人刺殺，她如何和達金先生會面，如何去了巴斯拉到橄欖枝協會工作，凱瑟琳如何對她滿懷敵意，拉思彭博士的警告，還說到最後的結局，以及包括她的頭髮被人染成了金色云云。她只有兩件事沒告訴他，一是那條紅圍巾，一是迪法奇夫人。

「拉思彭博士？」理查緊抓著這點問，「你認為他也涉入其中？是幕後主使？可是，親愛的小姐，他可是個重要人物呢。全世界的人都知道他。為了支持他的志業，全球各地都有大量捐款湧入。」

「難道他真是這樣的人？」維多莉亞問。

「我一向認為他是個自命不凡的混蛋。」理查若有所思地說。

「而這也是個很好的偽裝。」

「沒錯，沒錯，我想是的。你問過我的那個萊法奇，他是什麼人？」

「只是一個名字，」維多莉亞說，「還有一個叫安娜·謝勒的。」

「安娜．謝勒？我沒聽過這個人。」

「這人很重要，」維多莉亞說，「只是我並不清楚她到底是怎麼個重要法。所有的事情都混在一起了。」

「你再說一次，」理查說，「一開始是誰把你拉進這件事情來的？」

「愛德……噢，你是說達金先生嗎？我想他在一家石油公司任職。」

「這傢伙是不是無精打采、彎腰駝背、一副心不在焉的模樣？」

「是的，不過他其實並不真是那樣。我的意思是，他並不是心不在焉。」

「他喝酒，對吧？」

「別人說他愛喝酒，但我覺得他並不愛喝。」

理查身子往後一仰，靠在椅背上，深深看著她。

「難道菲利普．奧本海姆、威廉．拉．奎克斯和好幾個出名的偽裝者已後繼有人？你說的是真的嗎？你不是假冒什麼人吧？你到底是受迫害的女英雄，還是邪惡的女冒險家？」

維多莉亞正經八百地說：「真正的問題是，我該如何對龐希富．瓊斯博士述說我的情況？」

「什麼也不用說，」理查說，「沒有必要。」

／21

一大早，他們就出發前往巴格達。不知為什麼，維多莉亞情緒十分低落。她回頭望著考察隊的營房，喉頭像是有個東西堵著。不過，卡車劇烈顛簸引起的強烈不適讓她分了心，她只能專注於當前所受的罪，別的什麼都不想。再度坐在車中置身於這條所謂的馬路上，一路上超越驢子和滿是塵土的卡車，令她有種奇異的感覺。車子開了將近三個鐘頭才到達巴格達郊區。在蒂歐旅館下車後，司機又開車帶著廚師採購必需品去了。旅館裡有一大捆郵件等著龐希富．瓊斯博士和理查來取。塊頭壯實、滿面笑容的馬庫斯突然出現，用他一貫的友好熱情對維多莉亞表示歡迎。

「啊，」他說，「好久沒見到你了。你都不來我的旅館。一個星期沒來了……不，是兩個星期。為什麼？今天在這裡吃午餐吧？想吃什麼都有。嫩雞？大塊牛排？只是火雞肚子沒有填進香料和大米，因為要吃火雞，一定要前一天告訴我。」

顯而易見，蒂歐旅館沒有人注意到她遭到綁架。愛德華大概是聽了達金先生的建議，沒到警察局去報案。

「馬庫斯，你可知道達金先生現在人在不在巴格達？」她問。

「達金先生……啊，是的，他是個好人，當然，他是你的朋友。他昨天還來過……不對，是前天。還有克羅比上尉，你認識他嗎？他是達金先生的朋友，今天剛從克瑪沙來。」

「你知道達金先生的辦公室在哪裡嗎？」

「當然知道。誰都知道伊拉克伊朗石油公司。」

「噢，我現在想去找他。我搭計程車去。不過，我得確定計程車司機知道該把我載到哪裡才行。」

「我會親自吩咐他。」馬庫斯殷勤地說。

馬庫斯陪她走到通道盡頭，接著一如往常，粗聲粗氣地大呼小叫。一個僕人惶惶跑來，馬庫斯要他去招一輛計程車來，接著親自把維多莉亞送上車，對司機囑咐了幾句。他後退兩步，手一揮。

「我想訂個房間，」維多莉亞說，「可以嗎？」

「可以，可以。我會替你留個漂亮的房間，再幫你訂一份牛排大餐，而且今晚還有一樣特別的東西——魚子醬。用餐前，我們先喝幾杯。」

「好極了，」維多莉亞說，「噢，馬庫斯，你能不能借點錢給我？」

「當然可以，親愛的。來，要多少就拿多少。」

司機喇叭大聲一按，車子猛地開動。維多莉亞手上抓著一把硬幣和鈔票，跌坐在座位上。

五分鐘後，維多莉亞走進伊拉克伊朗石油公司辦事處，求見達金先生。

維多莉亞被引進辦公室的時候，達金先生正坐在桌後寫字。他站起身，行禮如儀地和她握手。

「瓊……呃，是瓊斯小姐，對吧？端咖啡來，阿布達。」

阿布達才把隔音門帶上，達金先生便輕聲說道：「你知道，你不該到這裡來。」

「這一回我非來不可，」維多莉亞說，「有件事我必須立刻告訴你，以免我再出事。」

「你出事了？你出了什麼事？」

「你不知道？」維多莉亞問，「難道愛德華沒告訴你？」

「就我所知，你還在橄欖枝協會工作。沒有人告訴我你出了事。」

「凱瑟琳。」維多莉亞大聲說道。

「你說什麼？」

「好個陰險的女人凱瑟琳！我敢打賭，一定是她對愛德華說了什麼謊，而那個笨蛋居然就信了。」

「好吧，說來聽聽，」達金先生說，「呃，容我這麼說，」他的眼神含蓄地落在維多莉亞的金髮上。「我覺得你還是黑頭髮好看。」

「我的頭髮才只是一部分。」維多莉亞說。

有人在門上輕敲一聲，接著端了兩小杯甜咖啡走進來。傭人離去後，達金先生說：「現在，你慢慢講，把事情一五一十地告訴我。在這裡誰也偷聽不到。」

維多莉亞開始述說她的驚險遭遇。一如往常，她在和達金先生說話時總能夠前後連貫、簡單明瞭。最後她提到卡麥柯掉落在地的紅圍巾，以及自己如何把那條紅圍巾和《雙城記》中的迪法奇夫人聯想在一起。

敘述完畢，她以急切的眼神看著達金。

她剛進門時，覺得達金先生似乎背更駝也更疲憊了。而現在，她看到達金先生眼裡閃爍著她不曾見過的光亮。

「我應該多讀讀狄更斯的書。」他說。

「所以你認為我判斷得沒錯？你認為他說的其實是迪法奇，而且你認為那條紅圍巾裡織有情報，是不是？」

「我認為，」達金說，「這是我們第一次真正的突破，真是多虧了你。不過，最重要的是那條紅圍巾。它現在在哪裡？」

「和我其他的東西放在一起。那天晚上我把它塞進一個抽屜，後來收拾行李的時候，我記得我把所有東西都裹成一團，完全沒有分類。」

「而你從來沒對任何人──不管是什麼人──說過，那條紅圍巾是卡麥柯的？」

「沒有，因為我早把它給忘了。去巴斯拉的時候，我把紅圍巾和其他東西一股腦塞進衣箱，之後就再也沒有打開過。」

「這麼說，那條紅圍巾應該沒事。就算他們搜過你的東西，也不會覺得一條又舊又髒的紅圍巾有什麼重要，除非有人通風報信，不過依我之見，這沒有可能。現在，我們要做的是把你所有的東西都拿出來，送到……噢，對了，你有地方住嗎？」

「我在蒂歐旅館訂了一個房間。」

達金點點頭。

「最適合你的地方。」

「我必須……你還要我回橄欖枝協會去嗎？」

達金仔細端詳著她。

「你害怕嗎？」

維多莉亞下巴一挺。

「才不呢，」她說，口氣帶著輕蔑。「你要我回去我就回去。」

「我看沒有必要，而且這樣做也不明智。不管他們是怎麼知道的，我相信那裡有人對你的所作所為起了懷疑。既然如此，你不可能再探出更多情報，所以還是脫身為妙。」

他對維多莉亞露出微笑。

「要不然，下回再見到你，你的頭髮說不定就是紅色的了。」

「我最想弄清楚的就是這件事，」維多莉亞大聲說，「他們為什麼要染我的頭髮？我想了又想，就是搞不懂為什麼。你能想得出原因嗎？」

「只有一個不太中聽的理由：屍體比較不容易辨認。」

「可是，如果他們想殺我，為什麼不直接下手呢？」

「這是個很有趣的問題，維多莉亞。我最想弄清楚的是這個。」

「你可有任何線索？」

「毫無線索。」達金先生微微一笑。

「說到線索，」維多莉亞說，「你還記得我告訴過你，那天早上在蒂歐旅館，我覺得魯珀特・克羅頓・李爵士有點不對勁？」

「記得。」

「你以前沒有見過他，對吧？」

「我以前確實沒見過他。」

「我想也是。因為，你知道，那人不是魯珀特・克羅頓・李爵士。」

於是，她從魯珀特爵士脖子上那個初發的癤瘡說起，又活靈活現地將事情始末敘述了一番。

「原來如此，」達金說，「我一直想不通，那天晚上卡麥柯為什麼會心防盡卸，以至於遭人殺害。他安全到達蒂歐旅館，找到了克羅頓．李，可是克羅頓．李拿刀刺傷了他，他掙扎著逃出來，撞進你的房間，然後就支撐不住了。而他還緊抓著那條圍巾不放……真的是死也不放。」

「你覺得他們綁架我，是不是因為我告訴了你這件事？可是，除了愛德華，誰也不知道啊！」

「我想，他們是認為應該趕緊把你除掉。橄欖枝協會的活動，你探聽到太多了。」

「拉思彭博士警告過我，」維多莉亞說，「與其說是警告，不如說是威脅。我想他看出我是假冒身分混進去的。」

「拉思彭，」達金話中帶刺地說，「不是傻瓜。」

「我很高興我不必再回到橄欖枝協會去，」維多莉亞說，「我剛才是裝勇敢，其實我都嚇呆了。不過，如果我不回橄欖枝協會，要怎麼聯絡愛德華呢？」

達金笑了。

「『如果穆罕默德不去大山，大山自會來找穆罕默德。』你只要寫張便條給他，告訴他你住在蒂歐旅館，要他把你的衣服和行李都送到那裡去就可以了。今天上午我要去見拉思彭博士，商量他們協會舉辦晚會的事。把便條悄悄塞給他的祕書，在我來說輕而易舉……也可免去你的情敵凱瑟琳從中搗鬼。至於你，現在就回蒂歐旅館，一直待在裡頭別出來。還有，維多莉亞……」

「什麼事？」

「如果你碰到麻煩，無論是什麼麻煩，一定要盡最大努力替自己解套。我會盡可能保護你，可是你的對手很難纏。而且不幸的是，你知道很多事情。一旦你的行李到達蒂歐旅館，你對我的義務就算結束了。你明白吧？」

「我現在就回蒂歐旅館去，」維多莉亞說，「不過，在路上我至少得買點蜜粉、口紅和粉膏。不管怎麼說……」

「不管怎麼說，」達金先生說，「女孩家去見男友，不能完全沒有打扮。」

「雖然我很想讓理查．貝克知道，我打扮起來也可以很漂亮，不過，這對他來說沒有多大意義，」維多莉亞說，「可是愛德華……」

22

維多莉亞把金色頭髮仔細梳好，鼻梁上撲了蜜粉，重新抹好口紅。她再度扮演起現代茱麗葉的角色，來到旅館露台上坐下，靜待羅密歐到來。

羅密歐果然如約而至。他站在草坪上，不斷東張西望。

「愛德華。」維多莉亞說。

愛德華抬起頭來。

「啊，原來你在這裡，維多莉亞！」

「你上來。」

「好。」

片刻後，他便來到露台上。除了他們，露台上別無一人。

「這裡比較安靜，」維多莉亞說，「我們等會就下去，要馬庫斯準備一些飲料。」

愛德華瞪著她，一副不解的模樣。

「喂，維多莉亞，你把你的頭髮怎麼了？」

維多莉亞放出一聲惱怒的嘆息。

「只要有人對我提起頭髮，我就想敲那個人的腦袋。」

「我比較喜歡原來的顏色。」愛德華說。

「你去跟凱瑟琳說！」

「凱瑟琳？她和你的頭髮有什麼關係？」

「大有關係，」維多莉亞說，「你要我和她交朋友，我照做了。你大概不知道你這個主意把我害得多慘。」

「這幾天你去哪裡了，維多莉亞？我擔心得要命。」

「噢，你很擔心，是嗎？你想我會去哪裡？」

「凱瑟琳把你的口信轉給我，說你要她告訴我，你必須立刻趕去摩蘇爾。是關於一件很重要的好消息，還說你會在適當時機和我聯絡。」

「而你就相信了？」維多莉亞以一種幾乎是憐憫的語氣問。

「我還以為你探聽到什麼線索了。當然，你不會對凱瑟琳說太多……」

「難道你沒想到凱瑟琳是在說謊，而我已被人敲昏了頭？」

「你說什麼？」愛德華瞪大眼睛。

「我被人用三氯甲烷麻醉過去，還差一點餓死……」

愛德華的目光立刻掃向周遭。

「老天！我做夢也沒想到……聽著，我不喜歡在這裡談話，到處是窗戶。我們到你的房間談，好嗎？」

「好。我的行李帶來了嗎？」

「帶來了。我都交給挑夫了。」

「你知道，當你兩個星期沒換過衣服……」

「維多莉亞，到底出了什麼事？我知道……我有開車來。我們到德文郡[11]去吧。你從來沒去過，對吧？」

「德文郡？」維多莉亞驚訝地說。

「噢，只是巴格達城外的一個地方，離這裡不遠。那地方的這個季節很漂亮。來吧，我們有好久沒在一起了。」

「從巴比倫之遊後我們就沒再見過面了。可是，拉思彭博士和橄欖枝協會怎麼辦？」

「管他的拉思彭博士。那個老混蛋，我早就受夠他了。」

兩人跑下台階，來到愛德華停放汽車的地方。愛德華駕車向南駛去，穿過巴格達市區，沿著一條寬闊的大道前行，接著轉進岔路，七彎八拐地穿過廣大的椰林和灌溉橋。終於，汽車出人意料地開進一小片灌木林，周遭、中間淨是縱橫交錯的灌溉渠道。這一片樹林種的多是杏仁和杏樹，此時正在百花怒放，非常漂亮。穿過樹林望去，底格里斯河就在前面不遠。

他們下了車，並肩走過花開正盛的樹林。

「這地方真美，」維多莉亞深深嘆息。「我像是回到了英國的春天。」

空氣暖和又溫柔。他們坐在一棵垂落的大樹幹上，頭上有粉紅色的花朵飄搖。

「現在，親愛的，」愛德華說，「告訴我你出了什麼事。這陣子我像是度日如年。」

「真的？」她露出夢幻般的微笑。

於是她告訴了他。美髮師女孩，三氯甲烷的氣味和她的掙扎，醒來後發現自己被人下了藥，昏昏欲倒。她述說自己如何逃脫，如何幸運地遇到了理查·貝克。她如何在前往考古隊營房途中自稱維多莉亞·龐希富·瓊斯，又如何奇蹟似地冒充了一個來自倫敦的人類學家。

聽到這裡，愛德華縱聲大笑。

「你真有本事，維多莉亞！竟然想得出那種情節，而且編得天花亂墜。」

「我知道，」維多莉亞說，「你是指我編造的長輩們。龐希富·瓊斯博士，還有在他之前的主教。」

這時候她忽然想起，在巴斯拉見面那天，克萊頓夫人邀他們進去喝飲料而打斷他們的談

11　原係英國地名，巴格達某地亦以之為名。

話時，她原本要問愛德華的那個問題。

「我以前就想問你，」她說，「你怎麼知道那個主教的事？」

她感覺愛德華握著自己的手突然變得僵硬。他立刻回答……答得太快了。

「難道不是你告訴我的嗎？」

維多莉亞望著他，沒有說話。事後她想，一句孩子氣的失言，效果竟然如此強大，多麼奇怪。

因為，這個問題完全出乎愛德華的意料之外。他沒有備好說辭。他的臉突然防備盡卸，假面具摘下了。

當她望著愛德華時，她經歷過的一切就像萬花筒一樣，在腦海中各就各位而逐漸成形。她恍然大悟……說不定她並不是突然覺悟的。說不定在她的下意識中，愛德華怎麼知道她編造主教的問題一直困擾著她，於是她慢慢歸納出這個無可迴避的唯一答案。她從來不曾告訴他蘭格主教的事。唯一能告訴他的人，是漢米頓·克利普先生或克利普太太。可是在她到達巴格達以後，他們不可能和愛德華見面，因為那時候愛德華在巴斯拉。所以，他一定是在離開英國前就從他們口裡獲知了這件事。這麼說，他勢必早就知道她要陪伴克利普太太來巴格達……原來，那個奇妙的巧合根本不是巧合。它完全是事先計畫好的。

維多莉亞望著愛德華那張卸下了面具的臉，突然領悟到卡麥柯所說的魔鬼是什麼意思。她領悟到，那天卡麥柯在領事館花園前的通道盡頭看到了什麼。他看到的正是自己注視著的這張年輕漂亮的臉龐……這張臉真的很漂亮。

魔鬼，黎明女神之子，你是怎麼墮落的？

不是拉思彭博士。是愛德華！愛德華表面上扮演一個不重要的祕書角色，但事實上進行控制、謀畫、指揮的人卻是他。他利用拉思彭當傀儡……而拉思彭卻警告她，趁她能脫身之際趕緊離開……

她望著愛德華那張漂亮的邪惡面孔，那股幼稚的愛戀頓時煙消雲散。她意識到，自己對愛德華的感情從來就不是愛情，而是先前她對亨佛萊．鮑嘉[12]或是後來對愛登堡公爵所懷抱的感覺。那是一種崇拜。而愛德華也從未愛過她。他的魅力是刻意施展的。那天他挑上她，運用了他的魅力，而且如此輕易、如此自如地就讓她上了鉤，完全沒有抵抗。她太傻了。

一個人的腦袋在短短幾秒之內能夠閃現這麼多念頭，是多麼不可思議啊。而她根本無需思考，那些念頭有如不請自來，既完整又即時。或許，這是因為她在下意識中早已認清了事實……

12　亨佛萊．鮑嘉（Humphrey DeForest Bogart, 1899-1957），美國知名男影星。

而在此同時，出於某種要保護自己的迅速本能（迅速得一如她一向動得快的腦筋），她的臉上始終保持著一副愚蠢、不用大腦的驚異神情。因為她本能地意識到，自己的處境非常危險。只有一件事能救她。她只有一張牌可打。她趕緊把牌打出去。

「原來你早就知道！」她說，「你早就知道我要來巴格達。一定是你安排的。噢，愛德華，你真好！」

她的臉，那張精雕細琢、漂亮的臉只顯現出一種感情，一股濃得化不開的崇拜。她看到了愛德華的反應……隱含著輕蔑的微笑和如釋重負的表情。她幾乎可以感覺到愛德華暗自在想：「這個小傻瓜！我說什麼她都信！我可以把她支使得團團轉。」

「可是，你是怎麼安排的呢？」她說，「你一定很有權勢。你假裝是無名小卒，其實一定不是。你是……就像你那天說的一樣，巴比倫的國王。」

她看到愛德華臉上一亮，浮現出得意的表情。她看到隱藏在這個謙遜可愛的青年外表下的一切：權力、強悍、英俊，還有殘酷。

維多莉亞想，我只是個基督教徒奴隸。她帶著急切渴望的神情，有如神來之筆般問道（誰也不知道這句話對她的自尊造成了多大傷害）：「不過，你真的很愛我，對吧？」

愛德華的輕蔑簡直藏不住了。這個小傻瓜……女人全是傻瓜！要讓女人相信你愛她太容易了，而她們只關心這個！她們對於從事偉大建設的意義、對於創造新世界毫無概念，只知道低聲哀求愛情！她們是奴隸，為了達到你的目的，你盡可以把她們當奴隸使喚。

「我當然愛你。」他說。

「可是，這到底是怎麼回事？告訴我好不好，愛德華？讓我知道吧。」

「維多莉亞，我們要創造一個新世界。一個從舊世界的垃圾和廢墟中誕生的新世界。」

「全部告訴我。」

他告訴了她。雖然她依然理智，還是幾乎把持不住，幾乎被那個美夢迷惑了。所有舊的、不好的東西一定要毀滅殆盡。那些腦滿腸肥的老不死緊抱著私利不放，他們是進步的絆腳石。那些愚蠢又頑固的共黨份子，企圖建設一個馬克思主義的天堂。因此，全面戰爭在所難免……也就是全面的毀滅。之後，就是一個新的天堂、新的世界。經過篩選後的少數高等人類，科學家、農業專家、管理學家……就像愛德華這種年輕人，就是新世界中年輕的齊格飛[13]。那是年輕人的天下，個個都像超人一樣，相信自己的命運。等到舊世界毀滅，他們就會插手，接管天下。

這是瘋狂，不過是一種建設性的瘋狂。這在一個分崩離析、正在解體的社會當中是有可能發生的。

「可是，想想看，」維多莉亞說，「有多少人得犧牲生命。」

13 齊格飛（Siegfried）是德國十三世紀民間史詩《尼伯龍根之歌》（*Song of the Nibelungs*）中的英雄。

「你不懂，」愛德華說，「那無關緊要。」

人命無關緊要……這是愛德華的信條。那個用瀝青黏補起來、三千年前的粗陶碗突然無來由地閃現在維多莉亞心頭。那些東西當然要緊。小小的日常用品、待養的家人、構築成一個住家的牆壁，還有一兩件被當作寶貝的財產。世上千千萬萬的人，各自顧及自己的營生，他們耕種土地、製作碗盤、養兒育女、朝起夕寢，有歡笑，也有淚水。真正要緊的人是他們，不是那一群有著邪惡嘴臉的天使。絕對不是那些企圖創造新世界、不管傷害什麼人也在所不惜的天使。

維多莉亞小心翼翼。她在摸索，因為她知道在德文郡這裡，死神隨時都在她身邊。她說：「你真了不起，愛德華。可是我呢？我能做什麼？」

「你願意……幫忙？你相信我說的一切？」

可是維多莉亞很謹慎。她不能突然變得深信不疑。那樣太矯情了。

「我想，我只相信你！」她說，「不管什麼事，只要你叫我做，我都會做。」

「乖女孩。」他說。

「可是，當初你為什麼要安排我到這裡來？這其中一定有個原因吧？」

「當然有。你記得那天我替你拍了一張照片？」

「我記得。」維多莉亞說。

她暗中罵道：你這個笨蛋，被捧得連自己都忘了，那麼得意忘形！

「你的輪廓把我吸引住了。你長得很像一個人。我照那張相片，只是為了證實。」

「我長得像什麼人？」

「像一個女人，一個替我們製造不少麻煩的女人——安娜．謝勒。」

「安娜．謝勒？」維多莉亞望著他，一副茫然而吃驚的模樣。她無論如何也沒料到這樣的事情。「你的意思是，她長得像我？」

「從側面看非常像。你們的五官幾乎一模一樣。而最不尋常的是，你的上唇左側有個小小的疤……」

「我知道。我小時候跌倒，剛好跌在一個小錫馬上。小錫馬的頭有個豎起的尖耳朵，割了我好深一個傷口。現在不太看得出來……抹上粉就看不出來。」

「安娜．謝勒在同一個地方也有一個小疤。這是最重要的一點。你們的身材、體型都像，只是她比你大四、五歲。就是頭髮不像，你的髮色淺黑，她是淡黃。還有，你們的髮型很不一樣。你的眼眸是深藍色，不過戴上有色眼鏡就沒問題了。」

「所以你才要我到巴格達來？因為我很像她？」

「沒錯。我想你們這麼像，以後可能會有用。」

「所以，你就做了種種安排。克利普夫婦……他們是什麼人？」

「他們不重要。他們只是遵照指示去做。」

愛德華的語氣讓維多莉亞的背脊發涼。他說這話的時候，簡直毫無人性可言，「他們只負責服從。」

那個瘋狂的計畫透著宗教的狂熱。維多莉亞暗想，愛德華是他自己的上帝。這才是真正可怕的地方。

雖然心裡這麼想，她嘴裡卻大聲說：「你不是告訴過我，安娜·謝勒是老大，是你們這番志業的女王蜂？」

「那時候我總得給你一些說辭，讓你失去頭緒。你已經知道太多了。」

維多莉亞暗忖，如果我不是正好長得像安娜·謝勒，我早就沒命了。

她又問：「她到底是什麼人？」

「她是奧托·摩根瑟的機要祕書。摩根瑟是個美國銀行家，也是國際銀行家。不過，安娜·謝勒並不那麼簡單。她在金融方面的才能無人可及。我們有理由確定，她查出了我們不少財務活動。對我們來說，危險人物共有三個：魯珀特·克羅頓·李、卡麥柯——這兩個都解決了。只剩下安娜·謝勒。她計畫在三天後抵達巴格達，目前卻失去了蹤影。」

「失去蹤影？在哪裡失蹤的？」

「在倫敦。表面上看，她彷彿從地球上消失了。」

「沒有人知道她在哪裡？」

「達金可能知道。」

可是達金不知道。這點維多莉亞心知肚明，可是愛德華並不知道。那麼，安娜·謝勒現在人在哪裡？

她問：「你真的一點也不知道？」

「我們有點底。」愛德華遲疑片刻後才說。

「怎麼說？」

「安娜．謝勒要來巴格達參加會議，她非來不可。你知道，還有五天就要開會了。」

「這麼快？我完全不知道。」

「我們在所有入境的通道都做了安排。她勢必不會用自己的真名進來，也不會搭乘政府的公務飛機過來。我們有門路，這點已經查明了。所以，我們去查所有私人航空公司的旅客訂位名單。英國海外航空公司的訂位單上有個叫作葛瑞蒂．哈登的女人。我們去查，發現這人其實不存在，是個假名。那人的地址也是假的。我們認為，葛瑞蒂．哈登就是安娜．謝勒。」

他接著又說：「她的班機後天會在大馬士革降落。」

「然後呢？」

愛德華突然雙眼望進她的眼睛。

「然後就要看你了，維多莉亞。」

「看我？」

「你去冒充她。」

「就像魯珀特．克羅頓．李一樣？」

這句話她說得幾乎像耳語一般輕。那一回有人冒充魯珀特．克羅頓．李，結果他死了。這一回維多莉亞去冒充安娜．謝勒或葛瑞蒂．哈登，她也會死。

愛德華正等著她回答。如果愛德華對她的忠誠有所懷疑，即使只是一剎那，那麼她也會死，而且不可能有任何預警。

不行，她非答應不可，然後找機會去向達金先生報告。

她深吸一口氣，這才說道：「我……我……噢，不過，愛德華，我做不到，我會被人識破的，美國口音我說不來。」

「安娜．謝勒沒有口音。而且不論什麼情況，你都要裝作得了喉炎。本地一個知名醫生會為你做出這樣的診斷。」

維多莉亞暗想，什麼地方都有他們的人。

「那我該做些什麼？」她問。

「以葛瑞蒂．哈登的名義從大馬士革搭飛機到巴格達來。到達巴格達後，立刻臥床不起。然後經過我們名醫的許可，正好趕上出席會議。在會中，你把你帶來的文件攤在他們面前。」

維多莉亞問：「是真的文件嗎？」

「當然不是。我們會換上我們的版本。」

「那些文件寫些什麼？」

愛德華露出微笑。

「令人信服的具體事實，揭露共黨份子正在美國策畫一件最大的陰謀。」

維多莉亞想，他們的計畫多麼周密。

但她嘴裡卻說：「愛德華，你真的認為我應付得來？」

既然是演戲，維多莉亞問問題的時候馬上就裝出了熱切誠懇的模樣。

「我相信你一定可以。我注意到，你在扮演角色的時候是如此地樂在其中，要人不相信你也難。」

維多莉亞若有所思地說：「我一想到漢米頓．克利普夫婦，就覺得自己好傻。」

他狂妄地縱聲大笑。

維多莉亞雖然臉上依然戴著崇拜的面具，腦中卻懷著惡意地想：「可是你也是個大傻瓜，因為你在巴斯拉說漏了嘴，說出了主教的事。要是你沒說漏嘴，恐怕我永遠也看不清你的真面目。」

她突然又問：「那拉思彭博士呢？」

「你問這話是什麼意思？」

「他只是一個傀儡嗎？」

愛德華撇撇嘴，神情冷酷又得意。

「拉思彭得聽我們的命令。你知道他近幾年都在做些什麼？他瞞天過海，把世界各地寄來的捐款盜用了四分之三作為私用。這是自霍雷蕭．博頓利以來最狡猾的騙局。沒錯，拉思彭完全在我們手掌心……我們隨時都可以揭發他，他自己也知道。」

維多莉亞心中突然對那個有著高貴額頭而靈魂卻卑鄙貪婪的老人生出一股感激。他或許是個騙子，可是他有憐憫之心，他曾經試圖勸她及時逃走。

「這一切都是為了我們的新秩序。」愛德華說。

維多莉亞心中暗忖：「愛德華看來清醒理智，其實是個瘋子！一個人若想扮演上帝的角色，大概就是瘋了。大家總說謙卑是基督教的美德，現在我領悟到了。謙卑才能讓人保持理智，保有人性……」

愛德華站起身來。

「我們該走了，」他說，「我們必須把你送到大馬士革去。後天計畫就要在那裡執行。」

維多莉亞欣然站直身子。一旦離開這個德文郡，回到巴格達、回到蒂歐旅館，在滿面笑容、大呼小叫、替她端飲料來的馬庫斯身邊，愛德華這近在咫尺、揮之不去的威脅就消除了。她得扮演雙面諜的角色：一方面繼續裝出令人作嘔、狗般忠心的姿態騙過愛德華，一方面暗中破壞他的計畫。

她說：「你認為達金先生或許知道安娜．謝勒在哪裡？說不定我能打聽出來。他可能會露出一點口風。」

「不可能，而且，無論如何你都不能再去見達金。」

「他要我今天晚上去見他，」維多莉亞扯了個謊，背脊有些發涼。「我要是沒露面，他會覺得奇怪。」

「事情到了這個地步，不管他怎麼想都無所謂了，」愛德華說，「我們已經計畫好。」他又說：「你不會再在巴格達露面了。」

「可是，愛德華，我的東西都在蒂歐旅館呢！我還訂了一個房間。」

圍巾，那條寶貴的圍巾。

「這陣子你不會需要那些東西。我已經替你準備好了行頭。來吧。」

他們再度上了車。

維多莉亞想：「我早該想到，一旦我看清了他的真面目，他不可能會讓我再跟達金先生聯絡。他相信我非常迷戀他……沒錯，這點他深信不疑，可是話說回來，他絕對不會冒任何風險。」

她說：「要是我沒露面，他們會不會到處找我？」

「這個我們會處理。到達橋墩的時候，你要裝作和我道別，說要去西岸看幾個朋友。」

「而實際上呢？」

「等下你就知道了。」

汽車在崎嶇不平的道路上顛簸前進，時不時穿過一片片椰林和灌溉橋。維多莉亞沉默地坐著。

「萊法奇，」愛德華輕聲道，「真希望我們知道卡麥柯說的這三個字是什麼意思。」

維多莉亞的心猛然跳動一下。

「噢，」她說，「我忘了告訴你。我不知道這件事重不重要。有一天，有個萊法奇先生跑去艾斯沃土丘參觀考古隊。」

「什麼？」愛德華激動地幾乎把車停下來。「什麼時候的事？」

「噢，大概是一個星期前。他說他是從敘利亞一個考古隊過來的。那個營隊的負責人好像叫派羅特吧？」

「你在那裡的時候，有沒有兩個叫安德烈和朱菲特的男人來過？」

「噢，有的，」維多莉亞說，「有個人腸胃不舒服，就到營房去休息。」

「他們是我們的人。」愛德華說。

「他們去那裡做什麼？去找我嗎？」

「不是，我並不知道你在那裡。不過，卡麥柯在巴斯拉的時候，理查・貝克也在。我們想，卡麥柯可能交了什麼東西給他。」

「他說他的東西被人搜過。那兩個人找到了什麼嗎？」

「沒有。維多莉亞，你仔細想想，那個萊法奇是在他們兩人之前還是之後去的？」

維多莉亞回想的模樣幾可亂真，因為她在思索著該把什麼推到這個虛構的萊法奇先生頭上。

「是……噢，想起來了，他比那兩個人早一天來。」她說。

「他做了什麼事？」

「噢，」維多莉亞說，「他跑到挖掘現場去……和龐希富．瓊斯博士一起去的。後來，理查．貝克把他帶到營房去看古物儲藏室。」

「原來他跟理查．貝克一起去了營房。他們有交談吧？」

「我想有，」維多莉亞說，「我的意思是，看東西的時候你總不會一言不發，對吧？」

「萊法奇，」愛德華喃喃說道，「萊法奇是什麼人呢？我們為什麼沒有他的資料？」

維多莉亞真想對他說：「他是哈利斯太太的弟弟。」但終究忍住了。她很高興自己捏造出這麼一位萊法奇先生來。她腦中清楚浮現出萊法奇先生的模樣——年紀甚輕，身材瘦削，好像患著肺結核，頭髮很黑，蓄著八字鬍。沒多久，愛德華果然問起萊法奇的長相，她隨即仔細又精準地描述了一番。

他們正朝著巴格達的郊區開去。愛德華把車彎進一條邊街，這條街上全是仿歐式的現代別墅，一棟棟都有露台和花園環繞。一輛大旅行車停在一棟屋宅前。愛德華把車開到那輛車後頭，和維多莉亞一道下了車，踏上門前的台階。

一個瘦削黝黑的女人出來招呼他們。愛德華急急地用法語對她說話。維多莉亞的法語不夠好，不能完全聽懂他說了什麼，不過大意應該是：立刻為這位小姐更換衣服。

那女人轉向維多莉亞，以法語客客氣氣地說：「請跟我來。」

她把維多莉亞帶到一間臥室。維多莉亞看到一套修女服攤在床上。那女人向維多莉亞示意，要她換上衣服。維多莉亞脫下衣服，換上一身粗硬的毛料內衣內褲，又套上中世紀式樣的多褶黑袍。法國女人替她整理頭罩。維多莉亞朝鏡中的自己看了一眼。她小而白淨的臉龐，被頭上（是頭巾嗎？）和頷下裹著的那一大堆白色領巾一襯，顯得如此純淨，有如不沾人間煙火。那個法國女人為她在脖子上掛上一串木頭念珠。接著，維多莉亞拖著一雙過大品質又差的鞋子，被帶去見愛德華。

「看來不壞，」他說，口氣帶著讚許。「眼睛要往下看，尤其是附近有男人的時候。」

片刻後，那個法國女人也來了，同樣換上了一身修女裝束。兩個修女一起走到戶外，踏上那輛旅行車。一個身材高大、身著歐洲服裝的黑皮膚男人坐在司機的座位上。

「現在，就看你的了，維多莉亞，」愛德華說，「我要你怎麼做你就怎麼做。」他的口吻隱隱透出一絲冰冷的威脅。

「愛德華，你不和我一起去？」維多莉亞帶著哀怨的口氣問。

愛德華對她微笑。

「三天後你就會見到我了。」他說。接著他恢復了往常勸誘的神色，輕聲細語道：「別讓我失望，親愛的。這件事只有你能做到。我愛你，維多莉亞，我不敢被人看見我在吻一個修女，可是我好想吻你。」

維多莉亞帶著令人稱許的修女神態垂下眼簾，其實她是要掩蓋剛才那一剎那流露出來的怒火。

她想，你這個可怕的猶大。

可是，她還是以一貫的神態說道：「啊，看來我還真是個基督教奴隸。」

「這樣才乖！」愛德華說，「別擔心，你的證件全都安排得好好的，通過敘利亞邊境不會有問題。對了，你皈依的教名是瑪麗・苔絲・安吉斯修女。所有文件都在陪你同去的泰莉莎修女身上，她對你全權負責。看在上帝的份上，一定要服從命令……我要明白警告你，否則可有你受的。」

他後退一步，狀甚開心地揮揮手。旅行車絕塵而去。

維多莉亞靠坐在椅背上，仔細思索著她可以選擇的行動方案。她可以在途經巴格達或是在到達邊防崗站的時候大吵大鬧、呼喊救命，說她是遭人強行帶走的……也就是不管用什麼方式，即時提出抗議。

這樣做會有什麼後果呢？

最大的可能是維多莉亞・瓊斯就此香消玉殞。她注意到，泰莉莎修女的袖筒裡早就塞著一把小自動手槍。她不可能有機會說話的。

或者，她是不是該等到抵達大馬士革後再採取行動，到了那裡再呼救？她很可能會落得同樣的下場。也可能那個司機和泰莉莎會提出證據，駁斥她的說法。說不定他們會出示證明，說她患有精神病。

最好的選擇是照他們的要求去做，默許他們的計畫，以安娜．謝勒的名義來到巴格達，也繼續冒充安娜．謝勒。因為再怎麼說，終究會有這樣一個時刻到來，也就是最後的高潮時刻，到時候愛德華不能再控制她的唇舌、她的行動。如果她讓愛德華相信，無論他要她怎麼做她都會唯命是從，那麼那個時刻就會到來，而愛德華不會在場……當她帶著偽造的文件在會議廳出現時。

那時候，沒有人能夠阻止她說：「我不是安娜．謝勒，這些文件都是偽造的。」

她覺得奇怪，難道愛德華不怕她會這樣做？不過，她想到，虛榮是種令人盲目的特質。虛榮是阿基里斯之踵，他致命的弱點。況且，愛德華和他的夥伴要讓計畫成功，非找個安娜．謝勒不可，這是個必須考量的事實。要找到一個外表和安娜．謝勒極為相像，甚至在同樣部位都有疤痕的人確實困難無比。維多莉亞記得，在《里昂郵件》中，杜伯斯克一道眉毛上有個疤，一隻手的小指變形，前者是胎中帶來，後者是意外造成。這種巧合非常罕見。沒錯，那些超人需要維多莉亞．瓊斯這個打字員。就這個意義而言，是他們受制於維多莉亞．瓊斯，而非她受制於他們。

汽車飛馳過大橋。維多莉亞帶著懷鄉的渴慕心情注視著底格里斯河。接著，汽車在一條塵土飛揚的公路上風馳電掣。維多莉亞手指一個個撥著脖子上的念珠。念珠碰撞的聲響讓她感到慰藉。

「無論如何，」她想道，心中突然感到一股寬慰。「我是個基督教徒。我想，既然我是基督教徒，那麼做個基督教的烈士總比當巴比倫的國王要好上一百倍。我敢說，這回我很可能會成為基督教的烈士。好吧，反正我不會被獅子吃掉。我討厭被獅子吃掉！」

23

巨型客機急速俯衝而下，做了個完美的降落。它沿著跑道緩緩滑動，在指定地點停住了。乘客陸續走下飛機。繼續搭乘班機飛往巴斯拉的旅客和換機飛往巴格達的旅客就此分開。

有四名旅客飛往巴格達。一個看來很有錢的伊拉克商人、一個年輕的英國醫生，外加兩位女士。他們正要通過手續關卡和詢問。

第一個辦手續的是個皮膚黝黑的女人，蓬亂的頭髮隨意繫著一條頭巾，面容顯得疲憊。

「龐希富．瓊斯太太？英國人？沒錯。你要去見你丈夫？請告訴我你在巴格達的住址。帶著哪國貨幣……」

詢問繼續進行。接下來是第二位女士。

「葛瑞蒂．哈登？嗯。國籍？丹麥。從倫敦來。為什麼來巴格達？你是醫院的按摩師？

你在巴格達的住址？帶著哪國貨幣？」

葛瑞蒂．哈登是個身材瘦削的年輕金髮女郎，戴著一副墨鏡，上嘴唇塗著厚厚的蜜粉，遮住了瑕疵。她的衣著整潔，但質料不好。

她的法語說得結結巴巴，有時還得請對方再說一遍。

機場人員告訴四名乘客，往巴格達的飛機當天下午起飛，現在，他們會用車將他們送到阿巴斯德旅館去用午餐，稍事休息。

葛瑞蒂．哈登坐在床上，外頭有人輕輕敲門。她開門一看，是個身材高大、膚色很黑的年輕小姐，身穿英國海外航空公司的制服。

「對不起，哈登小姐。請跟我到英國海外航空公司辦事處來一下好嗎？你的機票有點小問題。請這邊走。」

葛瑞蒂．哈登跟隨著她，沿著走廊向南走。一個房間門上掛著一個大牌子，上頭以金字寫著：英國海外航空公司辦事處。

那個空服員把門打開，示意請葛瑞蒂．哈登進去。葛瑞蒂．哈登一進門，她就從外頭關上門，同時摘下門上的牌子。

葛瑞蒂．哈登一進門，兩個早已候在門後的壯漢立刻用布蒙住她的頭，在她嘴裡塞了個東西。其中一人捲起她的衣袖，拿出針管注射了一針。

幾分鐘後，她的身體軟弱無力，攤成了一團。

年輕醫生高興地說：「這一針應該能讓她昏迷六個鐘頭。現在，你們兩個快動手吧。」他對房內另外兩個人點點頭。是兩個修女，靜靜坐在窗前。兩個壯漢走出房門。年紀大的修女走到葛瑞蒂．哈登的面前，將她動也不動的身軀上的衣服脫下。那個年輕修女一邊顫抖，一邊把自己的衣服脫掉。沒多久，身著修女裝的葛瑞蒂．哈登已經安靜地躺在床上，而那個年輕修女穿上了葛瑞蒂．哈登的衣服。

年紀大些的修女接著將注意力轉移到她同伴的淡金頭髮上。她掏出一張照片立在鏡子前面，邊看照片邊為同伴梳頭。她將她的頭髮從前額梳向後，整齊地捲在脖根處。她後退一步，以法語說道：「你的改變真是驚人。戴上那副墨鏡。你的眼睛顏色太藍了。對……好極了。」

有人輕輕敲門，那兩個男人回來了。他們笑開了嘴。

「葛瑞蒂．哈登確實就是安娜．謝勒，」男人之一說，「她把證件藏在行李當中，刻意夾在一本丹麥雜誌《醫院按摩術》的書頁裡。現在，哈登小姐，」他對維多莉亞裝模作樣地躬身行禮。「謝謝您賜給我這個榮幸，得以陪您一道去用午餐。」

維多莉亞跟著他走出房間，朝大廳走去。另外那位女乘客正在櫃檯發電報。

「不對，」她正在說，「是龐—希—富，龐希富．瓊斯博士。今日抵達蒂歐旅館。旅途平安。」

維多莉亞突然帶著興味的眼神望著她。這女人一定是龐希富．瓊斯博士的太太，要來和他團聚。龐希富．瓊斯博士曾經數度帶著懊惱說妻子那封告知到達日期的信被他弄丟了，不過他幾乎可以確定她二十六日會到。現在，龐希富．瓊斯太太雖然比那個日期早到了一個星期，不過維多莉亞認為這並無可怪之處。

要是她能讓龐希富．瓊斯太太替自己發個電報給理查．貝克多好……

陪著她的男人似乎看穿了她的心思，挽著她的臂膀離開了櫃檯。

「哈登小姐，你不可以跟同行的乘客說話，」他說，「我們不想讓那位婦人注意到，你不是和她一起從英國搭飛機過來的人。」

他帶維多莉亞走出旅館，來到一家餐館吃午餐。他們回到旅館，龐希富．瓊斯太太正好從旅館前的台階上往下走。她對維多莉亞點點頭，沒有流露出絲毫懷疑。

「出去逛街嗎？」她打著招呼。「我正要去市集看看。」

「要是我能塞個東西在她的行李當中就好了……」維多莉亞想。

可是，她身邊時時刻刻都有人在。

飛往巴格達的飛機於下午三點起飛。

龐希富．瓊斯太太的座位在最前面。維多莉亞坐在機尾靠近艙門的地方，隔著通道坐著她的看守……那個皮膚白皙的年輕人。維多莉亞沒有機會接近龐希富．瓊斯太太，也沒有機會塞紙條在她的隨身行李裡。

飛行時間並不長。維多莉亞又一次從空中往下望，看到巴格達的外形輪廓，看到底格里斯河像條金線般，把這座城市分成兩半。

不到一個月前，她看到的景象就是如此。而在那之後，發生了多少事情！兩天後，世界兩大意識形態的代表們就要在這裡聚會，討論人類的未來。而她，維多莉亞．瓊斯，在這件盛事當中將要扮演一個角色。

§

「你知道，」理查．貝克說，「我很擔心那個女孩。」

龐希富．瓊斯博士摸不著頭腦地說：「什麼女孩？」

「維多莉亞。」

「維多莉亞？」龐希富．瓊斯博士望望四周。「她在哪……老天，昨天她沒跟我們一起回來。」

「我不知道你有沒有注意到她沒回來。」理查說。

「我真粗心。我整個心神都在那份巴木達土丘的報告上。他們那種分層方式毫無理由。難道她不知道去哪裡找我們的卡車？」

「她回不回來不是問題，」理查說，「事實上，她並不是維妮夏．薩維爾。」

「她不是維妮夏．薩維爾？真奇怪。可是我記得你說她的教名是維多莉亞。」

「沒錯，不過她不是人類學家。她也不認識艾默森。事實上，這整件事是……呃，一場誤會。」

「老天。多麼奇怪，」龐希富．瓊斯博士沉思片刻。「真奇怪。我希望……這件事不會是我的錯吧？我知道我是有些心不在焉。是不是信寄錯了？」

「我不懂，」理查．貝克邊說邊皺眉，絲毫沒有理會龐希富．瓊斯博士的揣測。「她好像坐上一個年輕男人的車走了，而且一直沒回來。還有，她的行李在旅館，根本就沒打開過。在我看來這件事很怪……想想看她的麻煩處境。我本以為她一定會把自己打扮得漂漂亮亮。再說，我們約好一起吃午飯。唉，我真不懂。希望她沒出什麼事。」

「噢，我覺得她不可能出事，」龐希富．瓊斯博士安慰他。「明天我打算在H地段開始往下挖。根據總輪廓圖來判斷，我覺得那一塊最可能發現檔案室。從那塊破石碑看來，似乎很有希望。」

「他們綁架過她，」理查說，「他們再次綁架她有什麼不可能的呢？」

「不可能，絕無可能，」龐希富．瓊斯博士說，「這幾年伊拉克非常安定。你自己也這麼說。」

「但願我能夠想起那個在石油公司做事的人的名字。狄肯？狄肯，還是達金？很像是達金。」

「我沒聽說過，」龐希富．瓊斯博士說，「我打算把穆斯塔法那一隊人馬調到東北角去。這樣一來，我們就可以將J溝延伸到……」

「先生，如果我明天再去巴格達一趟，你會不會介意？」

龐希富．瓊斯博士整個注意力突然放在他這位同事身上。他兩眼直視理查，口中說道：「明天？可是我們昨天才剛去過！」

「我很擔心那個女孩。我真的很擔心。」

「老天，理查，我怎麼沒看出來是那種事。」

「哪種事？」

「你戀愛了。挖掘場上出現了女人最可怕，特別是漂亮女人。前年和我們一起工作的西貝兒．繆瑞菲，長相實在不怎麼樣，我本以為絕對不會出問題，結果你看！在倫敦時我早該聽克羅德的，那些法國人說話總是一針見血。克羅德就評論過她的腿，還說得口沫橫飛。當然，這個叫維多莉亞還是維妮夏的女孩——管她叫什麼名字——長得非常漂亮，人又親切和善。理查，我承認你的眼光不錯。據我所知，這是你頭一回對女孩子有興趣。有意思。」

「根本不是這樣，」理查說。這時他滿臉通紅，看來比平日更為高傲。「我只是，呃，擔心她而已。我明天一定要去巴格達一趟。」

「好吧，如果你明天一定要去，」龐希富．瓊斯博士說，「順便把那些磚塊運回來。那個笨蛋司機，昨天竟然忘了。」

§

第二天一早理查就進入巴格達市區，直接到了蒂歐旅館。他得知維多莉亞還沒回來。

「本來都安排好了，她要跟我一道吃頓特別料理的晚餐，」馬庫斯說，「我還替她留了一個最好的房間。很奇怪，你說是不是？」

「你報警了沒？」

「啊，沒有，老天，報警不好，她可能不會喜歡。而且我也非常不喜歡。」

理查打探片刻，就問到了達金先生的住址。他去了他的辦公室。

他記憶中的那人果然是那樣。他打量著達金駝著的背、猶豫不決的神態和微顫的手。這個人不是好東西！他對達金先生說，抱歉浪費他的時間，但不知道達金先生是否見過維多莉亞。

「她前天來過我這裡。」

「你能告訴我她現在的住址嗎？」

「我相信她住在蒂歐旅館。」

「她的行李在，可是人不見了。」

達金先生眉毛微微一揚。

「她最近一直在艾斯沃土丘和我們一起挖掘古蹟。」理查解釋道。

「噢，原來如此。呃，恐怕我什麼也不知道，幫不上忙。我相信她在巴格達還有好幾個朋友，不過我跟她不是太熟，不知道她那些朋友是誰。」

「她有可能在橄欖枝協會嗎？」

「我想不會。你不妨去問問。」

理查說：「聽著，在找到她之前，我是不會離開巴格達的。」

他怒目瞪了達金先生一眼，大步走出房間。

房門一關，達金先生笑著搖搖頭。

「噢，維多莉亞。」他喃喃說道，像是責備。

理查氣沖沖地回到蒂歐旅館，迎面碰上了滿面笑容的馬庫斯。

「她回來了？」理查急急叫道。

「沒有，沒有，是龐希富．瓊斯太太來了。我剛聽說她今天就會搭飛機到巴格達。可是龐希富．瓊斯博士告訴我，她下個星期才會到。」

「他老是把日期弄錯。維多莉亞．瓊斯有沒有消息？」

馬庫斯的臉色又變得凝重。

「沒有，一點消息也沒有。貝克先生，我覺得不妙。這不是好預兆。她那麼年輕，那麼漂亮，那麼活潑又迷人。」

「沒錯，沒錯，」理查不想再聽下去。「我想我最好等等，待會再去迎接龐希富．瓊斯太太。」

他左思右想，不知道維多莉亞到底出了什麼事。

§

「是你！」維多莉亞說，毫不掩飾她的敵意。

服務生把她帶到巴比倫皇宮旅館的樓上房間後，她看到的第一個人就是凱瑟琳。

凱瑟琳懷著同樣的敵意對她點點頭。

「沒錯，」她說，「是我。現在，請你上床，醫生立刻就到。」

凱瑟琳裝扮成一個護士，認真地履行職責。她顯然決定守在維多莉亞身邊，寸步不離。

維多莉亞快快地躺在床上，喃喃說道：「要是能見到愛德華多好……」

「愛德華，愛德華！」凱瑟琳輕蔑地說，「愛德華從來就沒喜歡過你，你這個笨英國女人。愛德華愛的是我！」

維多莉亞望著那張倔強而狂熱的臉，心裡一點也沒有波動。

凱瑟琳繼續說道：「打從你那天早上粗魯地堅持要見拉思彭博士，我就開始討厭你。」

維多莉亞一面思索刺激對方的招數，一面說：「不管怎麼說，我都比你重要多了。我是不可或缺的。你的護士無論什麼人都能演，可是這整場戲都要靠我，非要我演這個角色不可。」

凱瑟琳一本正經又自鳴得意地說：「沒有人是不可或缺的。我們早學到了這個道理。」

「可是我就是不可或缺。看在老天的份上，要他們準備一頓豐盛的晚餐來吧。如果我不吃點東西，到時候我怎麼可能把美國銀行家的祕書演好？」

「我想，你最好趁你還能吃的時候多吃點。」凱瑟琳不情不願地回答。

維多莉亞沒聽出她話中惡毒的弦外之音。

§

克羅比上尉說：「據我所知，有位哈登小姐剛住進你們旅館。」

巴比倫皇宮旅館辦公室裡，那個溫文儒雅的先生點點頭。

「是的，先生，她是從英國來的。」

「她是我姐姐的朋友。請將我的名片轉交給她。」

他用鉛筆在名片上寫了幾個字，裝在信封裡，派服務生送了上去。

沒多久，送名片的服務生回來了。

「那位女士不舒服，先生。她喉嚨很痛。醫生馬上就來。有個護士正在照顧她。」

克羅比轉身離去。他一到蒂歐旅館，馬庫斯就迎了上來。

「啊，親愛的，我們喝一杯吧。今天晚上我的旅館客滿，都是來開會的。可惜的是，龐希富．瓊斯博士前天剛回工地，他太太今天就到了，還等著他來接她呢！她當然很不高興！她說她告訴過他，她就搭這班飛機來。可是你知道博士是個什麼樣的人。只要是日期和時間，他沒有一次不搞錯。不過，他是個大好人，」馬庫斯帶著一貫的博愛說道，「不管怎麼說，我已經把她塞進來了。我拒絕了聯合國一個重要人物……」

「巴格達現在真是熱鬧。」

「他們調來了所有的警力，採取全面的防範措施。聽說……你有沒有聽說？共黨份子策畫了一個陰謀，要暗殺總統。已經有六十五個學生被逮捕！你看見俄國警察沒有？他們什麼人都懷疑。不過，這一切對我的生意大有好處，確實大有好處。」

§

電話鈴聲一響，馬上有人接起。

「美國大使館。」

「這是巴比倫皇宮旅館。安娜．謝勒小姐現在住在這裡。」

「安娜．謝勒？」一個專員立刻接過電話。「我可以跟謝勒小姐說話嗎？」

「謝勒小姐得了喉炎，正在床上休息。我是斯摩布盧醫生，謝勒小姐由我負責治療。她隨身帶來一些重要文件，希望大使館派個可靠的人來拿。馬上就來？謝謝。我會在旅館等你。」

§

維多莉亞從鏡子旁邊轉過身來。她的套裝剪裁合宜，金色頭髮梳理得一絲不苟。她又緊張又興奮。

她一轉身，就發現凱瑟琳眼中閃著愉悅的光芒，她立即有了警覺。

凱瑟琳為什麼這麼高興？

這是怎麼回事？

「你為什麼這麼高興？」她問。

「等一下你就知道了。」

她的惡意已經十分明顯。

「你以為你聰明得很，」凱瑟琳輕蔑地說，「你以為一切都要靠你。才怪，你不過是個笨蛋。」

維多莉亞猛然撲到她身上，抓住她的肩膀，指甲用力掐進去。

「告訴我你這話是什麼意思，你這個可怕的女人！」

「啊，好痛。」

「告訴我……」

門上有人敲了一下，接著又連敲兩下，停頓片刻後，又是一下。

「你現在就會知道！」凱瑟琳大叫。

房門開了，一個男人悄然走進來。他身材高大，身穿國際警察的制服，一進門便轉身鎖上門拔下鑰匙，朝凱瑟琳走去。

「快。」他說。

他從口袋裡掏出一根細繩，和凱瑟琳分工合作，很快就把維多莉亞捆綁在椅子上。接著他掏出一條圍巾，把維多莉亞的嘴堵住，後退兩步，帶著欣賞的神情點點頭。

「嗯，這樣好。」

他轉過身子，逼近維多莉亞。維多莉亞看到他手裡揮舞的粗大警棍。就在這一瞬間，她明白了他們的真正意圖。他們根本沒要她在會議上冒充安娜·謝勒。他們怎麼可能冒這樣的風險？巴格達有不少人認識維多莉亞。不，他們的計畫是（而且一直是）：在最後時刻，安娜·謝勒被歹徒襲擊而慘遭殺害，五官被打得血肉模糊，難以辨識。只有她隨身帶來的文件——那些精心偽造的文件——留了下來。

維多莉亞把臉轉向窗戶，大聲尖叫。那男人露出微笑，向她撲來。

之後，接連發生了幾件事。玻璃被人砸破的巨響，一隻重手猛把她的頭往下壓，眼前一片昏黑……接著，在昏黑中她聽到有人說話，令人安心的英國人口音。

「你還好嗎，小姐？」那聲音問。

維多莉亞小聲說了什麼。

「她說什麼？」另一個聲音問。

第一個人用手搔搔頭。

「她說，寧可在天堂為奴，也好過在地獄稱王。」他說，但口氣並不確定。

「這是引自一句名言，」另外那人說。「不過她引錯了。」他又說。

「沒有，我沒引錯。」維多莉亞說完，就暈了過去。

§

電話鈴響，達金拿起話筒。電話中傳來的聲音說：「維多莉亞行動圓滿完成。」

「很好。」達金說。

「我們捉住了凱瑟琳．塞拉齊絲和那個醫生。另外那個傢伙跳到露台上，傷勢嚴重，可能會死。」

「那女孩沒受傷吧？」

「她暈過去了，但不要緊。」

「真正的ＡＳ還沒有消息？」

「目前為止，沒有任何消息。」

達金放下話筒。

維多莉亞安然無恙。而安娜本人，他想，一定已經死了。她堅持要單獨行動，而且再三保證說她十九號一定會到達巴格達。今天就是十九號了，可是沒有安娜．謝勒的蹤影。她不相信官方的諜報網。說不定她是對的，他也不確定。毫無疑問，官方諜報網有漏洞，有叛徒。可是，她自己的本能也沒為她帶來更好的下場。

而安娜．謝勒若是不能與會，證據就不夠充分。

僕人送來一張紙條，上面寫著：「理查．貝克先生和龐希富．瓊斯太太求見」。

「我現在誰也不見，」達金說，「跟他們說我很抱歉，我正在忙。」

僕人出了門，可是沒多久又折回來，遞給達金一封便函。

達金撕開信封，唸出聲來：「我要和你面談亨利．卡麥柯之事。理查．貝克。」

「請他進來。」達金說。

未久，理查．貝克和龐希富．瓊斯太太走進房間。理查．貝克說：「我不想占用你的時間，不過我求學時代有個同學名叫亨利．卡麥柯。我們多年未見，不過幾個星期前，我在巴斯拉領事館的接待室裡和他不期而遇。他打扮得像阿拉伯人，而且絲毫沒有露出認識我的樣子，可是他想了個辦法和我溝通。你有興趣聽嗎？」

「我很有興趣。」達金說。

「我當時的想法是，卡麥柯認為自己身處危境。這個想法很快就得到了證實。一個男人掏出一把左輪槍攻擊他，我架住那人的臂膀，卡麥柯就逃走了。可是我後來發現，他在逃走前在我口袋裡塞了一樣東西。那東西看起來不重要，只是一張紙片，裡面提到一個叫作阿邁德．穆罕默德的人。可是我認為，那東西對卡麥柯而言應該很重要。

「由於他沒有給我任何指示，我就把紙片小心保存下來，因為我相信，總有一天他會回來找我討回。幾天前，我聽維多莉亞．瓊斯說，他已經死了。根據她告訴我的事情判斷，我得出這樣的結論：這東西應該交給你。」

他站起身，把一張寫著字的骯髒紙片放在達金的桌上。

「這張紙對你有任何意義嗎？」

達金深深吸了一口氣。

「有，」他說，「比你想像的更重要。」

他站起身。

「我非常感激你，貝克，」他說，「請原諒我必須中止我們的談話，因為很多事情有待立刻處理，一分鐘都不能耽誤。」他一面和龐希富．瓊斯太太握手，一面說：「夫人是來和龐希富．瓊斯博士團聚的吧。希望你過得愉快。」

「博士今天早上沒有和我一起到巴格達來，這是好事，」理查說，「親愛的約翰．龐希富・瓊斯對於周圍發生的事不大注意，不過他很可能會注意到自己的太太和小姨子的差別。」

達金看著龐希富・瓊斯太太，有點吃驚。

她以低沉悅耳的聲音說道：「我姐姐愛爾喜還在英國。我把頭髮染黑，用她的護照進來的。我姐姐的閨名是愛爾喜・謝勒。而我的名字，達金先生，是安娜・謝勒。」

／24

巴格達改變了面貌。街道兩旁站滿警察，從國外調來的國際警察。美國警察跟俄國警察並肩而立，臉上同樣毫無表情。

一直有這樣的謠言流傳：兩大巨頭都不會出席會議！兩架俄國飛機在重重保護下陸續在機場降落，可是下飛機的只有一個年輕的俄國駕駛員！

可是最後有消息傳來，一切都順利平安。美國總統和俄國總理已雙雙抵達巴格達，下榻於攝政王宮。

這場歷史性的會議終於開幕了。

一間小小的接待室裡，若干可能改變歷史的事件正在發生。就像多數驚天動地的大事一樣，序幕並不必然驚心動魄。

哈威爾原子能研究所的艾倫．布萊克博士以精準的語言，輕聲分享他獲得的資料。

已故的魯珀特．克羅頓．李爵士留下一些樣品供他分析研究。這是魯珀特爵士在一次由中國途經中亞、庫德斯坦、伊拉克等國的旅行中蒐集來的。布萊克博士以非常專業的詞彙解釋他所提出的證據。金屬礦藏，成分含有大量的鈾，礦區的具體位置並不確定，因為魯珀特爵士的筆記和日記在戰爭中都被敵方毀掉了。

達金先生接著發言。他以溫和而疲倦的聲調述說了亨利．卡麥柯的英雄事跡。他說卡麥柯相信那則廣為流傳的流言，認為遠離人類文明的某個偏僻山谷中有龐大設備和地下實驗室在運轉，因此著手調查，而且成功地完成了調查任務。他又談到魯珀特．克羅頓．李爵士這位大旅行家，說他如何因為對那個地區甚為熟悉而相信卡麥柯，於是同意到巴格達會面，又如何因此喪生。接著，他敘述了卡麥柯被冒充魯珀特爵士的人所暗殺的經過。

「魯珀特爵士死了，亨利．卡麥柯也是。可是還有第三個證人。這個證人還活著，而且今天就在現場。現在，我要請安娜．謝勒小姐提供她的證詞。」

一如在摩根瑟先生的辦公室那般，鎮靜自若的安娜．謝勒列舉了一串人名和數據。她運用自己處理金融事務的出色頭腦，勾勒出一個龐大金融網聚攢流通資金的種種方式，並解釋它如何將資金投注於一些目的在於將文明世界割裂成兩個互相對立陣營的活動。這不只是臆測。她提出事實和數據，以支持她的說法。對於與會的聽眾來說，她這番談話雖然和卡麥柯的調查並不完全吻合，不過很有說服力。

達金再次發言。

「亨利・卡麥柯雖然已經喪生，」他說，「可是他從那次危機重重的冒險當中帶回了確鑿的證據。他不敢把這些證據帶在身上，因為敵方緊跟在後。但他有很多朋友。他藉由兩個朋友之手，將證據送到另一個朋友那裡，妥善保存至今。他這位朋友在伊拉克備受尊崇。承蒙他同意，出席了我們今天的會議。他就是卡巴拉的族長，胡珊・艾爾・齊亞拉。」

一如達金所說，胡珊・艾爾・齊亞拉族長是整個伊斯蘭教世界的知名人物。他不僅是宗教人士，也是個著名詩人，很多人視他為聖人。他站起身，大家看到他高大的身軀，和棕紅色的濃密鬍鬚。他的灰夾克鑲著金邊，外罩一襲輕如薄紗、飄逸飛揚的褐色長袍，頭上一個以多條粗金線裹緊的布製綠頭巾，給人一種德高望重的印象。他開口說話了，聲音低沉而洪亮。

「亨利・卡麥柯是我的朋友，」他說，「從小我就認識他了。他跟著我學習本國偉大詩人的詩歌。前一陣子，兩個周遊各地播放流動影片的人來到卡巴拉。他們是單純的無名小卒，但也是先知穆罕默德的忠實信徒。他們帶給我一個小包裹，說是我的英國朋友卡麥柯要他們送來的。他要我保守祕密妥善保管，將來只交給他本人，或是交給能夠重複幾個指定密語的使者。如果你真的是那個使者，就請說吧，孩子。」

達金說：「距今正好一千年前，阿拉伯詩人穆塔那畢・薩伊德，人稱『偽先知者』，曾經為阿勒頗的王子寫過一首詩，題目是〈薩福・艾爾・多拉王子頌〉，詩中有這樣幾個字：加、笑、高興、帶近些、表示好感、使人高興、給。」

胡珊・艾爾・齊亞拉族長臉上露出笑容。他拿出一個包裹，遞給達金。

「我要引用一句薩福・艾爾・多拉王子的話：『你將會如願以償……』」

「各位，」達金說，「這些就是亨利・卡麥柯帶回來作為證據的微型底片。」

另一個證人開口了——一個形象破碎的悲劇人物。此人頗有年紀，有一個漂亮的高聳額頭，曾經受到舉世的讚揚和尊敬。他的發言帶著一種悲壯的尊嚴。

「各位，」他說，「我馬上就會被冠上一個騙子的罪名。可是，有些事是連我這樣的人也不能苟同的。有一夥人，多數是年輕人，他們的心腸和目的狠毒之至，一心要讓真理成為難以置信的東西。」

他抬起頭，雷鳴般咆哮道：「這是違反基督教精神的！這樣的行為必須制止。我們不能沒有和平，我們需要和平來治癒傷口，創造一個新世界。要做到這些，我們必須設法互相了解。我以設計騙局賺錢起家，可是，上帝啊，我卻因為相信我所宣揚的東西而垮台。雖然我並不贊成我曾經用過的手段。看在上帝的份上，各位，讓我們重新開始，齊心協力……」

會場靜默片刻。接著，一個低沉的嗓音毫無生氣地打著事不關己的官腔說：「這些資料，將會立即呈交美利堅合眾國的總統和蘇維埃社會主義共和國的聯盟總理……」

25

「想到在大馬士革被他們錯殺的那個丹麥女子，」維多莉亞說，「我就覺得很不舒服。」

「噢，她沒事，」達金先生說，狀甚開心。「你們的飛機剛起飛，我們就逮捕了那個法國女人，把葛瑞蒂．哈登送到醫院裡。她很快就甦醒過來，安全無恙。他們本想繼續麻醉她一段時間，直到他們在巴格達的行動成功為止。當然，葛瑞蒂．哈登是我們的人。」

「真的？」

「是的。安娜．謝勒失蹤後，我們想，不妨為對方製造一點假情報，好聲東擊西。所以我們替葛瑞蒂．哈登訂了一張機票，故意不提供任何背景。他們就這麼上鉤了……他們匆匆下了結論，認為葛瑞蒂．哈登就是安娜．謝勒。我們還替她偽造了一套假文件來證實她的身分。」

「另一方面，真正的安娜．謝勒靜靜等在醫院裡，直到龐希富．瓊斯太太來探望丈夫的時候才出院。」

「沒錯。這計畫內容簡單，可是很有效。她這麼做的前提是：在危急時刻，唯有親人才是能夠信賴的人。她是個非常聰明的女孩。」

「我真的以為我這次完蛋了，」維多莉亞說，「你的手下真的一直在看護著我？」

「從頭到尾。你知道，你那位愛德華並不如他自以為的那麼聰明。事實上，關於愛德華．戈林這小子的一舉一動，我們已經調查好一段時日了。卡麥柯被殺的那天晚上，你對我述說來此地的經過，坦白說，我非常替你擔心。

「我極盡思考，覺得最好的辦法是刻意把你送進他們的組織裡當間諜。如果你那位愛德華知道你和我有聯絡，基本上你會很安全，因為他要透過你來了解我們的計畫。對他們來說，你彌足珍貴，殺之可惜。另外，他也可以透過你向我們傳遞假情報。你有如雙方之間的聯繫。可是後來你發現了有人冒充魯珀特．克羅頓．李，愛德華便決定先把你隔離起來，等萬一需要的時候（冒充安娜．謝勒）再放你出來。沒錯，維多莉亞，你現在能坐在這裡吃開心果，真是非常幸運。」

「我知道我很幸運。」

達金先生問：「你對愛德華……是不是仍然依戀呢？」

維多莉亞定定地望著他。

「一點也不。我是個小傻瓜，上了他的當，被他迷住了。我對他純粹是青春少女的迷戀，以為自己是茱麗葉之類的愚蠢幻想。」

「你不必過於自責。愛德華相貌英俊，本來就有吸引女人的天賦。」

「沒錯，而他也善用了他的天賦。」

「確實如此。」

「下回我談戀愛，」維多莉亞說，「不會再被長相和魅力吸引了。我想找個真正的男人，不會對你甜言蜜語的人。即使是禿頭、戴眼鏡，我都不在乎。我希望他很有情趣，也懂得不少有趣的東西。」

「年約三十五還是五十？」

維多莉亞瞪他一眼。

「噢，三十五。」她說。

「這樣我就放心了。剛才我還以為你在向我求婚呢。」

維多莉亞大笑。

「還有，我知道我不該問問題，不過，那條圍巾當中是不是真的織有情報？」

「裡頭是有個名字。迪法奇夫人善於編織，可以把一串名字織進毛衣裡。那條圍巾和那張紙片，各提供一半的線索。一半告訴我們卡巴拉的族長胡珊·艾爾·齊亞拉這個名字，另一半經過碘蒸汽處理，告訴我們請他交出他所保管物件的那幾個字。你知道，把資料藏在聖城卡巴拉，真是再安全不過了。」

「而那些資料是我們遇到那兩個四處漫遊、播放流動影片的人送去的？」

「是的。兩個大家都認識的普通人，和政治沒有絲毫關係。他們是卡麥柯的私人朋友。他有許許多多朋友。」

「他一定是個大好人。我很遺憾他死了。」

「我們總有一天也會死，」達金先生說，「如果今世之後還有來世——這我完全相信——當卡麥柯知道他的信念和勇氣發揮了無比重要的作用，讓這個世界免於再度遭受難以想像的流血和災難，他也會心滿意足。」

「很奇怪，對吧？」維多莉亞若有所思地說，「理查保有一半的祕密，我則保有另一半。這簡直是……」

「簡直是天作之合，」達金先生一面替她說完，一邊對她眨了眨眼。「容我問一句，你現在打算怎麼辦？」

「我得找個工作，」維多莉亞說，「我得立刻開始找工作。」

「別太認真找，」達金先生說，「我倒認為有個工作會來找你。」

他從從容容地走開了，讓理查．貝克接手。

「聽我說，維多莉亞，」理查說，「維妮夏．薩維爾不能來了。她患了流行性腮腺炎。你對我們的挖掘工作挺有用的。你願意回來嗎？恐怕我只能付你生活費。可能還可以負擔你回英國的旅費，這我們可以再討論。龐希富．瓊斯太太下星期就來了。呃……你意下如何？」

「噢，你真的要我？」維多莉亞叫道。

不知為什麼，理查．貝克臉上蒙上一抹紅暈。他一邊咳嗽，一邊擦眼鏡。

「我覺得，」他說，「我們覺得你……呃，滿有用的。」

「我很樂意。」維多莉亞說。

「既然如此，」理查說，「那你最好收拾行李，我們現在就回挖掘場去。你並不想在巴格達多待些日子，對吧？」

「一點也不想。」維多莉亞說。

§

「你回來了，親愛的維蘿妮卡，」龐希富．瓊斯博士說，「理查為你心焦得不得了。嗯，嗯……希望你們兩個幸福。」

「他是什麼意思？」龐希富．瓊斯博士閒閒地走開後，維多莉亞一頭霧水地問。

「沒什麼，」理查說，「你也知道他這個人。他這人，呃，有點……不成熟。」

專文推薦

藏在日常細節中的冒險

楊照（作家）

一開始，就都在那裡了。

一九二〇年，阿嘉莎．克莉絲蒂出版了《史岱爾莊謀殺案》，神探白羅就已經退休了。而且在這個案子裡，藉由敘述者海斯汀的轉述，就鋪陳出克莉絲蒂小說最基本的偵探原則：

「那些看來或許無關緊要的小細節……它們才是重要的關鍵，它們才是偉大的線索！」

「豐富的想像力就像洪水一樣，既能載舟亦能覆舟，而且，最簡單直接的解釋，往往就是最可能的答案。」

「沒有任何謀殺行為是沒有動機的。」

還有，一個不討人喜歡的死者，一群各有理由不喜歡死者、因而也就都有殺人動機的人，這些人彼此之間構成複雜的關係，有的互相仇視，有的互相愛戀，麻煩的是，有些愛人其實貌合神離，有些仇人其實私下愛慕；更麻煩的是，不論是愛或是仇，都有可能是扮演出來的。

一個外來的偵探必須周旋在這些嫌疑者之間，從他們口中獲取對於案情的了解，換句話說，他必須在很短的時間內，搞清楚誰是誰、誰跟誰吵架、誰跟誰偷情，然後判斷誰說的哪一句是實話、哪一句是謊言。常常謊言比實話對於破案更有幫助。

再偷偷透露一下，如果要和小說裡的凶手及小說背後的作者鬥智，就像克莉絲蒂對英國社會的了解，祕訣就在於要去追究小說裡的人物背景，尤其是他們的階級地位。基本上，階級地位愈高、權力愈大、愈有錢者，說的話就愈不要相信。例如在《史岱爾莊謀殺案》中，僕人、園丁說的話遠比有頭有臉的人說的要可信多了。就算要說謊，他們的謊言也比較天真，而且往往出於善良動機。當你歸納線索時，就會知道他們並非故意說謊，那是因為他們的認知受到蒙蔽或誤導，而你慢慢就從這蒙蔽或誤導中被引導到真相。

《史岱爾莊謀殺案》出版那年，克莉絲蒂三十歲，但書稿其實早在五年前就寫好了，畢竟要找到有人願意出版一個看來再平凡不過的家庭主婦寫的小說，並不是那麼容易。

所有和克莉絲蒂接觸過的人，都對於她的「正常」留下深刻印象。她看起來就和她那個年紀的典型英國家庭主婦一樣，害羞、靦腆，只能在社交場合勉強跟人聊些瑣事話題，完全無法演講，甚至連只是站起來對眾賓客說幾句客套話，請大家一起舉杯，她都做不到。她不演講，也很少答應接受採訪，就算採訪到她也很難從她口中得到有趣的內容。她會講的，幾乎都是記者本來就知道、或者自己就可以想得出來的。

例如說白羅這個神探的來歷。克莉絲蒂回答：他應該是個外國人，這樣就能在英國日常生活中看出英國人自己看不出的線索。她自己碰過的外國人，只有第一次大戰剛爆發時到英國避難的比利時人。比利時警察怎麼能跑到英國來？那一定是因為他已經退休了。他有潔癖，所以對於現場會有特殊的直覺，馬上感受到不對勁的地方。一個有潔癖的人，好像應該長得矮小些才相稱，一個矮小有潔癖的人最適當的名字，就是希臘神話裡的大力士「赫丘勒斯（Hercules）」，製造出荒唐的對比趣味。那白羅這個姓是怎麼來的呢？克莉絲蒂很誠實地說：「我不記得了。」

一切都如此順理成章，一切都如此合邏輯，不是嗎？有記者問她怎麼看自己的舞台劇〈捕鼠器〉，創下了英國劇場、甚至全世界劇場連演最多場紀錄的名劇？克莉絲蒂的回答也還是中規中矩，合理合節：那是一齣小戲，在一個小劇院演出，成本很低，任何人想到了都可以帶家人或朋友去看，老少咸宜，並不恐怖，也不特別荒謬打鬧，可是又什麼都有一點，包括恐怖和荒謬打鬧的成分。

她的身上找不出一點傳奇、怪誕色彩，那她為什麼能在五十年間持續寫偵探小說，創造了那麼多謀殺，還創造了那麼多詭計？

首先因為她是女性，以及她的身世，包括她的階級身分，使得她在描寫故事場景時比一般男性作者來得敏感。因為在她之前的偵探推理小說男性作家的階級身分都是高高在上，基本上他們會從較高的角度看社會，比較看不到底層的感受。

而她的婚變以及婚變中遭逢的痛苦，都使她更能體會與觀察，將英國社會的複雜細節融入小說的核心情節，讓探案與線索分析結合在一起。

克莉絲蒂一生結過兩次婚，第一次在一九一四年，婚後不久，丈夫就參加了歐戰，是英國皇家空軍最早一批飛行員。一九二六年，這個丈夫有了外遇，直率地向克莉絲蒂要求離婚，在那之前，克莉絲蒂的媽媽才剛過世，雙重打擊之下，又遇到車子無法發動，克莉絲蒂崩潰了，她棄車而走，忘記了自己究竟是誰，躲進一家鄉間旅館，登記時寫了她心裡唯一有印象的名字——她丈夫情婦的名字。

離婚後，一次在晚宴中，有人提起近東烏爾考古的最新收穫，克莉絲蒂就取消了原定要去西印度群島的計畫，改訂了跨越歐洲到君士坦丁堡的「東方快車」，是的，就是這趟旅程給了她寫《東方快車謀殺案》的靈感。不過更重要的是，在烏爾，她認識了一位年輕的考古學家，比她小十四歲，這個人後來成了她的第二任丈夫。

這位考古學家陪她去參觀在沙漠中的烏克海迪爾城，卻在沙漠中迷路困陷了。幾小時中克莉絲蒂卻沒有一點驚慌不安，當下考古學家就決定要向她求婚。

原來，克莉絲蒂的內心是有這種冒險成分的。要不然她不會兩次選到的，都是喜愛冒險的丈夫，而她本身大概也不會吸引一個在各種危險情境下挖掘古代寶藏的人，讓他願意向一個大他十四歲的女人求婚。

這樣說吧，維多利亞時代後期的英國環境，壓抑限制了克莉絲蒂冒險、追求傳奇的內在衝動，她只好將這樣的衝動寄託在丈夫和寫作上。她一邊陪著第二任丈夫在近東漫走，一邊在小說中寫各式各樣的謀殺與探案。謀殺和探案都是冒險，還有，偵探偵查中做的事——蒐集線索，還原命案過程——其實和考古學家的考掘，如此相似！

克莉絲蒂寫得最好的，正是「藏在日常中的冒險」。她個性中的雙面成分，造就了特殊的偵探魅力。既嚮往非常傳奇，卻又有根深柢固的日常邏輯信念，兩者都在克莉絲蒂的小說中扮演了重要角色。她的謀殺案幾乎都和日常習慣緊密編織在一起，日常環境成了凶手最重要的掩護。有些日常規律明顯地被破壞了，讓我們很自然以為那會是謀殺的線索，沿著這些線索形成了閱讀中的推理猜測，然而白羅早就提醒了，真正重要的反而是那些「細節」，也就是看來像是依隨日常邏輯進行的事，或說藏在日常邏輯中因而不被看重的事，那裡要嘛藏著凶手的核心詭計、煙幕，要嘛藏著凶手致命的破綻。

凶案的構想，就是如何讓異常蓋上日常、正常的面貌，又如何故意將日常、正常予以扭曲，製造假象；那麼偵探要做的，就是如何準確地在日常中分辨出真正的異常，將假的、明顯的異常撥開來，找出細節堆疊起來的異常真相。

此外，克莉絲蒂的小說裡隱藏著極其曖昧的情感價值觀，最典型、最有名的就是《東方快車謀殺案》。透過追查過程，讓讀者知道為什麼凶手要訴諸於這種手段，其動機具有可同情之處，再加上克莉絲蒂對身分階級的觀察，她比較相信或讓讀者相信那些沒有權力、地位的人，隨著偵查節奏去認識可能或必須懷疑的人。克莉絲蒂最擅長營造「多重嫌疑犯」的小說特質，因為讀者在閱讀時必須被迫去認識很多不一樣的人。在她最受歡迎的作品，大概都具備這樣的特質。

當然，她的作品中還有兩個最突出的神探，即白羅和瑪波。白羅是比利時人，但為什麼必須是外國人？這是因為英國人具有高度階級意識，這種觀念一路滲透到所有互動細節，包括人與人之間如何說話。而白羅因為不是英國人，他會發現一般英國人不太看得出來的東西，以及兩個人互動的方法哪裡不正常。至於瑪波為什麼得是老太太？她一如那個年代的老人家，總是靜靜坐著打毛線，因為不起眼，自然讓人放鬆防備，所以瑪波探案的線索都是來自於這樣的互動模式。

然而，白羅有很明顯的優勢，瑪波的身分使她基本上只能進行「靜態」的辦案，案子的空間受到侷限，白羅卻可以跨越各種空間，恣意揮灑。而且白羅擁有警官身分，可以合理出現在各種犯罪現場，瑪波能出現的地方，相形之下就勉強、不自然多了。白羅是明白的outsider，在英國，只要他出現，就會覺得有外人在而感到緊張，於是很容易露出平常不會表現的行為；瑪波則看起來是insider，但實質上是outsider，因為總是沒人發現她、當她空氣人。這兩人的探案，是兩個極端。雖然讀者最愛白羅，但克莉絲蒂自己偏愛瑪波勝於白羅。

不管後來的偵探、推理小說發展了多少巧妙詭計，克莉絲蒂卻不會過時，因為她的推理如此密切地和日常纏繞在一起；活在日常中，我們就無可避免被克莉絲蒂的「日常細節推理」吸引，隨時讀來都充滿驚奇趣味。

名家盛讚克莉絲蒂（依推薦時間排序）

金庸（作家）

克莉絲蒂的寫作功力一流，內容寫實，邏輯性順暢，也很會運用語言的趣味。閱讀她的小說，在謎底沒有揭露之前，我會與作者鬥智，這種過程非常令人享受。其作品的高明之處在於：布局的巧妙完全意想不到，而謎底揭穿時又十分合理，讓人不得不信服。

詹宏志（作家、PChome 網路家庭董事長）

推理小說在從先輩柯南．道爾等人的發明中出現力量時，誕生了一位《天方夜譚》故事中每天說故事說個不停的王妃薛斐拉．柴德，也就是「謀殺天后」克莉絲蒂，整個世界對聽這些故事才有如此的熱情。他們捨不得睡覺，每天問後來還有嗎、還有嗎，永遠不肯離去，這就是克莉絲蒂對推理小說的最大貢獻。

可樂王（藝術家）

所謂「克莉絲蒂式」的推理小說，就是一場和一個天才的寫作者或高明的恐怖份子在紙上捕掠捉殺的戰事。即便是一列火車、一處飯店或一間酒吧，在克莉絲蒂寫來皆充滿神祕和猜謎。在人生適合的下午裡，我總是一面嚼著口香糖，一面跟著矮了偵探白羅穿梭謀殺現場，克莉絲蒂的推理作品無疑是推理世界中最充滿「魔術性」的小說。

吳若權（作家、節目主持人）

我從小就對推理小說情有獨鍾，克莉絲蒂一系列的作品尤其令我愛不釋手。多年來，閱讀推理小說的經驗讓我覺悟：讀者在文字情節中推展開來的驚嘆，不只是因緣於故事的本身，而是自我性格的投射。從這個觀點來看克莉絲蒂一系列的作品，她簡直就是洞徹人性的算命師。而讀者，在她的文字中，發現了自己無可奉告的命運。

藍祖蔚（國家電影及視聽文化中心董事長）

做過藥劑師，難免懂得毒藥；嫁給考古學家，難免也就嫻熟文明的神祕；再加上曾經失蹤九天，一切不復記憶的離奇經驗，的確提供了寫作靈感，但若少了想像力，那些片羽靈光縱使辛辣如辣椒，卻不足以成菜。

推理小說重布局、重人物描寫，克莉絲蒂最厲害的卻是犀利的人性觀察，她一手創造的白羅探長，潔癖個性完全和她相反，更將她所憎厭的人格特質集於一身，殊不知，唯有不對著鏡子寫作，才能夠跳出框架與制式反應，開闢無限寬廣的新世界，建構多面向的詭異迷宮。

看完她的小說，你只會更加訝異，到底是什麼樣的心靈才能成就這般視野？

李家同（作家、前暨南大學校長）

克莉絲蒂的整體布局十分細膩，最後案情也都講解得非常詳細，回頭去看，在書中都找得到線索。故事的情節與內容也很好看，不是像一個流氓在街上被殺掉那麼單調。……看小說應該要花腦筋、要思考，從小就要養成思辨的能力，看她的小說，就是對邏輯思考能力極佳的訓練。

袁瓊瓊（作家）

雖然被公認是冷靜理性的謀殺天后，但是在理性之下，克莉絲蒂的底色依舊是感情。克莉絲蒂很明白，所有的慾望之後，都無非是某種愛情。在以性命相搏的犯罪世界裡，凶手以終結他人的性命來遂私欲，不過是為了成全自己的愛，或者是成全自己的恨。

鄧惠文（精神科醫師）

以推理小說作家而言，克莉絲蒂的風格相當獨樹一格。她的偵探在辦案時，靠的不光是科學證據的搜集，而是大量運用犯罪心理學，及對人性的深刻了解。例如在《五隻小豬之歌》中，白羅便是藉由聽取嫌疑犯訴說案情時所不自覺顯露的主觀意識及中心思想，而看出其中破綻，找出真凶。白羅是靠腦袋辦案，以心理層面去剖析案情，即使人們敘述的是同一件事，他可以聽出不同角色因出發點及看待角度不同所透露的情緒觀感，從而抽絲剝繭，還原事實真相。

克莉絲蒂所塑造的人物也生動且各具特色，不同個性所出現的情緒反應描寫，皆細膩而準確，讓讀者產生豐富的想像空間，一展卷便欲罷而不能。

吳曉樂（作家）

克莉絲蒂使用的語言平易近人，主要是以角色與情節的對應來斧鑿出故事的深度，堆疊出讓讀者回味的迂迴空間。而她筆下的角色往往性別、階級、性格、族群各異，塑造出多元又豐富的人物群像。

文學作品不問類型，若要流傳於世，最終仍得上溯至「人性」的理解與反思。而阿嘉莎・克莉絲蒂的作品中，我們可以看到人類屢屢得和自己的人生討價還價，或千方百計讓主觀意識與客觀條件達成某種程度的整合，讀者在重建人物的心理軌跡時，也見識到自身的是非成敗，我認為，這也是克莉絲蒂的作品能夠璀璨經年、暢銷不衰的主因。

許皓宜（心理學作家）

克莉絲蒂筆下的故事看似在談人性的醜惡，實則像一位披著小說家靈魂的心靈引導者，用她的文字訴說著人們得不到「愛」時的痛苦。於是在故事終了的剎那，你不得不對人生多了幾分「看透感」：原來，我們心裡的那些痛苦、報復與自我折磨的慾望，不是因為「憤恨」，而是起於對「愛的失落」。這或許是我們在情感世界中最珍貴且深刻的一種覺察了。

推理小說荒謬驚悚嗎？不，它其實很寫實。它幫我們說出心裡的苦、怨、醜陋的慾望，於是，我們可以重新學習愛了。

一頁華爾滋 Kristin（影評人）

從有記憶以來，閱讀克莉絲蒂最迷人之處往往不在真正的凶手是誰，而是在於「Why」（為什麼）與「How」（如何進行），在於人性與心理描摹的故事肌理。依循其書寫脈絡，會發覺不只是邏輯清晰、布局縝密、著重細節，她總能完美掌握敘事節奏，書中人物彷彿真實存在般鮮明躍然紙上，讀者情緒會隨精準文字保持流轉、跳動、收放，掩卷時並無太多真相水落石出的暢快，反倒淡淡的惆悵化為餘韻襲上心頭，原來還是種種意料之外，卻屬情理之中的人性盲目使然。私以為，那成就了克莉絲蒂的推理故事之所以無比迷人的主因之一。

冬陽（推理評論人）

雖然阿嘉莎．克莉絲蒂的作品並非我的推理閱讀啟蒙，卻是養成閱讀不輟的重要推手。首先，她無庸置疑是個說故事能手，打開我名為好奇的開關；其次是設計犯罪事件的巧妙多元，既日常又異常，凶手更是叫人意想不到。沒錯，我相信每個當讀者的都忍不住想破案，想早偵探一步識破詭計，或者像考試結束鈴響前一秒，瞎猜都要指著某個角色大喊「你就是犯人」！然後會忍不住作弊——不是翻到最後幾頁窺探真凶身分，而是往前翻查讓人起疑的段落、偵探顯然掌握重要線索的時刻，直到忍不住豎白旗投降，看神探（我知道啦，真正把我耍得團團轉的聰明人是作者）頭頭是道地分析我遺漏錯置的片片拼圖，終於看清真相全貌。這，就是偵探推理，我因此熟悉遊戲規則、沉醉在每一場迷人故事裡，成為這個類型書寫的俘虜，享受至今不疲的美好滋味。

石芳瑜（作家、永樂座書店店主）

布局細膩、處處留下線索，破案解說詳細，說明了這位安靜、害羞的推理小說女王心思縝密，且充滿想像力。密室殺人，完美犯罪，《東方快車謀殺案》不愧為古典推理小說的經典。再加上神祕的東方色彩，隨著火車抵達的迫切時間感，連非推理小說迷都會神經拉緊，讀完大呼過癮。

家庭主婦缺少人生經驗？處女座的阿嘉莎．克莉絲蒂充分展現她過人的寫作天分，靠得是從小開始的閱讀，以及對偵探小說的著迷。三十歲寫下第一本偵探小說《史岱爾莊謀殺案》的克莉絲蒂，在那個時代並不能說是「早慧」，但寫作生涯五十五年中，共創作了八十部偵探小說，卻令人難以企及。這位害羞靦腆的小說女神，大概是相信只要有足夠的理由，每個人都有殺人的可能！

余小芳（暨南大學推理研究社指導老師、台灣推理作家協會常務理事）

學生時代加入推理社團，社課指定讀物便是經典作品《一個都不留》，成為我對克莉絲蒂的初步印象，自此沉浸於推理小說的世界。隔年寒假陪同學參與轉學考，在斜風細雨的走廊中，滿足讀完《東方快車謀殺案》。隨著歲月遠走，已昇華成趣味回憶。

踏入推理文學領域需要認識的作家，阿嘉莎．克莉絲蒂絕對名列其中，她的作品常有英國小鎮風光、莊園式的謀殺、設備豪華的交通工具等，還有特色鮮明的偵探活躍其中。書中少有血腥、暴力的橋段，布局巧妙且結構嚴密，手法純粹、知性，故事內容與人物性格融為一體，以高超的想像力結合說好故事的能耐，為推理小說開創新局面。克莉絲蒂推理全集重編改版，值得新舊讀者一起探索。

林怡辰（國小教師、教育部閱讀推手）

多年後，還是難忘第一次閱讀阿嘉莎．克莉絲蒂作品的感動和激動。

這套將近一世紀的作品，文筆流暢，邏輯縝密，過程中不斷與作者較量、猜出凶手，直到最後解答不禁佩服，蛛絲馬跡處處展現作者的精妙手法，於是又拿起另一部作品，再次沉溺在謀殺天后所編織的日常世界中的奇幻，無可自拔。犯罪動機和手法穿越時空限制，如今讀來合理且依舊令人感動，閱讀中趣味橫生，難怪成為後來諸多偵探小說的原型。

克莉絲蒂創作生涯中產出的八十部推理作品，至今多部躍上大銀幕，無怪乎被稱之為「經典」，喜愛推理偵探作品的人不可不讀，你會驚異於她在文字中施展的魔法！

張東君（推理評論家、科普作家）

我愛克莉絲蒂！這位在台灣有時會被稱為克奶奶的超級暢銷推理小說家，即使是自認沒讀過她的書的人，也都會在各種書籍或影視作品中看到對她致敬的片段。由於她喜歡旅行和冒險，那些經驗與體驗都成為書中的場景，因此閱讀她的作品時，不只是雀躍地跟著偵探推理，也有了虛擬的旅行體驗。或者當成旅遊導覽書，在出發去尼羅河、去英國鄉間、去搭船搭火車時，就塞一本克奶奶的作品到隨身背包中。

我還是大學新生時，就聽學姐說她哥哥經常看克奶奶的小說，而且邊看邊狂笑。於是我跟著效仿，在某次搭飛機之前買了第一本小說當旅伴，不只看得超開心，看完後還到處找尋書中出現的那種有兜帽的斗篷，當成出門時的必備用品。克奶奶的作品是跨越文字、國界的。只要看過一本，就會不停地追下去。還好，真的是還好只有八十本。何況這次是全新校訂的紀念珍藏版，當然不能錯過！

發光小魚（呂湘瑜）（文史作家、助理教授）

一部好的偵探小說，除了情節設計巧妙之外，還需要洞悉人性，如此方能合理地交代人物的言行舉止與動機。阿嘉莎．克莉絲蒂便是其中翹楚，她的作品不管是偵探、愛情小說或戲劇，必要元素都是謎題與人性。在寧靜無波的場景下暗潮洶湧，永遠都有意料之外，讀者的情緒也會隨著劇情的進行起伏糾結。克莉絲蒂觀察到時代的變化，將犯罪心理融入作品中，於是，看她的小說不只能得到解謎的快樂，同時對人性也能夠有所省思。

此外，克莉絲蒂豐富的人生歷練及旅行經歷，例如一九二二年的環球之旅、居住過也旅行過的巴黎和埃及，甚至是追隨考古學家丈夫前往的中東，都讓她的小說讀來更加充滿異國情調。如果你也愛旅行，不如就讓我們一同搭上那一班南法的藍色列車，或由伊斯坦堡出發的東方快車，跟著白羅鑽進一樁奇案，一嘗旅程中破解謎題的快感吧。

盧郁佳（作家）

國小時，家裡買了一套阿嘉莎．克莉絲蒂全集，從此成了我的毒品，在白癡課本將我的腦袋啃嚙成海綿般空洞時，撫慰受創的心靈，那時我仍對人心險惡一無所知。

數學課教你列算式，樂趣遠不如克莉絲蒂教你住宅平面圖、偷換時序的密室魔術，你從庭園長窗進房間，我從房門直通鄰房，他從走廊進房……從而學會故事是建構邏輯。她文風多變，時而《四大天王》中讓神探白羅向助手海斯汀大賣關子，眉頭緊皺，山雨欲來，預示天翻地覆，只能靠他拯救世界；時而用維吉尼亞．吳爾芙《自己的房間》中俏皮的語言，讓貧苦村姑安妮在《褐衣男子》中回憶南非出生入死的冒險，竟源於她耽讀村裡圖書館爛舊的冒險愛情小說，還有戲院每週末放映〈帕米拉歷險記〉，帕米拉每集從飛機跳落高空、搭潛艇、爬上摩天大樓，每次被黑幫老大抓到總不一刀斃命，卻老要用瓦斯毒死她，暗示續集又會逃出生天。

長大才發現，克莉絲蒂小說就是我的〈帕米拉歷險記〉：它以歌劇般輝煌龐大的天真陰謀、精細的人際觀察（一句話重音放在哪個字、從膝蓋鑑定女人的年齡等），召喚年輕讀者抱持浪漫精神投入未知的壯遊，瘋魔、衝撞、冒犯，傷痕累累毫無懼色。正如瓦斯在冒險片中太多、現實中卻太少；陰謀在現實中沒有克莉絲蒂寫得那麼複雜，但她刻畫的心理卻是現實中解謎的試金石。

賴以威（臺灣師範大學電機系副教授）

或許可以為經典下幾個定義：該領域的愛好者更都讀過；不是這個領域的愛好者，許多人也都聽過；影響後續的作品，在很多著作中都可以看到它的影子；值得反覆再三閱讀，每隔一陣子再讀都可以獲得閱讀的樂趣，有更多的體悟。我永遠記得第一次讀《東方快車謀殺案》時，被那宛如嚴謹設計數學謎題的鋪陳、推進給深深吸引、震撼。從這幾個角度來說，克莉絲蒂的推理小說被稱之為「經典」，可說是當之無愧。

謝哲青（作家、旅行家、知名節目主持人）

克莉絲蒂小說的魅力在於透過每個角色的對白，藉由不斷的說話來表現人物的個性，以彰顯其人格特質中一些無法被忽略的事實。我們從他們的言語、講話的過程和字裡行間，竟然就能知道誰是凶手。

我從克莉絲蒂的小說學到很多，除了推理小說有趣的事實之外，最重要的是，我在工作的職場跟人應對的時候，如何從語言和對話裡去捕捉某些隱而不顯的事實。許多人們欲蓋彌彰的東西，無論心事也好、祕密也好，克莉絲蒂都會用文學的手法，讓你理解語言的奧妙和魅力。

克莉絲蒂的書寫會讓你覺得彷彿自己也在現場，你可以從聽到的對話當中，學會如何理解人心的一些小技巧，這是小說家最出色、最偉大的地方。我們必須學習傾聽別人說話——這些人講話是真誠的嗎？他想要跟你分享什麼資訊？這些資訊可靠嗎？——這是我在閱讀推理小說時，最大的收穫和理解。

阿嘉莎・克莉絲蒂大事記

1890		• 九月十五日出生於英格蘭德文郡托基鎮。
1894	4 歲	• 開始在家自學，父母親、姐姐教導閱讀、寫作、算術和彈鋼琴。
1895	5 歲	• 家中經濟走下坡，舉家搬至法國，學會流利的法語。
1905	15 歲	• 在巴黎寄宿學校學鋼琴和聲樂，但生性極度害羞，未成為職業鋼琴家，最終回到英國。
1907	17 歲	• 陪同母親前往埃及調養身體，對社交活動充滿興趣，但尚未對日後感興趣的埃及古物點燃熱情。 • 回英國後繼續寫作、參與業餘戲劇表演。
1908	18 歲	• 寫出第一篇短篇小說〈麗人之屋〉，同時也寫出第一部愛情小說《白雪黃漠》，以筆名向出版社投稿，但屢遭退稿。
1912	22 歲	• 與英國皇家軍官亞契・克莉絲蒂（Archibald Christie）熱戀。 • 八月爆發第一次世界大戰，亞契奉派到法國作戰。
1914	24 歲	• 耶誕夜結婚，亞契隨即返回戰場。克莉絲蒂參與紅十字會工作，在醫院擔任護士和藥劑師，因此對藥理和毒物非常熟悉，造就後來多部推理小說情節都以毒藥殺人。
1916	26 歲	• 開始嘗試寫推理小說，寫出第一部小說《史岱爾莊謀殺案》，主角偵探赫丘勒・白羅的靈感，來自於大戰期間英國鄉間的比利時難民營。本書歷經數家出版社退稿後，終獲柏德雷・海德（The Bodley Head）圖書公司的出版機會，之後並簽下另五本小說的合約。
1919	29 歲	• 前一年亞契返回英國，八月生下女兒露莎琳。

1920　30歲　• 出版《史岱爾莊謀殺案》。

1922　32歲　• 出版第二部小說《隱身魔鬼》，主角是夫妻檔偵探湯米和陶品絲。
• 與亞契至南非、澳洲、紐西蘭、夏威夷和加拿大等國旅行十個月，在南非得到《褐衣男子》的靈感。

1923　33歲　• 三月出版第三部小說《高爾夫球場命案》，白羅再度登場。

1926　36歲　• 四月母親過世，克莉絲蒂陷入憂鬱。
• 六月在「威廉．柯林斯父子出版社」出版《羅傑艾克洛命案》。
• 八月亞契因外遇提出離婚，十二月初一次爭吵後，克莉絲蒂離家棄車失蹤，消息登上全國新聞。

1927　37歲　• 一月在悲痛心情中寫出《藍色列車之謎》，第一次創造出聖瑪莉米德村，即後來瑪波小姐居住的村子。
• 分居期間在雜誌刊登以白羅為主角的短篇小說，後來集結出版《四大天王》。
• 十二月在雜誌刊登短篇小說〈週二夜間俱樂部〉，瑪波小姐初登場，後來收錄在一九三二年出版的短篇小說集《十三個難題》。

1928　38歲　• 十月正式離婚，仍保留「克莉絲蒂」姓氏。
• 秋天搭乘「東方快車」前往土耳其的伊斯坦堡，再轉往伊拉克首都巴格達，參觀考古現場烏爾，認識考古學家伍利夫婦（Leonard and Katharine Woolley）。

1930　40歲　• 二月應伍利夫婦之邀再訪烏爾，認識考古學家麥克斯．馬龍（Max Mallowan），九月於英國愛丁堡結婚。這段婚姻開啟克莉絲蒂旺盛的創作生涯，兩人到中東考古現場的旅行為許多作品帶來靈感。

- 婚後克莉絲蒂開始維持固定的寫作行程。十月出版《牧師公館謀殺案》，是第一部以瑪波小姐為主角的小說。
- 出版第一部以「瑪麗．魏斯麥珂特」（Mary Westmacott）為筆名的《撒旦的情歌》，並陸續發表了五部非犯罪小說。

1932	42 歲	• 出版《危機四伏》。
1934	44 歲	• 出版《東方快車謀殺案》，是白羅海外辦案三部曲之一，故事靈感來自中東的旅行經歷。一九七四年第一次改編成電影大獲好評。
1936	46 歲	• 出版《美索不達米亞驚魂》，白羅海外辦案三部曲之二。
1937	47 歲	• 出版《尼羅河謀殺案》，白羅海外辦案三部曲之三，故事背景是年輕時與母親同遊的埃及。一九七八年第一次改編成電影大受歡迎。
1939	49 歲	• 二次大戰期間，克莉絲蒂在大學學院醫院擔任義務藥師，學習到最新的毒藥知識，對於推理小說寫作大有助益。 • 出版《一個都不留》，是克莉絲蒂最著名作品之一。
1941	51 歲	• 出版《密碼》，呈現出克莉絲蒂對戰爭的看法。 • 出版《豔陽下的謀殺案》。
1942	52 歲	• 出版《藏書室的陌生人》、《五隻小豬之歌》等名作。
1944	54 歲	• 以「瑪麗．魏斯麥珂特」為筆名出版第三部作品《幸福假面》，被美國書評人發現是克莉絲蒂的作品，讓她從此失去匿名創作的自在樂趣。

1950 60 歲 • 獲選為皇家文學學會的會員。

1953 63 歲 • 出版《葬禮變奏曲》。

1956 66 歲 • 一月獲頒大英帝國爵級大十字勳章（GBE）。
• 十一月以「瑪麗．魏斯麥珂特」為筆名出版《愛的重量》，是這個筆名的最後一部作品。

1958 68 歲 • 成為「偵探作家俱樂部」主席。

1960 70 歲 • 馬龍獲頒大英帝國爵級大十字勳章。

1961 71 歲 • 獲得艾克塞特大學頒發榮譽文學博士學位。

1968 78 歲 • 馬龍獲封為爵士，克莉絲蒂亦被稱為馬龍爵士夫人。

1971 81 歲 • 獲頒大英帝國爵級司令勳章（DBE），獲封為女爵士。

1973 83 歲 • 出版最後一部創作《死亡暗道》，亦為湯米和陶品絲最後一次辦案。

1974 84 歲 • 最後一次公開露面，出席電影《東方快車謀殺案》首映會。

1975 85 歲 • 八月六日，白羅成為有史以來第一次在《紐約時報》頭版刊出訃聞的小說主角，宣傳九月即將出版的《謝幕》，這也是白羅最後一次辦案。

1976 86 歲 • 一月十二日去世。
• 十月出版《死亡不長眠》，瑪波小姐的最後一次辦案。

克莉絲蒂推理原著出版年表

1920 史岱爾莊謀殺案 The Mysterious Affair at Styles（神探白羅系列）
1922 隱身魔鬼 The Secret Adversary（神探湯米＆陶品絲系列）
1923 高爾夫球場命案 The Murder on the Links（神探白羅系列）
1924 白羅出擊 Poirot Investigates（神探白羅系列）
1924 褐衣男子 The Man in the Brown Suit（神探雷斯上校系列）
1925 煙囪的祕密 The Secret of Chimneys（神探巴鬥主任系列）
1926 羅傑艾克洛命案 The Murder of Roger Ackroyd（神探白羅系列）
1927 四大天王 The Big Four（神探白羅系列）
1928 藍色列車之謎 The Mystery of the Blue Train（神探白羅系列）
1929 七鐘面 The Seven Dials Mystery（神探巴鬥主任系列）
1929 鴛鴦神探 Partners in Crime（神探湯米＆陶品絲系列）
1930 牧師公館謀殺案 The Murder at the Vicarage（神探瑪波系列）
1930 謎樣的鬼豔先生 The Mysterious Mr. Quin（神探鬼豔先生系列）
1931 西塔佛祕案 The Sittaford Mystery
1932 十三個難題 The Thirteen Problems（神探瑪波系列）
1932 危機四伏 Peril at End House（神探白羅系列）
1933 十三人的晚宴 Lord Edgware Dies（神探白羅系列）
1933 死亡之犬 The Hound of Death
1934 三幕悲劇 Three Act Tragedy（神探白羅系列）
1934 李斯特岱奇案 The Listerdale Mystery
1934 帕克潘調查簿 Parker Pyne Investigates（神探帕克潘系列）
1934 東方快車謀殺案 Murder on the Orient Express（神探白羅系列）
1934 為什麼不找伊文斯？ Why Didn't They Ask Evans?
1935 謀殺在雲端 Death in the Clouds（神探白羅系列）
1936 ABC 謀殺案 The A.B.C. Murders（神探白羅系列）
1936 底牌 Cards on the Table（神探白羅系列）
1936 美索不達米亞驚魂 Murder in Mesopotamia（神探白羅系列）

1937 巴石立花園街謀殺案 Murder in the Mews（神探白羅系列）
1937 尼羅河謀殺案 Death on the Nile（神探白羅系列）
1937 死無對證 Dumb Witness（神探白羅系列）
1938 白羅的聖誕假期 Hercule Poirot's Christmas（神探白羅系列）
1938 死亡約會 Appointment with Death（神探白羅系列）
1939 一個都不留 And Then There Were None
1939 殺人不難 Murder Is Easy（神探巴鬥主任系列）
1940 一，二，縫好鞋釦 One, Two, Buckle My Shoe（神探白羅系列）
1940 絲柏的哀歌 Sad Cypress（神探白羅系列）
1941 密碼 N Or M?（神探湯米＆陶品絲系列）
1941 豔陽下的謀殺案 Evil Under the Sun（神探白羅系列）
1942 五隻小豬之歌 Five Little Pigs（神探白羅系列）
1942 藏書室的陌生人 The Body in the Library（神探瑪波系列）
1942 幕後黑手 The Moving Finger（神探瑪波系列）
1944 本末倒置 Towards Zero（神探巴鬥主任系列）
1944 死亡終有時 Death Comes as the End
1945 魂縈舊恨 Sparkling Cyanide（神探雷斯上校系列）
1946 池邊的幻影 The Hollow（神探白羅系列）
1947 赫丘勒的十二道任務 The Labours of Hercules（神探白羅系列）
1948 順水推舟 Taken at the Flood（神探白羅系列）
1949 畸屋 Crooked House
1950 謀殺啟事 A Murder Is Announced（神探瑪波系列）
1951 巴格達風雲 They Came to Baghdad
1952 殺手魔術 They Do It with Mirrors（神探瑪波系列）
1952 麥金堤太太之死 Mrs. McGinty's Dead（神探白羅系列）
1953 黑麥滿口袋 A Pocket Full of Rye（神探瑪波系列）
1953 葬禮變奏曲 After the Funeral（神探白羅系列）

1954 未知的旅途 Destination Unknown
1955 國際學舍謀殺案 Hickory, Dickory, Dock（神探白羅系列）
1956 弄假成真 Dead Man's Folly（神探白羅系列）
1957 殺人一瞬間 4:50 from Paddington（神探瑪波系列）
1958 無辜者的試煉 Ordeal by Innocence
1959 鴿群裡的貓 Cat Among the Pigeons（神探白羅系列）
1960 哪個聖誕布丁？ The Adventure of the Christmas Pudding（神探白羅系列）
1961 白馬酒館 The Pale Horse
1962 破鏡謀殺案 The Mirror Crack'd from Side to Side（神探瑪波系列）
1963 怪鐘 The Clocks（神探白羅系列）
1964 加勒比海疑雲 A Caribbean Mystery（神探瑪波系列）
1965 柏翠門旅館 At Bertram's Hotel（神探瑪波系列）
1966 第三個單身女郎 Third Girl（神探白羅系列）
1967 無盡的夜 Endless Night
1968 顫刺的預兆 By the Pricking of My Thumbs（神探湯米＆陶品絲系列）
1969 萬聖節派對 Hallowe'en Party（神探白羅系列）
1970 法蘭克福機場怪客 Passenger to Frankfurt
1971 復仇女神 Nemesis（神探瑪波系列）
1972 問大象去吧 Elephants Can Remember（神探白羅系列）
1973 死亡暗道 Postern of Fate（神探湯米＆陶品絲系列）
1974 白羅的初期探案 Poirot's Early Cases（神探白羅系列）
1975 謝幕 Curtain: Hercule Poirot's Last Case（神探白羅系列）
1976 死亡不長眠 Sleeping Murder（神探瑪波系列）
1979 瑪波小姐的完結篇 Miss Marple's Final Cases（神探瑪波系列）
1991 情牽波倫沙 Problem at Pollensa Bay
1997 殘光夜影 While the Light Lasts

國家圖書館出版品預行編目（CIP）資料

巴格達風雲 / 阿嘉莎．克莉絲蒂（Agatha Christie）著 ; 陸增璞、杜玉蘭譯. -- 二版.-- 臺北市 : 遠流出版事業股份有限公司, 2024.10
面 ; 公分. -- (克莉絲蒂繁體中文版20週年紀念珍藏 ; 73)
譯自 : They Came to Baghdad
ISBN 978-626-361-898-5(平裝)

873.57 113012938

克莉絲蒂繁體中文版 20 週年紀念珍藏 73

巴格達風雲

作者 / 阿嘉莎．克莉絲蒂
譯者 / 陸增璞、杜玉蘭

主編 / 陳懿文、余式恕　校對 / 呂佳眞
封面、內頁設計 / 謝佳穎　排版 / 連紫吟、曹任華
行銷企劃 / 舒意雯　出版一部總編輯暨總監 / 王明雪

發行人 / 王榮文
出版發行 / 遠流出版事業股份有限公司
地址 / 104005臺北市中山北路一段11號13樓
電話 / (02)2571-0297　傳眞 / (02)2571-0197　郵撥 / 0189456-1
著作權顧問 / 蕭雄淋律師

2004年2月1日 初版一刷
2024年10月1日 二版一刷
定價 / 新臺幣380元 (缺頁或破損的書，請寄回更換)

ISBN 978-626-361-898-5

遠流博識網 http://www.ylib.com　E-mail: ylib@ylib.com
遠流粉絲團 https://www.facebook.com/ylibfans